口　訳
古事記
町田康

KOUYAKU
KOJIKI

KOU MACHIDA

講　談　社

目次

装丁　川名　潤
装画　月岡芳年
「日本略史之内　素戔嗚尊出雲の簸川上に八頭蛇を退治したまふ図」

口訳　古事記

神ｘｙの物語

○そもそもの始め

天と地が始まったとき、高天原《たかあまのはら》（天のこと）に成った神の名は、

天之御中主神《あめのみなかぬしのかみ》、

次に高御産巣日神《たかみむすひのかみ》、

次に神産巣日神《かむむすひのかみ》、

であった。

これらの神は一対でなく単独で此《こ》の世に力を及ぼす神で、その身体を隠した。

地は、そのとき地は、まだ固まっておらず、水に浮かんだ脂、漂うクラゲのようであった。

そこへ植物の茎が伸びるように伸びてきた物があって、そこに神が成った。
その神の名は、
宇摩志阿斯訶備比古遅神《うましあしかびひこじのかみ》、
次に天之常立神《あめのとこたちのかみ》、
であった。
この二柱の神も一対でなく単独で此の世に力を及ぼす神で、その身体を隠した。
この合計五柱の神は天に属する特別神であった。

次に成った神の名は、
国之常立神《くにのとこたちのかみ》、
次に豊雲野神《とよくものかみ》、
であった。この二柱も一対の神でなく単独で此の世に力を及ぼす神で、その身体を隠した。

次に成った神の名は、

宇比地邇神《うひじにのかみ》と妹須比智邇神《いもすひちにのかみ》、
次に角杙神《つのぐいのかみ》と妹活杙神《いくぐいのかみ》、
次に意富斗能地神《おおとのじのかみ》と妹大斗乃弁神《おおとのべのかみ》、
次に於母陀流神《おもだるのかみ》と妹阿夜訶志古泥神《あやかしこねのかみ》、
次に伊耶那岐神《いざなきのかみ》と妹伊耶那美神《いざなみのかみ》、

であった。これらの神はそれぞれ一対、ペアーで此の世に力を及ぼす神で、だから身体を隠さなかった。

この（国之常立神から伊耶那美神まで）七柱の神の時代を神世七代《かむよななよ》（一対の神は一代とカウント）と云う。それと言うのを忘れていたが、神様の場合は人のように一人二人とは数えず、一柱二柱と数えるのである。

○伊耶那岐命と伊耶那美命

最初に現れてやがて消えた五神は天に集まっていた。だからこれを天《あま》つ神《かみ》と謂う。天つ神は、「この浮遊するブヨブヨのところ、もっとちゃんとしたらいいのと違うか。国として成立するようにしたら」

「いいね」

「でも誰がする」

「伊耶那岐命と伊耶那美命にやらせたらどうだろうか」

「いいね。そうしよう」

と、話し合い、伊耶那岐命と伊耶那美命を呼んでそのように命令した。


命じられた伊耶那岐命と伊耶那美命は天と地の中間に立った。

はっきり言ってこれは空中であるが、なぜそんなところに立つことができたのかというと、その一点に天の出張所、というほど大きなものではない、橋頭堡のようなものが、浮かんであったからである（これを天《あめ》の浮橋《うきはし》と云う）。

ということで伊耶那岐命と伊耶那美命はその天の浮橋に立ち、どうしたらよいか考えた。

「ブヨブヨをちゃんとしろ、と言われてもねぇ。どうしたらよいのか。見当もつかない」

「そうねぇ。じゃあ、とりあえずその矛でかき回してみたら」

「矛。ああ、矛」

と伊耶那岐命は手に持っていた矛を改めて見た。出発に際して「頼むよ」と言いつつ、天つ神が呉れた矛で、極度に長い矛であった。天《あめ》の沼矛《ぬほこ》という矛だった。

「ああ、じゃあまあやってみますか」

伊耶那岐命はその長い矛をブョブョでドロドロのところに下ろしてかき回してみた。

「どうです。固まりますか」

「あまり固まりません。なんか感触はあるんですけどね」

そう言いつつ、伊耶那岐命はいったん矛を引き上げた。そのとき矛の尖端から中程にかけてにはブョブョが付着していた。それはブョブョの中でもけっこう粘度があり、また、なかに塩分その他、いろいろな成分を含んだブョブョだった。

そのブョブョが矛の尖端から雫となって垂れた。

この雫が、空中で冷えたからだろうか、再度、下に落ちたとき固まって、これが堆積して島のようになった。

勝手に島のようになったのである。だからこれを、淤能碁呂島《おのごろしま》、と云う。自分から（自ずから）できよった島という意味である。

二柱の神はこの淤能碁呂島を拠点に国を作ることにして天の浮橋から下りていった。

二柱は島に、天《あめ》の御柱《みはしら》、という極度に太い柱と、八尋殿《やひろどの》、という極度に大きくて広い殿舎を樹立した。そのうえで、伊耶那岐命は伊耶那美命に誘うような調子で問うた。

「あなたの身体はどんな感じになってますか」

「こんな感じです」

「いいね。吾はこんな感じです。この二箇所は恰度《ちょうど》はまる感じです。これをはめて二柱が一体化して、そのパワーで国土を生みません?」

「いいね」

ということで二柱は一体化、まあ簡単に言えば交合をすることにしたが、その前になにか儀式があったほうがよいだろう、ということになり、

「じゃ、じゃあ、この天の御柱のぐるり、ぐるっと回って、それでめぐり逢ったという体にしましょう。あなたは右に回ってください。吾は左に回りますから」

と伊耶那岐命が言い、そのようにした。

そうすっとなんといっても極度に太い柱だから、互いの姿がいったん見えなくなる。それで再び、出会って、まず伊耶那美命が、

「ええ男やわ」

と伊耶那岐命を賛美し、次に伊耶那岐命が、

「ええ女やわ」

と伊耶那美命を賛美して交合した。

そのとき伊耶那岐命はふと、女の伊耶那美命が先に言うのはどうなのだろうか、と思ったが、しかしまあ大丈夫だろう、と特に気にも留めず夢中で交合した。

そうしたところ計画通りに国土が生まれた。

ところが、この生まれた国土というのが、骨格がまるでなくグニャグニャで、目鼻や手足もはっきりしない変なもの「水蛭子《ひるこ》」で、草にくるんで海に捨てた。

その次に生まれた「淡島《あわしま》」も、なんか頼りない薄弱なもので。これも国土としては使い物にならないと思われた。

「なんかうまくいかないね」

「ですね」

「なにが悪いのだろうか」

「天に行って聞いてみたらどうかな」

「そうしましょう」

そう言って二人は天に昇っていって天つ神に聞いた。しかし天つ神にもよくわからない。そこで太占《ふとまに》（占のこと）を行ったところ、「女から働きかけたことが原因」という結果が出て、「マジすか」となったが、とりあえずそういうことらしいので、淤能碁呂島に戻った二人は、さっきのことをなかったことにして一からやり直した。

もう一度、柱の周りを回り、まず伊耶那岐命が、

「ええ女やで」

と称賛し、次に伊耶那美命が、

「ええ男やで」

と称賛の言葉を交わしたうえで交接したのである。

そうして生んだのが、

淡道之穂之狭別島《あわじのほのさわけのしま》、
次に伊予之二名島《いよのふたなのしま》、
次に隠伎之三子島《おきのみつごのしま》、
次に筑紫島《つくしのしま》、
次に伊岐島《いきのしま》、
次に津島《つしま》、
次に佐度島《さどのしま》、
次に大倭豊秋津島《おおやまととよあきづしま》、

の八つの島、国土で、これらを合わせて、大八島国《おおやしまくに》と呼ぶこともある。すごいことである。

二柱は円を描くようにこれらを生んで回った後、いったん淤能碁呂島に戻り、もう一度、西に移動しつつさらに、

吉備児島《きびのこしま》、
次に小豆島《あずきしま》、
次に大島《おおしま》、
次に女島《おみなしま》、
次に知訶島《ちかのしま》、
次に両児島《ふたごのしま》、

を生んだ。

こうして二柱は国土を生んだ訳だが、それだけではなにもならない。なぜならただ土地があるだけでは国とは言えず、いろんな自然とか、その自然の管理責任者的な立場の神が、どうしても必要になってくるからである。

そこで二柱の神はさらに神を多く生んだ。その神の名は、

大事忍男神《おおことおしおのかみ》、
次に石土毘古神《いわつちびこのかみ》、
次に石巣比売神《いわすひめのかみ》、
次に大戸日別神《おおとひわけのかみ》、
次に天之吹男神《あめのふきおのかみ》、
次に大屋毘古神《おおやびこのかみ》、
次に風木津別之忍男神《かざもくつわけのおしおのかみ》、
次に大綿津見神《おおわたつみのかみ》、
次に速秋津日子神《はやあきつひこのかみ》と妹速秋津比売神《はやあきつひめのかみ》、

である。

この段階で十柱の神を生んだのである。

このとき生まれた速秋津日子神と妹速秋津比売神は、河川と海洋の担当者として交合し、神を生んだ。

その名前は沫那芸神《あわなぎのかみ》、
次に沫那美神《あわなみのかみ》、
次に頬那芸神《つらなぎのかみ》、
次に頬那美神《つらなみのかみ》、
次に天之水　分　神《あめのみくまりのかみ》、
次に国之水　分　神《くにのみくまりのかみ》、
次に天之久比奢母智神《あめのくひざもちのかみ》、
次に国之久比奢母智神《くにのくひざもちのかみ》。

合計八神。　みんな水関連の神さんである。

その間も伊耶那岐命と伊耶那美命は神を生んでいた。
なんという神を生んだかというと、

志那都比古神《しなつひこのかみ》、
次に久々能智神《くくのちのかみ》、
次に大山津見神《おおやまつみのかみ》、

次の鹿屋野比売神《かやのひめのかみ》（またの名を野椎神《のづちのかみ》）、を生んだ。

このとき生まれた大山津見神と野椎神は、山野の担当者として、交合して、何名かの担当者を生んだ。その名前は、

天之狭土神《あめのさづちのかみ》、
次に国之狭土神《くにのさづちのかみ》、
次に天之狭霧神《あめのさぎりのかみ》、
次に国之狭霧神《くにのさぎりのかみ》、
次に天之闇戸神《あめのくらとのかみ》、
次に国之闇戸神《くにのくらとのかみ》、
次に大戸或子神《おおとまといこのかみ》、
次に大戸或女神《おおとまといめのかみ》。

合計八神である。

その間も伊耶那岐命と伊耶那美命は神を生み続けていた。なぜなら自然だけではなく国が成り立つためには技術や生産を担当する神も必要だからである。

そこで二柱が生んだのは、

まず鳥之石楠船神《とりのいわくすふねのかみ》（またの名を天鳥船《あめのとりふね》）、

次に大宜都比売神《おおげつひめのかみ》。

さらにはエネルギー関連も必要だろうということになって、

火之夜芸速男神《ひのやぎはやおのかみ》（またの名を火之炫毘古神《ひのかかびこのかみ》、またの名を火之迦具土神《ひのかぐつちのかみ》）、

すなわち火の神を生んだ。

火というものは燃えている。燃えているものが産道から出てくる。するとどうなるか。当たり前の話だが火傷を負う。それもただの火傷ではない。なんとなればそれはその辺でちょろちょろ燃えている火ではなく、一国の産業が成り立つために必要なエネルギーをすべて賄うほどの火である。いくら偉大な神でも大火傷を負う。

「あついー、いたいー」
伊耶那美命が言ったかどうかは昔のことで訣《わか》らないが、伊耶那美命は病み伏して立ち上がれなくなり、嘔吐失禁して苦しんだ。

その御反吐からも神が生まれた。その神の名は、
金山毘古神《かなやまびこのかみ》、
次に金山毘売神《かなやまびめのかみ》。

次いでその御糞からも神が生起した。その神の名は、
波邇夜須毘古神《はにやすびこのかみ》、
次に波邇夜須毘売神《はにやすびめのかみ》。

そしてその御尿からも神が生まれた。その神の名は、
弥都波能売神《みつはのめのかみ》、

次に和久産巣日神《わくむすひのかみ》。

この神の子が豊宇気毘売神《とようけびめのかみ》である。

ということで、伊耶那岐命と伊耶那美命は二柱で十四の島を生み、三十五柱の神を生み、そして伊耶那美命は火傷が原因で死んだ。

伊耶那岐命は伊耶那美命の死を悲しんで、

「愛おしい、伊耶那美命。おまえは、あんなしょうむない子供ひとりのために死んでしまったのか。釣り合わんでしょう」

と喝叫、横たわる伊耶那美命の死骸に添い寝するような恰好で、頭を撫でさすったり、逆向きになって足を撫でさすったりするなどして泣いた。

その伊耶那岐命の涙から、泣沢女神《なきさわめのかみ》という神が生まれた。

しかしいつまでそうしている訳にもいかぬので、伊耶那美神は出雲国《いずものくに》と伯耆国《ほうきのくに》の国境、比婆之山《ひばのやま》というところに葬られた。

伊耶那岐命の悲しみはしかし癒えず、伊耶那岐命は伊耶那美命の死の原因となった火の神・迦具土を斬った。

「なにもかもおまえのせいじゃ。死ね、滓っ」

と怒鳴って剣を抜き放って、迦具土の頸を切り落としたのである。完全な逆切れである。

しかし神威というものは凄いものだ。

その剣から飛び散った血液によって神が発生した。

剣の切っ先から飛び散った血液が岩石に附着して生まれたのが、

石析神《いわさくのかみ》、

次に根《ね》析神《さくのかみ》、

次に石筒《いわつつ》之《の》男神《おのかみ》。

合計三柱の神が生まれた。

剣の鍔から飛び散った血液も岩石に附着して神が生まれた。

まず甕速日神《みかはやひのかみ》、

次に樋《ひ》速日神《はやひのかみ》、

次に建御雷之男神《たけみかずちのおのかみ》（別名：建布都神《たけふつのかみ》、豊布都神《とよふつのかみ》）、
の三柱の神である。
それから剣の柄に垂れ、柄を握る伊耶那岐命の指の間から漏れ出てきた血液により、
闇淤加美神《くらおかみのかみ》、
次に闇御津羽神《くらみつはのかみ》、
が成った。これら八神は血液が剣に依拠して生まれた神である。
そして殺された火之迦具土神の死骸からも神ができた。
頭部から正鹿山津見神《まさかやまつみのかみ》、
胸部から淤縢山津見神《おどやまつみのかみ》、
腹部から奥山津見神《おくやまつみのかみ》、
陰茎から闇山津見神《くらやまつみのかみ》、
左手から志芸山津見神《しぎやまつみのかみ》、

右手から羽山津見神《はやまつみのかみ》、
左足から原山津見神《はらやまつみのかみ》、
右足から戸山津見神《とやまつみのかみ》。

合わせて八柱の神が発生した。全部に山の字が入っている。やはり山の奥底には燃える火、マグマがあるからか。

そんなことでいろんな神ができて、国の形が少しずつできていっていたが伊耶那岐命はやはり伊耶那美命に会いたかった。会いたくて会いたくてたまらなかった。

そこで伊耶那岐命は会いに行った。

どこに行ったのか。黄泉国《よもつくに》である。

黄泉国はボンヤリと薄暗かった。周囲の景色も凶悪で、生産的な感じのするものはなにもなく、人通りもない。だのに、まとわりつくような視線が感じられた。全体的に腐敗臭が漂っていた。そこを伊耶那岐命は歩いていった。しかしそこには道もなにもなかった。ただ下っていくような感覚があっただけである。足元も覚束なく、なんだか痰のうえを歩いているようだった。

暫く行くと殿舎があった。伊耶那岐命はそこに伊耶那美命が居ると思ったので、

「おゝい」

と呼んだ。そうしたところ、

「はい」

と答える声がした。伊耶那美命の声であった。けれども伊耶那美命は戸を縢《と》じて出てこない。伊耶那岐命は戸越しに呼びかけた。

「愛しい我が妻よ。私とあなたで作った国は、まだ、ぜんぜん作りかけです。だから私のところに戻ってきてください」

この切々とした呼びかけに伊耶那美命は答えて言った。

「なんでもっと早く来てくれなかったのですか」

「うん、いろいろあってね。火の神、殺したりしてて」

「悔しい。もう手遅れです」

「なんで」

「私はもう黄泉国の火で調理したものを食べてしまいました」

「なんか問題あるの？」

「ええ。そうするともうこちらで住民登録がなされて復活できないんです。食べる前だったらなんとかなったんですけど」

「弱ったね」

「でも、愛する我が夫が迎えに来てくださったのですもの。私、帰ります」

「ありがとう。では、行こう。出てきなさい」

「すぐは無理です。黄泉神《よもつかみ》と交渉しないと」

「わかった。では交渉してきなさい。私はここで待っている」

「ええ。でもお願いがあります」

「なんだ」

「私が話し合っている間、私の姿を絶対に視ないでほしいんです」

「わかった。では早く行ってきてください。ここに長く居たくない」

「では、行ってきます」


そう言って伊耶那美命は殿舎の奥へ去った。

伊耶那岐命は戸口の外に立って待った。

あたりは相変わらず薄暗く、吐きそうな異臭が漂い、禍々しい気配が濃く立ちこめていて、ただそこに立っているだけで皮膚から身の内に汚穢《おわい》がジワジワ染みこんでくるようだった。

だから伊耶那岐命は早く伊耶那美命を連れてこの場を立ち去りたかった。

ところがその伊耶那美命がなかなか戻ってこない。

「なにをやっているのだ。吾は吐きそうだ」
と伊耶那岐命は焦れ、それでも暫くは耐えたが、やがて我慢ができなくなって殿舎の戸に手を掛け、これを開いて内に入った。

内は外よりなお暗く、はっきり言って真っ暗で、足元すら覚束ない。これではいかぬというので伊耶那岐命はポンポンにしたツインテール（この髪型を、みずら、という）の、左のテールにヘアピン的な感じで挿した櫛の、端っこの太い歯を折り、自らの内にある神威を作用せしめてこれに火を灯した。したところ。

あたりが、パアッ、と明るくなり、伊耶那岐命の目の前に伊耶那美命の姿が浮かび上がった。

しかし、それは既にして伊耶那美命ではなかった。

伊耶那岐命は初め自分の目を疑った。

伊耶那岐命は呻いた。

「これが、あの美しかった伊耶那美命なのか」

確かに面影はあった。面影はあったが、なんと変わり果ててしまったことか。

伊耶那美命の全身はもはや腐敗して、皮膚が崩れ落ち、赤黒い腐った肉が露出していた。髪は半ばは抜け落ち、眼球も流れ落ちて目のあったところには黒い穴が空き、その全身に腐汁がぬめぬめと光っていた。

その腐汁と腐肉を慕って無数の蛆虫が全身にたかり肉と汁を吸って生き生きと躍動していた。

腐って溶けかけた肉と真っ白に輝いてプリプリと弾力に富む蛆の取り合わせが実に気色悪かった。

そしてさらに恐ろしかったのは、頭、胸、腹、女陰、左右の手、左右の足に、八種類の気持ち悪いキャラクターが蠢いていることだった。それぞれのキャラクターは、ヌメヌメ光ってサイケデリックで、どうみてもキチガイというか、はっきり言って訳がわからないが、なににしても凶悪な神であることは間違いなく、腐った身体に、あんなものを八つも付けて、平然と気にも留めずむしろ楽しそうにしている伊耶那美命の神経は、伊耶那岐命の理解の外にあった。


「こんなもの、とてもじゃないが連れて帰れない。っていうか、怖い」

そう呟いて伊耶那岐命はその場から逃げた。

そしてこの呟きが伊耶那美命の耳に入った。伊耶那美命は自らの浅ましい姿を恥じると同時に、醜くなったからといって直ちに自分を見捨てて逃げる伊耶那岐命に対して激しい怒りを覚えた。

「あの人は私に恥辱を与えた。許さない」

伊耶那美命はそう言って、予母都志許売《よもつしこめ》を呼び、

「逃げていくあれを捕まえてきなさい」

と命じた。

「あい」

答えて予母都志許売は伊耶那岐命を追った。

予母都志許売、の志許売は、醜女ということで、これはブサイクということではなく、強い女、ということで、だから予母都志許売は伊耶那美命の黄泉国における護衛のような存在だったのだろう。ということは武技にも優れていたはず。しかしだからといって偉大な神である伊耶那岐命を力尽くで取り押さえることができただろうか。それはわからない。わからないが、追われていることを知った伊耶那岐命はこれを迎え撃つのではなく、ただただ逃げた。

ということは予母都志許売は伊耶那岐命より力が強かったということになるが、そうではなく、このとき伊耶那岐命は、予母都志許売の見た目や雰囲気が、ただただ気持ち悪く、「近くに来て欲しくない。なぜなら穢れるから」という一心で逃げたのとちがうだろうか。

しかし予母都志許売はきわめて駿足であったようで、どんどん追いついてきて、最初は遠くから聞こえていた、その、

「待たんかい、待たんかい」

と言う声が伊耶那岐命のすぐ背後で聞こえるにまでに迫って来た。

「ああ、触られる。いやよー」

と考えた伊耶那岐命は咄嗟に、葡萄の木の蔓を加工して作った黒いヘアアクセ、左のテールに付けてあったのを毟り取ると、フウッ、と息を吹きかけ、後ろに投げた。そうしたところ。

なんたることであろうか!

ヘアアクセが空中で山ブドウの実に変わって地面に落ちた。これをみた予母都志許売はどうしたか。普通であれば上司の伊耶那美命に言われたとおり、そのまま伊耶那岐命を追い続ける。ところがこの予母都志許売、力は強いが頭があまり賢くなかった。

「わあ。おいしそうな山ブドウやんかいさ。食べよ、食べよ」

と言って追跡を中断、蹲ってこれをうまうま食べ始めた。

その間に伊耶那岐命は逃走したのだが、山ブドウを食べ終わった予母都志許売は与えられた任務を思いだし、また追ってきた。

しかもこんだ、霊力のいっぱいつまった山ブドウの実を食してエナジーチャージ的なこ

とがなされたため先ほどよりもよほど足が速く、すぐに伊耶那岐命の背後に迫って来た。

「また、来た。気持ち悪い。いやよー」

と考えた伊耶那岐命は咄嗟に、右のテールに挿してあった櫛を引き抜き、歯を折り取って、フウッ、と息を吹きかけて後ろに投げた。そうしたところ。

なんたることであろうか！

櫛の歯が空中で筍に変わり、地面にスポンと突き刺さった。

これを見た予母都志許売はさきほどと同じく、

「わあ。おいしそうな筍やんかいさ。食べよ、食べよ」

と喜び、これを引き抜いて食べ始めた。

そしてこれには一定の時間を要した。なぜなら先ほどの山ブドウは落ちているのを拾えばよかったが、今度の筍は地面から掘り出す必要があったからである。

そして、いまも言うように予母都志許売はあまり賢くない。というかはっきり言ってしまえばアホである。そうやって夢中で筍を掘るうち、うまいものを食べて腹がいっぱいになった満足感・幸福感も相俟って、当初の使命を忘却、醜女としての機能を停止し、その場に座り込んだり、寝そべるなどして、極上の時間を過ごしていた。

この間に伊耶那岐命はかなりの距離を稼ぎ、もう少しで黄泉国の出口というところまで

来ていた。それで伊耶那岐命が、

「よかった。とりあえずはあの穢《きたな》らしい連中から逃げることができた」

と安心しようかな、思ったそのとき、背後から、ドドドドドドドド、と地響きのような音が聞こえてきた。

伊耶那岐命、驚いて振り返った。したところ。

なんたることであろうか！

夥しい数の軍兵が、伊耶那岐命一柱を追って背後に迫り来ていた。

伊耶那美命の差し向けた黄泉の軍勢であった。

しかもそれを率いる将軍は、伊耶那美命の頭、胸、腹、女陰、左手、右手、左足、右足に附着して蠢いていた、あの気持ち悪い八種類のキャラクターであった。

なんたることであろうか！

伊耶那美命はあの八種類の凶悪で気持ち悪い変な神、これを将軍とし、千五百の黄泉の軍兵を授けて、伊耶那岐命に差し向けたのである。

そこまでするか？　普通。

と、伊耶那岐命は驚き呆れたが、考えてみれば、全身が糜爛《びらん》して蛆がたかっているのだから、当然の如くに脳も糜爛して思考も普通ではなくなっているのだろう、と考え、これはこれで仕方がないのかも知れない、と思った。

しかしそう思ったからといって軍勢が引き返すわけでもなく、「きいいいいっ」「きいいいいいっ」と気持ち悪い声を発しつつ、グィグィ迫ってくる。

仕方なく伊耶那岐命はこれに立ち向かうべく剣を抜き放ったが、あまりにも相手が穢らしく、また邪で、まともに向き合う気持ちにならない。しかもそのとき伊耶那岐命は黄泉国と葦原中国《あしはらのなかつくに》(伊耶那岐命と伊耶那美命が作りつつあった国=日本のこと)の境のすぐ近くまで来ていたので、ここで立ち止まって穢れに塗れて戦うよりは逃げ切った方が得策と判断し、後ろ手に剣を振り回しながら立ち止まらずに逃げた。

「きいいいっ」

「きいいいっ」

変な声を上げながら迫りつつも黄泉の軍兵は神の剣の威力を畏れて容易には近寄れない。それをよいことに伊耶那岐命は全力で疾走し、ついに黄泉国と葦原中国の境を越えた。

そうしたところ、その境界に桃の木があり、その桃の木に桃の実が生っていた。

伊耶那岐命は咄嗟に、桃の実三箇をもぎ取り、初めて向き直ると、境界を越えて襲いかかってこようとしている黄泉の軍勢を待ち受けた。そうしたところ。

なんたることであろうか!

あれほど猛り狂っていた黄泉の軍勢、もはや死んで腐っているのでなにひとつ怖くなく

無敵であるはずの黄泉の軍勢が、

「きいいいいっ」

「きいいいいいっ」

と変な声を上げながら後退していく。

何故と言うに、抑《そもそ》も桃の実には邪なものを打ち払う不思議な霊力が宿っていたからである。

これを喜んだ伊耶那岐命は手の中の桃に、

「ありがとう、桃。私の国、葦原中国に暮らす一般大衆が邪悪なものによって苦しむときは、いま私を助けたように、おまえが助けよ」

と言い、そして、

「そのために桃、あなたに名前を授ける。あなたは意富加牟豆美命《おおかむずみのみこと》」

と言った。

桃はにっこり微笑んだ。かどうかはわからない。

と伊耶那岐命は桃とそんなほのぼのしたやりとりをしていたのであるが、実はそんなことを言っている場合ではなかった。

そうこうするうちに、ついに伊耶那美命、本神が出張ってきたのである。

鼻をつんざく腐敗臭、見ただけで目が腐りそうな、いや実際に腐る、その穢らしい外見。それは清浄と平和をこよなく愛する伊耶那岐命が絶対に見たくないもので、見ただけで心が弱り、なにを言われても、「はあい。はあい」と気弱に頷き、気がついたら自分も穢い、汚辱の世界に沈んでいるという類のものであった。

そういう意味ではいままでの追っ手とは格が違っていた。

伊耶那岐命は、

「こ、これはまずい」

と狼狽え、慌てて目を逸らした。そうしたところ桃の木の傍らに、縄を掛けて千人で引っ張って、それでようやっと一粍くらい動く、と思われるくらいに大きい岩があった。具体的に言うと三十階建てのビルディングほどの岩である。

伊耶那岐命は咄嗟にこれを持ち上げると、葦原中国と黄泉国の通路、すなわち黄泉平坂《よもつひらさか》に置いて通路を塞いだ。

なので伊耶那美命はそこから先には進めない。臭みもかなり減った。

かつて愛しあった二人は巨石を隔てて向かい合った。互いの姿は見えない。聞こえるのは声ばかりである。その声だけを聞けばかつての姿が眼裏に浮かぶ。伊耶那美命は言った。

「愛おしい私の夫の君よ。どうしてこんなひどいことができるのですか」

伊耶那岐命は黙して答えない。答えられない。伊耶那美命は続けて言った。

「こんなことをするのなら私にも考えがあります」

「どうするつもりだ」

ようやっと発した伊耶那岐命の声は妙に嗄れていた。

「あなたが私より大事にしているあなたの国。その国の民草を私は殺します。一日千人殺します。黄泉のパワーで殺します」

伊耶那岐命は言い返した。

「愛おしい私の妻よ。あなたがそんなことをするというなら吾にも考えがある」

「どうするつもりです」

「あなたが一日千人殺すというなら、こっちは一日千五百人生まれるようにする」

「ぐぬぬ」


この話し合いによって国では、日に千人の人が死に、日に千五百人の人が生まれるようになった。それゆえ伊耶那美命を号し黄泉津《よもつ》大神《おおかみ》と謂うのである。また伊耶那岐命に追いついた事を以て、道敷《ちしきの》大神《おおかみ》と号する。また、黄泉国に至る坂道を塞いだ岩は道反《ちがえし》之《の》大神《おおかみ》と号し、また、塞いでは黄泉戸《よもつとの》大神《おおかみ》、とも謂う。

そして事件のあった黄泉平坂は今の出雲国の伊賦夜坂《いふやさか》らへんらしい。


そんなこんなで、どえらい目に遭った伊耶那岐命は、

「なんちゅう醜い、なんちゅう穢い国だったろう。あの国の穢れを身体に附着させたままにしておくと国中に穢れが撒き散らされる。とりあえず、身体についた穢れを洗い流さんとどもならん」

と呟き、そのためにはどこがいいだろうと考えたところ、「筑紫の日向《ひむか》がよいだろう」ということになって筑紫の日向の橘《たちばな》の小門《おど》のあわき原《はら》というところに行った。

なぜ筑紫の日向の橘の小門のあわき原がよいのかというと、そんなことは神の考えることだからわからない。まあ、実際によかったのだろう。

それで筑紫の日向の橘の小門のあわき原に到着した伊耶那岐命は身につけていたものをすべて投げ棄てた。なぜなら穢れているから。

そうしたところ神が生成した。


投げ棄てた御杖に成った神の名は、衝立船戸神《つきたつふなとのかみ》。

次に投げ棄てた御帯に成った神の名は、道之長乳歯神《みちのながちはのかみ》。

次に投げ棄てた御嚢に成った神の名は、時量師神《ときはからしのかみ》。
次に投げ棄てた御衣に成った神の名は、和豆良比能宇斯能神《わずらいのうしのかみ》。
次に投げ棄てた御褌に成った神の名は、道俣神《ちまたのかみ》。
次に投げ棄てた御冠に成った神の名は、飽咋之宇斯能神《あきぐいのうしのかみ》。
次に投げ棄てた左の御手の手纏に成った神の名は、奥疎神《おきざかるのかみ》、次に奥津那芸佐毘古神《おきつなぎさびこのかみ》、次に奥津甲斐弁羅神《おきつかいべらのかみ》。
次に投げ棄てた右の御手の手纏に成った神の名は、辺疎神《へざかるのかみ》、次に辺津那芸佐毘古神《へつなぎさびこのかみ》、次に辺津甲斐弁羅神《へつかいべらのかみ》。

この十二神はみな伊耶那岐命が身につけた物を脱いで生成せしめた神なのである。

このとき、伊耶那岐命は川岸に立っていた。川のなかに入っていって、その流れで穢れを洗い流そうと考えていたのである。川岸に立った伊耶那岐命は言った。

「上流は流れが速い。きつい。かといって下の瀬は緩い。だるい」

そこで伊耶那岐命がどうしたかというと、ちょうどいい感じの中流に、ぼちゃん、と浸かって洗体した。黄泉国で附着した穢れを洗い流したのである。

となるとどうなるか？　そう、当然、神が生まれる。

まず生まれたのが八十禍津日神《やそまがつひのかみ》、
次に大禍津日神《おおまがつひのかみ》。

この二神は字を見れば訣るが、洗い流した黄泉国の穢れから生まれた神で、はっきり言って非常に嫌な、国に大変な禍事、災厄を発生させるというか、本人が災厄そのものみたいな、しかも強大なパワーをもった神さんである。

まったくもって大変なものが生まれてしまった訳だが、このままではいけない、というので、

次に、神直毘神《かむなおびのかみ》、
次に、大直毘神《おおなおびのかみ》、
次に、伊豆能売《いづのめ》、

の三神が生まれた。これは、最初の二神に因《よ》る災難・災厄をもと通りに直す働きを持つ神さんである。

そのうえでさらに神が生まれた。

底の方で洗体したときに成った神の名は、
底津綿津見神《そこつわたつみのかみ》、
次に底筒之男命《そこつつのおのみこと》。

真ん中らへんで洗体したときに成った神の名は、
中津綿津見神《なかつわたつみのかみ》、
次に中筒之男命《なかつつのおのみこと》。

上らへんで洗体したときに成った神の名は、
上津綿津見神《うえつわたつみのかみ》、
次に、上筒之男命《うわつつのおのみこと》。

そのうえでまだ神が生まれた。

左の御目を洗ったときに成った神の名は、
天照《あまてらす》大御神《おおみかみ》。

次に右の御目を洗ったときに成った神の名は、
月読命《つくよみのみこと》。

次に御鼻を洗ったときに成った神の名は、
建速須佐之男命《たけはやすさのおのみこと》。

伊耶那岐命はこの十柱の神を身体を洗うことに因って生んだのである。

伊耶那岐命は喜んだ。なぜなら最後に生まれた三神がいい感じの神で、たいへん気に入ったからである。

「いっやー、いいわ。君ら、いいわ。私はこれまで随分、たくさんの子を生んだ。そして最後に三柱の貴い子を生むことができた。よかった」と言った。

そして、頸に掛けていた玉を繋いで拵えた首飾りを外し、これを振った。そうしたところ玉と玉がぶつかって霊妙で気色のよい音が鳴った。

せんど鳴らして、伊耶那岐命はこれを天照大御神に渡し、そして言った。

「あなたは高天原を統治してください」

そのとき伊耶那岐命が天照大御神に賜った首飾りには名前がある。御倉板挙之神《みくらたなのかみ》という名前である。

次に、月読命に、

「あなたは夜之食国《よるのおすくに》を統治しなさい」

と言った。夜間を仕切れ、と言ったのである。

次に、建速須佐之男命に、

「あなたは海洋を統治しなさい」

と言った。

このようにして伊耶那岐命は三柱の貴い子に分割統治を命じたのである。

ということで伊耶那岐命の考えでは、当初、天つ神に命じられた、堅固な国作りが三柱の貴い子供に受け継がれて順調に進み、国が発展していくはずであったし、概ねはそのように進んでいたのであるが、ここにひとつの計算違いが生じた。

というのは海洋の支配を命じた速須佐之男命である。

この須佐之男命というのが父の命《みこと》に命じられた統治行為を一切しない。しないだけではなく、発達障害というのだろうか、成長していいおっさんになり、伸ばした顎髭が鳩尾に達するようになっても、意味なく哭き喚いて、秩序だった行動が一切できない。

まあしかしそれにしてもそれが普通の人間なら単なる残念ちゃんで済んだのだが、悪いことに須佐之男命は神であった。

しかも、そこらの神と違って、この地上世界の根幹にかかわる偉大な神で、だからそのパワーたるや桁外れであった。

その桁外れのパワーを持った神が全力で哭くのだから、その影響は凄まじく、超巨大地震と超巨大噴火が同時に起こったところへ、超巨大隕石が六万箇降り注いだのと同程度の被害があった。

国の植物は一木一草も残さずすべて枯れ、河川・湖沼、海洋はすべて干上がった。

須佐之男命の影響下で禍をもたらす悪い神が大量発生して彼らが囁き交わす声や邪悪な

哄笑が国中に響いて、それは恰《あたか》も死骸に群がる蠅がたてる不快な羽音のようであった。

此の世に起こりうる災いという災いがすべて起こった。

人がどんどん死んでいき、国が衰退していった。


伊耶那岐命は訳がわからなかった。貴い子であるはずの須佐之男命がなぜあんなにアホなのか。

そこで伊耶那岐命は須佐之男命を呼び、

「なんの理由で言われた国を統治しないのか。大声で哭くのか。泣き叫ぶのか」

と問うた。

そうしたところ須佐之男命は暫く俯いてなにかを考える風であったが、やがて顔を上げ、

「僕《やつがれ》は、妣《はは》の国にある根之堅州国《ねのかたすくに》というところに行きたい、という思いから泣いているのです」

と言った。

伊耶那岐命は激怒した。

なんというムチャクチャなことを言うのか。

私に背くつもりか。

妣の国の根之堅州国がどんなところか知っているのか。

パワーだけで生きていけるとでも思っているのか。

そう思って腹が立ちすぎた伊耶那岐命は震える声で、

「そんな思想を抱いているということが訣った以上、此の国に居住することは許さない。どこへなと失せろ」

と宣し、須佐之男命を永久追放した。

其の伊耶那岐大神は淡海《おうみ》の多賀《たが》というところに今はおいでになる。

スサノオノミコト

○天照大御神と須佐之男命

扨《さて》、伊耶那岐命《いざなきのみこと》に永久追放を宣告された須佐之男命《すさのおのみこと》はそれからどうしただろうか。

「永久追放なんていやよー」

と言って暴れただろうか。いや、暴れなかった。暴れずにそれならそれで仕方がない、とこれを受け入れた。

と言ってでも、直ちに参ったのではない。ではどこに行ったか。天照大御神《あまてらすおおみかみ》のいらっしゃる高天原《たかあまのはら》に向かった。

「急に居なくなると向こうも心配するだろうから、やはり一言、挨拶をしてから旅立とう」

と考えたのである。

それはそれで義理堅くてけっこうなことなのだが、しかしいちいち動作が大きく、動く度に周囲のものがぶち壊れる。と言うと、物が落ちて割れるとか、向こうから来る人にぶつかったとか、そんな程度のことと思いがちだが、なかなか。

なにしろ泣くだけで山の木が全部枯れ、海が干上がるほどのパワーの持ち主がもの凄いスピードで天に昇っていくのだから、やれコップが落ちて割れた、茶瓶がこけたみたいなことで済む訳がなく、震度千の地震が揺すぶったみたいな感じになって、山も川もまるでアホがヘドバンをしているみたいに震動、国土全体が動揺してムチャクチャになった。

このことがすぐに天照大御神のところに報告された。

「ご注進、ご注進」

「何事です、騒々しい」

「えらいこってす。葦原中国《あしはらのなかつくに》が動揺してムチャクチャになってます」

「マジですか」

「マジです」

「なんでそんなことに」

「建速《たけはや》須佐之男命がこちらに向かって上昇中です」

これを聞いて天照大御神は動揺した。

あの心身のバランスを著しく欠いた弟の命。吾はいつも心配していた。あれがなにかのきっかけで逆上して高天原に暴れ込んでくるのではないか、と。ついにその日が来たのか。嫌なことだ。

そう思った天照大御神は部下に言った。

「日頃の言動から考えて吾の弟が友好目的で来るということはまずない。侵略意図を持っているのは明白です」

「マジですか」

「マジです」

「ど、どうしましょう」

「吾自身が武装して戦います」

「私たちは武装しなくていいのでしょうか」

「したところで弟には勝てない。あの人と戦えるのは吾のみ。仕度します。手伝いなさい」

「了解です」

ということで天照大御神は、長い髪を解いて、御みずら、すなわち両サイドで巻いてポンポンにして留めた。そして左右の手に極度に長い紐に通した玉飾り、超強力なパワーストーンを巻きつけた。鎧を身に纏い、その背中には矢を入れるためのケースを背負った。ちなみにこのケースには約千本の矢が入った。さらには鎧の胸のところにも矢を入れるためのケースを装着、このケースは五百本の矢を入れた。左手首にはいかついリストバンドを嵌めている。

すなわち、天照大御神はフルアーマーの状態で須佐之男命を待ち受けたのである。それも御殿の中で待ち受けたのではない。

武装してテンションがあがりきった天照大御神は、弓の腹（内側）を振り立てて、意味の訣《わか》らないことを喚き散らしながら御殿の階を駆け下り庭に降り立った。

庭の土は強く固められてあった。ところが。

「うおおおおおおおおおおっ」

と咆哮しながら天照大御神が左足を大きくあげ、そして勢いよく、堅い地面をストンピングした。そうしたところ、なんということであろうか、あまりにも勢いが強いため、足が太腿のところまで地面にめり込んだ。

そうしておいてまたぞろ、

「うおおおおおおおおおおっ」

と咆哮しながらこんだ、右足を大きくあげ、同じようにストンピングした。そうしたところ右足も太腿のところまでめりこんだ。それはいいが、こんな風に埋まった状態では身動きが取れず、闘いにおいて不利である。いったいどうするのか、と思って周囲の者が見ていると、

「だらあああああああっ」

と絶叫しながら、足を蹴り上げた。そうしたところ、なんということであろうか、あの硬い土が、まるで雪のように蹴散らかされて舞った。

「ぺっぺっぺっ」

「そこまでしなくても」

「ちょっとテンションやばくないですか」

「やばいっすね」

と周囲の者は小声で言った。

けれども天照大御神はますます興奮し、さらに土を蹴散らかして、咆哮し、暴れたくっていた。


その興奮がマックスに達したとき、須佐之男命が高天原に到着、天照大御神のところにやって来た。

天照大御神は土に埋まったまま須佐之男命に問うた。

「なんなんですか。なんなんですか。なんなんですか、あなたは。そんな、武装して。いったいなんの積もりですか。やるんですか。なんなんですか。なにしにきたんですか。なんなんですか。なめてるんですか」

これに対して須佐之男命は、というと意外に冷静で、

「あなたこそ、どうしたんですか。そんな土に埋まって。そこいら中が土砂でムチャクチャになっているじゃありませんか。少し落ち着いてください」

と反対に姉の命を宥めるようであった。そして続けて、なお土に埋まったまま訝しげにしている天照大御神に向かい、

「あなたの質問に答えましょう。僕が哭いていたら伊耶那岐大神が、『汝《なれ》は何故に哭く。』と問いました。そこで僕は『妣《はは》の国・根之堅州国《ねのかたすくに》に行きたくて哭く。』と答えました。そしたら大神は、『汝、此《こ》の国に在るべからず。』と仰って、僕は追放になりました。そこで、そのことをあなたにご報告しようと斯様《かよう》に考えて参上仕った次第で、反乱しようといった気持ちはまったくありません」

と言った。

しかし天照大御神が須佐之男命を信頼した様子はまったくなく、

「口は重宝。口で言うだけならなんとでも言えます。汝の心が清く明《あか》いということをどうやって知ることができましょう。どうやったって知ることはできない」

と言った。須佐之男命に異心がないことを証明する手立てはない。だから異心があるかも知れない。だから、討つ。と言外に言ったのである。

これに対して須佐之男命は怒りもせず、ますます冷静な口調で言った。

「わかりました。そうしたら、うけひ、をいたしましょう」

と言い、その成り行きを心配そうに見守っていた神々は驚き惑い、口々に、

「なんと、うけひ、をなさると仰ったぞ」

「うけひ、やばいっすよね」

と言った。


なにがそんなにやばいのかというと、もちろん、うけひ、をすると、異心があるか／ないか、が一発で訣って、完全に白黒がはっきりしてしまうからである。

もし、うけひ、をして異心があることが訣ってしまったらどうなるのか。当然、天照大御神と須佐之男命の闘いとなり、どちらもの凄いパワーの持ち主だから、高天原の、そして葦原中国の環境がムチャクチャに破壊され、みんなが困る。

だからと言って、須佐之男命に異心がないと訣ったらどうなるかというと、それはそれで困る。なんとなればそうなった場合、異心がないのに異心があると疑った天照大御神は須佐之男命に心理的な負い目を負うことになるからだし、異心がないのに異心があると疑われた須佐之男命に、その精神的苦痛に対する補償を要求されても、これを拒むことはできず、高天原の統治者がそんな立場に立つこと自体、あり得ない、あってはならないことと思われるからである。

○うけひ

扨、そこまで群神が心配する、うけひ、とはなになのか。

というと例えばだが、大きな岩に向かって剣を振りかざして立ち、「もし俺がアホだったら、この剣が折れる。」と言う。そして次に、「もし俺がかしこだったら、この岩が切れる。」と言う。

そして次に、気合いを籠めて岩を剣でぶっ叩く。

そうすると、岩が切れるか、剣が折れるかする。

その結果によって、そいつがアホかかしこかが訣る、とまあ、こういう寸法である。

と、説明して、「あ、成る程、そいつがアホかかしこかを決めるのがうけひってことですね！」

と、言う奴が居たらそいつはアホである。そうではなく、例えばだが、と断ったように、それが嘘か本当かを確かめるためにするのであって、その、それ、は時々によって変わる。

そしてこの場合は、本神は、「僕に叛逆の意志はない」と言っているが、それが本当かどうかを確かめるためにする、うけひ、なのであった。

ということで、天照大御神と須佐之男命は天《あめ》の安《やす》の河《かわ》、という高天原の中心部を流れる川の両岸に向かい合って立った。

「じゃあ、いたしましょう。どういたしますか。なにを、うけひ、ましょうかね」

と須佐之男命が余裕をかました口調で言った。

それに対して天照大御神は、

「その腰の物をください」

と言った。それを見ていた群神の一人が言った。

「腰の物ってなんですかね」

脇に居た群神が答えた。

「そりゃあ、あれでしょう、あの腰に佩いてる剣でしょう」

「あ、やっぱりそうですか。それにしても立派なもんですな」

「立派な剣です。なんでも、十拳《とつか》の剣《つるぎ》ちゅうらしですな」

「あれをどないするんでしょうか」

「どないするんでしょうね。まあ、見てまひょう」

と群神が見守るなか、須佐之男命が差し出す十拳の剣を受け取ると、いきなり、これを三つに折った。そしてその三つに折った剣を神聖な井戸水で洗った。そのとき、剣はカチャカチャと音を立てた。次に、なんということをするのであろうか、これを口に入れて、ガリガリ嚙み砕いた。

そして、

「あ、あんなことして口が痛くないんでしょうか。っていうか、口が切れないんでしょうか」

「切れないんでしょうなあ」

「歯が強いんでしょうか」

「強いんでしょうなあ」

と群神が驚き呆れるのを気にもしないで暫くの間、嚙みに嚙み、やがてこれを、ぶうううっ、と吹きだした。

そうしたところ、嚙まれて粉々になった剣と神聖な井戸水の水分と天照大御神の息吹が混合して、その息吹の霧に神が成った。

多紀理毘売命《たきりびめのみこと》、亦《また》の名を奥津島比売命《おきつしまひめのみこと》

市寸島比売命《いちきしまひめのみこと》、亦の名を狭依毘売命《さよりびめのみこと》

多岐都比売命《たきつひめのみこと》、

の三柱である。これを見ていた群神の一人が言った。
「みんな女の神さんですな」
「そうです。女神さんです」
「ちゅうことは、どういうこってっしゃろ」
「さあ、どういうこってしゃろ」

と、群神が成り行きを見守るなか、今度は、天照大御神が、左のみずらに付けていた宝珠の飾り、夥しい珠、それもひとつの直径が八尺あるという巨大な宝珠を、緒に通したもの、を須佐之男命に手渡した。

須佐之男命はこれを神聖な井戸の水で洗った。そのとき珠と珠がぶつかって妙なる音が響いた。

須佐之男命はこれを天照大御神と同じく、口に入れ、ガリガリ嚙み砕いた。

そして暫くの間、嚙みに嚙み、やがてこれを、ぶうううっ、と吹きだした。

そうしたところ、嚙まれて粉々になった珠と神聖な井戸水の水分と須佐之男命の息吹が混合して、その息吹の霧に神が成った。

正勝《まさかつ》吾《あ》勝々《かつかち》速《はや》日《ひ》天《あめ》之《の》忍《おし》穂《ほ》耳《みみ》命《のみこと》

である。

「こんだ、男の神さんだんな」

「そうですな」

「ええ神さんですな」

「上神ですな」

「これ、上神ちゅ神がおますかいな」

「えらいすんまへん。あれ、またなんぞもろてまっせ」

と群神が見守るなか、須佐之男命、こんだ右のみずらに纏《ま》いていた宝珠の飾りを乞い受け、同じようにして嚙みに嚙み、ぶうっ、と吹きだしたところ、その息吹の霧に神が成った。

天之菩卑能命《あめのほひのみこと》
である。

「また、男の神さんでんな」

「ほんまでんな。あっ、見なはれ、また、なにしよりますわ」

と群神が見ると須佐之男命、今度は御鬘《みかずら》、頭の天辺頂《てっぺんちょ》のところに纏いた珠玉を乞い受け同じようにして吹きだした。そうしたところ、その息吹の霧に神が成った。

天津日子根命《あまつひこねのみこと》

更に左手に纏いた珠を貰って同じようにして吹いて、

活津日子根命《いくつひこねのみこと》

次に右手に纏いた珠を受けて同様にして成ったのが、

熊野久須毘命《くまのくすびのみこと》

で、つまり天照大御神から須佐之男命が受けて、嚙みに嚙んで吹いた、その息吹の霧の中から合わせて五柱の神が成ったのである。

○岩戸かくれ

　このとき、天照大御神が須佐之男命に、

「この、後に生まれた五柱の男子の材料となったのは私の持ち物でした。因《よ》ってこの五柱の男子は吾の子です。先に生まれた三柱の女子の材料となったのは汝の持ち物ですから、その三柱の女子は汝の子です」

　と宣して、それぞれの所属を決然と明らかにした。

　これを聞いた群神が囁いた。

「そらそうですわな」

「理屈ですわな。けど」

「けどなんだんね」

「肝心のうけひはどないなりまんにゃろ」

「ほんまですね」

　と群神が訝るとき、須佐之男命が言った。

「私の心が清く明いから手弱女《たおやめ》が生まれました。これに基づいて言えば私が勝ったということになります。それでよろしいですね」

「いいですよ」

と天照大御神が答えた瞬間、須佐之男命の態度が裏返った。それまでひたすら恭順の意を表していたのに、勝ったとわかった瞬間、その勝ちを誇って好き放題のことをやらかし始めたのである。


それははっきり言ってムチャクチャであった。天照大御神の営田《つくりた》の畦《あぜ》を毀《こわ》し、その土で溝を埋めた。それくらいだったらまだいい（本当はよくないが）、須佐之男命は、まったくもってなんということをするのであろうか、天照大御神が捧げられた食物を食べる神聖な場所に大量の糞を撒き散らすという暴挙に出たのである。


この惨状を見て驚愕した高天原の神々は天照大御神のところに走って行って、

「いったい誰がなんのためにこんなことをしたのでしょうか」

と問うた。そうしたところ天照大御神は、

「糞は、あれでしょう、泥酔して、ちょっとおもしろいことをしようとして、吾の弟の命がしたのでしょう。畦を毀して溝を埋めたのは、きっとあれでしょう、土地を少しでも増やそうと思って私の弟の命がしたのでしょう」

と言った。うけひの結果を見た天照大御神は須佐之男命を咎めなかったのである。

そこで仕方なく神々は泣きながら大量の糞を片付けた。

ところが須佐之男命の暴挙はそれにとどまらなかった。いったん弾みがつくと止めどなく暴走、まったく意味のない無茶をして、とどまるところを知らぬ、それが須佐之男という命のパワーであった。

須佐之男命は今度は機織のための殿舎に目を付けた。これをムチャクチャにしたらどんなにか凄いだろうか。きっと凄いに違いない。純粋な凄さのために凄いことをして目的が無い。これが須佐之男のムチャクチャの根源にあった。

そのとき、ちょうど天照大御神が服織舎にいて服織女《はとりめ》とともに神々が着る衣の服を織っていた。

そうしたところみなの頭の上で、ベキベキベキベキ、と音がした。何事ならんと見上げると、屋根の一部が毀され、そこから、尻から皮を剝かれて赤黒い感じになった馬が落ちてきた。

悲鳴と絶叫が服織舎に響いた。

皮を剝かれてなお生きている馬は痛みに暴れた。

ある服織女は驚愕のあまりピョーンと高く飛び上がった。そして落ちてきた。ところが落ちてきたところに、拍子の悪い、服織機の尖った部分があり、それが女陰に刺さってしまった。

「あぎゃあああああああああっ」

痛みに絶叫して、そして服織女は死んだ。

この衝撃は大きかった。

多くの者の号泣、悲鳴が響くなか、天照大御神は呟いた。

「いったい誰がこんなひどいことを……」

と。


もちろん須佐之男命の仕業であった。

「他のことは兎も角も神聖な服織舎に逆剝ぎの馬を落とすなんて。もう嫌。もう嫌。もう耐えられない」

そう呟いた天照大御神は天《あめ》の岩屋《いわや》という宮殿の岩の戸を開くと、なかに入り、うちらから重い岩の戸を閉め、引き籠もってしまった。

天照大御神は日の神様である。その日の神様が天の岩屋に閉じこもってしまった。

そうしたところどうなったか。

此の世から光が失われてしまった。

「いっやー、真っ暗でなんにもみえませんなあ」

「そうです。私、さっき溝にはまりました」

「私は壁にぶつかってデボチン打ちました」

「なんしょ、あれからずっと夜ですからなあ」

なんて言っているうちはまだよかったが、そうやってずっと夜が続くことによって、此の世の秩序というものが失われ、常に誰かしらが悲鳴や喚き声を上げ、怒声・罵声を発しているというどうしようもない混乱状態に陥った。

災厄が次々に襲いかかり、いろんなものが腐った。多くの者が堕落した。


これではいけない、ということになり、神々は天の安河の河原に集合して会議を開いた。と言ってもそこは神なので、人間のように各々が意見を言うのではなく、最初に天と地ができたときに現れた、根源的な神様、高御産巣日神《たかみむすひのかみ》の子、思金神《おもいかねのかみ》、に対策を思わせた。

ここで思金神の思うことはそのすべてが実現するからである。

また、高御産巣日神は独り神であったはず。なのに子とはどういうことか。と思うかも知れないが、そんなことは心配なくてもよい。独り神でも子を得ることはいくらでもあるからである。

さあ、それで思金神がどんなことを思ったかを列挙すると。

常世《とこよ》、すなわち海の彼方の異境、の長鳴鳥《ながなきどり》という鳥を集めてそれらを一斉に鳴かせる。

天の安河の川上から石を、天の金山《かなやま》から鉄を採掘する。

鍛冶の技術を有する天津麻羅《あまつまら》という奴を連れてくる。

伊斯許理度売命《いしこりどめのみこと》に命じて鏡を作らせる。

玉祖命《たまのおやのみこと》に命じて玉飾りを作らせる。

天児屋命《あめのこやのみこと》と布刀玉命《ふとたまのみこと》を呼んで、天の香山《かぐやま》から獲ってきた鹿から丸ごと抜き取った肩の骨を天の香山のかにわ桜を燃やした火で焼いて、占いをさせる。

天の香山の五百津真賢木《いおつまさかき》を根こそぎ抜いてきて、その木の枝の上の方にさっき作らせた玉飾りを掛け、中程の枝に鏡を掛け、下の方の枝には白丹寸手《しらにきて》といって白い御幣《みてぐら》と青丹《あおに》寸手《きて》といって青い御幣を取り付ける。

この巨大なものを布刀玉命が、尊い捧げ物として掲げ持ち、天の岩屋の前まで行き、天児屋命が尊い祝詞《のりと》を言祝《ことほ》ぎ申し上げる。

天手力男神《あめのたぢからおのかみ》という名前の手の力がムチャクチャ強い神が岩戸の脇に隠れて立っている。

天宇受売命《あめのうずめのみこと》という、女の神が天の岩屋の前に進み出る。このとき、天宇受売命は、天の香山に産するカズラを襷として掛け、同じく天の香山産の蔓草を頭にかぶって鬘のようにし、手には笹の葉を結びつけ、天の岩屋の前に桶を伏せて置き、これを足で踏み鳴らし、それに合わせて踊り狂う。

というもので、その思ったことが実際になされて天宇受売命が踊り狂った。

そうして踊るうちに、玉やら鏡やら神聖な御幣やら、後は祝詞の力、天の香山の木や草の力やら、後は桶の律動的な拍子、踊りそのものなどが合わさって、天宇受売命は神がかって、思考がなくなり神の力そのものとなって、のけぞって衣服の前を両手で左右に引っ張って乳を丸出しにし、それから、下半身に巻いた裳《も》を結んだ紐を押し下げ、腰を前に突きだした。

その結果、女陰が丸出しになった。

その乳と女陰が丸出しになった状態で、首を振り、頭につけた蔓草を振り乱し、手に結んだ笹を振り回し、なお踊り狂った。

それはただでさえ爆笑を誘う光景であったが、その脇に布刀玉命、天手力男神が真面目な顔をして立っているのがなおおかしく、神集いたる八百万の神がゲラゲラ笑った。

そしてその笑いもまた、様々の霊力によって増幅され、笑いがまた笑いを呼び、その笑いがまた笑いを呼んで止めどなく、その笑いによって高天原全体が上下に激しく震動した。

このとき天照大御神は天の岩屋のなかにいた。

普通に考えれば戸を閉めきった宮殿のなかは暗い。

けれどもこのときは明るかった。なぜなら日の神である天照大御神がなかにいたからである。

それゆえ、外、すなわち世界は真っ暗になっている。

真っ暗な世界では万物が真っ暗な気持ちになるはずである。にもかかわらず、地面が揺れるほど笑い声が聞こえてきた。

笑うということはどういうことか。はっきり言って、たのしい、ということである。

天照大御神はこれを訝った。

「日の神である私が天の岩屋に籠もってしまったというのに、あれらはなにを楽しんでいるのか。私など居らなくても大丈夫ということか。だとしたら寂しい」

そう呟いて天照大御神は宮殿の戸を細く開けた。

一筋の光明が暗闇に走った。

八百万の神はこれを喜び、ますます騒ぎ狂った。天宇受売は乳を揺すぶりまくった。天照大御神はこの騒ぎを見てますます不思議に思い、そして言った。

「吾が隠《こも》っているのですから高天原は暗く、また地上の世界も真っ暗なはずです。なのにみんなで楽しく浮かれ騒いでいるのはどういう訳ですか」

これに対して天宇受売が、乳を揺さぶり、女陰を見せびらかすなどして言った。

「あなた様より遥かに尊い神様がいらっしゃいますので、みなこれを喜び、歌い、踊り、暴れて笑っているのでございます」

と天宇受売がそう言うのと同時に天児屋命と布刀玉命が鏡をグイグイ差し出した。

そう言われ、天照大御神が外を見ると、まるで自分みたいな神様がそこにいる。ますますおかしいと思って、よく見ようと、頭を突き出したその瞬間、岩戸の脇に潜んでいた天手力男神が、その御手をつかんで、天照大御神、「あっ」と思ったが、もう遅い、もの凄い腕力（手力）で引っ張り出され、すかさず、注連縄を手にした布刀玉命がその背後に回り、注連縄で戸を封鎖、「もう、中には入れませんで」と大御神に申し上げた。

このようにして天照大御神は引きこもっていた宮殿から出御あそばされ、高天原も地上すなわち葦原中国も一瞬で明るく照り輝いた。

○須佐之男命の追放

そして八百万の神々は会議を開き、須佐之男命の追放を決定した。こうなったのは、こんなことになってしまったのは抑《そもそ》も須佐之男命が暴れたからであって、渠《かれ》をこのまま放置したら、また同じようなことをしでかすかも知れない、という意見が多かったのである。神々は須佐之男命に有罪を宣告した。

そして、鬚と手足の爪を切り、それを捧げ奉ってその罪を祓えと命じた。

須佐之男命は、大きな供えの台を拵え、それに切った鬚と爪を載せて祓いを行おうとした。

しかし罪の祓いを完全なものにするためには様々の食物を供える必要があった。そこで神々はかつて伊耶那美命《いざなみのみこと》と伊耶那岐命が生んだ大気都比売神《おおげつひめのかみ》を召喚し、祓いの食物を調進するよう要請した。

「頼むよ」

「よろしゅうございます」

引き受けて大気都比売神は様々の食物を調進した。

といってどこから食物を持参したわけではない。ではどうしたか。

大気都比売神は自分の身体のなかから食物を現出せしめた。なぜそんなことができたのか。できるのか。それは当たり前の話で、大気都比売神が食物の神様であるからである。

「いひゃひゃひゃひゃひゃ」

大気都比売神が笑うと、其の鼻の穴と口と尻の穴から様々の食物が噴出した。

大気都比売神はこれを供え台に載せた。

したところこの様子を窺っていた須佐之男命が、

「きたないでしょうがあっ」

と怒鳴った。

「まるで鼻汁、反吐、屎尿《しにょう》じゃないですか。せっかくの祓いを穢すつもりですかあっ。君は僕《やつがれ》をなめてるんですかあっ」

と怒鳴り、大気都比売神を殺害した。

そのとき、その屍骸から生ったのがあったのでそれを言うと、頭に蚕が生った。両眼に稲の種が生った。二つの耳に粟が生った。鼻に小豆が生った。女陰に麦が生った。尻に大豆が生った。

それを見た神産巣日神《かむむすひのかみ》が須佐之男命に、

「その種を集めて持って行くといい」

と言い、須佐之男命はこれを拾い集めた。

○八岐大蛇

そんなことで、いやがられ、出て行けと言われた須佐之男命は高天原を出て、出雲国《いずものくに》の、肥河《ひのかわ》という川の上流、地名で言うと鳥髪《とりかみ》というところに降ってきた。

須佐之男命は、

「いやあ、川だなあ。川があるとどうしても、この、川の流れというものを見つめてしまうな。なぜだろうな」

と言って川の流れを見つめた。暫く見つめて須佐之男命は言った。

「別にただ水が流れているだけだ。もう見るのをやめようかな。いや、でももう少しだけ見ようかな」

そう言って須佐之男命がなおも川を見つめていると川上から箸のようなものが流れてきた。

「お、なんだ」

と言って須佐之男命は右手をニュウと伸ばしてこれをすくい上げた。

やはり箸であった。

「ううむ。箸か。ってことは。この川上に人が住んでいるということだな。おもろ。行って笑かしたろかな」

そう言って須佐之男命は川上に向かって歩いていった。


そうしたところ言わんこっちゃない、川上に家があって人が住んでいた。

「家、おもろ」

と須佐之男命は思ったが、家の中ではおもろくないことが展開していた。おっさんとおばはんが、間に女の子をはそんで愁嘆に泣いていたのである。

「陰気くさいじゃないですか。汝ら何者ですか」

須佐之男命が問うと、おっさんが答えて言った。

「僕は、此の国の神さん、大山津見神《おおやまつみのかみ》の子なんです」

「あー、知ってますよ。大山津見神」

「よかったです。で、僕の名前は足名椎《あしなづち》ちいます。これは私の妻で手名椎《てなづち》、へてからに此処におりますのが娘でございまして、櫛名田比売《くしなだひめ》ちいます」

「あー、そう」

「そうなんです」

「わかりました。わかってよかったです」

「ええ、そいで、あの、質問はそれだけですか」

「ええ」

「いや、あの私らが泣いてる理由は聞かへんのでしょうか」

「ええ」

「なんで？」

「興味ないんで」

「聞いてくださいよ」

「では聞きます。あなたはなぜ泣いてるんですか」

「よう、聞いてくれはった。実はね、私には元々、娘が八人、おったんです」

「仰山、おったんですね」

「ええ。ところがあんた、八岐大蛇《やまたのおろち》、ちゅう、超巨大蛇が年一で来て、娘、食うてまいよって、とうとうこの娘だけになってもうたんです。その最後の一人になった娘をあんた、今年もまた食いにきやがりまんね。ほれで泣いてまんね」

「なるほど。凄い蛇ですね。ど、ど、どんな形してますの？」

「興味、出てきましたね。そらもう、あんた、おとろしですわ。まず、目ェがもの凄いですわ。目ェが」

「どんななんです」

「目ェがまっ赤いけなんです。赤目なんです。酸漿《ほおずき》みたいな色の目ェです」

「ああ。それはちょっと気色悪いですね」

「それからですね、胴体は一本なんですけど、頭が八個あって、尾ォも八本あるんです」

「それはかなり気色悪いですね」

「それから、身体中に、草、生えてるんです」

「草？　なんの草？」

「日陰蔓《ひかげかずら》です」

「なるほどね」

「それから木ィも生えてるんです。杉と檜なんですけどね」

「ちょっと理解できないんですが、小さい杉と檜ですか？」

「普通のやつです」

「わかりませんが、気にしてる感じはないですねぇ」

「それ、嫌ですねぇ。痛くないんですかねぇ」

「マジです。腹は常に爛れて、常に血がダラダラ流れてます」

「マジですか」

「長さで言うと、谷が八つ、山が八つ分です」

「マジですか。どれくらい大きい」

「それくらいに大きいんですよ、身体が」

「どういうことでしょうか」

八岐大蛇のことを一通り聞いた須佐之男命は言った。

「ちょっと尋ねますけど」

「なんでしょうか」

「この汝の娘さん、吾に奉りません?」

「どういうことでしょうか」

「吾に献上しませんか」

「どういうことでしょうか」

「吾の妻にしたいのですが」

「どういうことでしょうか」

「妻、わかりませんか。もし汝がおちょくっているのであれば殺しますが」

「すみません。おちょくってました。わかりました。こんな地方の娘をご所望というのは畏れ多いことですが、ただ、まだお名前もうかがっておりません。名前も知らぬ方に献上っていうのはどうなんでしょうか？　可能なんでしょうか？　なんか躊躇します」

「それは理解できる。それでは私の名前を言おう。私は天照大御神の弟。いま天から降ってきたのである」

須佐之男命がそう言うのを聞いて足名椎は七尺飛び上がった。手名椎は八尺めりこんだ。櫛名田比売はそのままだった。彼らは声を揃えて言った。

「其れであるなれば畏れ多いことでございます。娘を奉ります」

「よかったです。それならば貰います」

そう言って須佐之男命は手を伸ばし、その娘を片手で持ち上げた。そうしたところ、その娘は神聖な櫛になった。

「こ、これは、どういうことでしょうか」

そう言って心配する足名椎と手名椎に須佐之男命は、

「大事ない」

と言ってこれを自分の髪の毛の横のふくれた形に結ったところ（之《これ》をみずらと謂ふ）に挿した。

「こうしておけば八岐大蛇に気がつかれない」

「なるほど。しかし」

「しかし、なんですか」

「後でまた、元の感じに戻して貰えますのでしょうか。もしかして娘は一生、櫛……」

「大丈夫、大丈夫」

「本当でしょうか。その軽い感じが気になるんですけど」

「大丈夫ですよ。それより、頼みがいくつかあります」

「なんでしょうか」

「酒をね、醸造して欲しいんです」

「よろしおます。あんた、飲みなはる？」

「違う。吾が飲むのではなく、蛇に飲ませるのだ。だからね、普通の酒じゃ、あかんぜ。何回も、そう、八回、今回はなんでも八っていう数が鍵になっているから八回、八回醸してください。所謂八塩折《やしおおり》の酒、というやつです。それから、この家を取り囲む、壁を作ってください。その壁の八箇所に門を作ってください。その八箇所の門に八つの台を置いてください。その台の上に、酒船、置いて、作った八塩折の酒、いっぱいいっぱい入れて、そいで蛇、来るの待ってください」

「えらい、手間かかりまんな。それでどうなります」

「つべこべ言わず、言われた通りにしろ」

「了解です」

足名椎は近所に住む土民を集め、言われた通りのことをして、立派な垣と門ができ、門には酒船が置かれ、酒船には八塩折の酒が満たされ、あたりにいい香りが漂った。


「あんたえらい顔赤いな」

「人聞きの悪いこと言うな。そんなこと言うたら俺が酒、盗み飲みしたみたいやんけ」

「疑ってすまん」

「ほんまやで。気いつけや。さっ、ほんなら、八岐大蛇が来る前に、もう一杯だけよばれて帰ろ」

「飲んでんのんかーい」

そんなことを言いながら土民は蛇が来る前に各々の家に帰っていった。みな、赤い顔をしてフラフラであった。

そうこうするうちに、山の彼方から、ずさっ、ずさっ、という音が響いて、地面が揺れた。本当に八岐大蛇がやって来たのである。

「さ、おたくらも、危ないから家の中入ってください」

そう言って須佐之男は足名椎と手名椎を門のなかに入らせ、自分は少し離れたところに隠れて様子を窺った。そうしたところ、ついに八岐大蛇がすぐ近くまでやって来た。

足名椎の言ったことは嘘ではなく、その様はまるで山が動いてくるようで、さすがの須佐之男もこれには度肝を抜かれたようだった。

そして足名椎の家の近くまで来て、八岐大蛇は不思議そうな顔で、あたりを見回していた。なんとなれば年に一度の楽しみの、娘が見当たらなかったからである。

「あれ、おっかしいなあ」

そう言い、八個の頭を彼方此方《あちこち》に動かしたが、やはり娘の姿がない。しかしそのうちに鼻をスンスンさせはじめたかと思うと、「気のせいかしら、いい匂いがする」と言って首を傾げ、そして、八つ門のところ、八つ台の上に八つの酒船が置いてあるのを見つけ、

「わーい。おいしそー」

と言ってこれに八つの頭を同時に突っ込んで、ガブガブ飲んだが、これがいけなかった。というのは、これが普通の酒ならそんなこともないのかも知れないが、なにしろ八回も醸した、八塩折の酒。アルコール度数がきわめて高い。しかも八つの口で一本の胴体目がけて飲んだものだから、いっぺんに酔いが回り、一言、

「ああ、酔うた」

と言うたかと思ったら、ずさっ、とその場に倒れて、グウグウ寝てしまった。

少し離れたところから様子を窺っていた須佐之男は、もう大丈夫やろう、というので門のところまで来ると、「ははは。アホや」と言いながら、腰に帯びた十拳の剣を抜き放ち、これを振りかざすと、「えいっ」気合いとともに、振り下ろした。

ぼそっ。

と八岐大蛇の頭が落ちた。といって安心できないのは、まだ後、七個、頭があるからで、須佐之男は門をめぐって、次々と頭を切り落としていった。

「えいっ」

ぼそっ。

「えいっ」

ぼそっ。

「えいっ」

ぼそっ。

「けっこう疲れるなあ、えいっ」

ぼそっ。

「えいっ」

ぼそっ。

「後、二個かあ、えいっ」

ぼそっ。

「これでしまいじゃ、えいっ」

ぼそっ。

と、そうして須佐之男が八岐大蛇の頸を切ったので、夥しい量の血が、まるで鉄砲水のように噴出、近所を流れる肥の河に流れ込み、肥の河は水ではなく血が流れる川に変じた。どんだけ大きい蛇やねん、凄いなあ、という話であるが、それを一刀のもとに斬った須佐之男命は実際の話、もっと凄い。


そのように八つの頭をすべて切り落とされた八岐大蛇は、くたっ、となったが、しかしなお胴体がビクビク動いていて、万が一、復活したら面倒くさい、と思った須佐之男は、一応、念の為、というので十拳の剣を振りかぶると、「えいっ」気合いとともに振り下ろした。

そのときなぜか、カチン、という音がした。不思議に思った須佐之男が剣を調べると、なんということであろうか、刃こぼれがしている。

「おっかしいなあ。なんぼ大蛇とはいえ、こんな蛇の骨ごときで刃こぼれするような剣ではないのだが。もしかしてなかに固い石かなにかが入っていたのかな」

須佐之男はぶつぶついいながら、切っ先で死んだ大蛇の尾を割いた。そうしたところ尾の中に、いい感じの、ムチャクチャに切れそうな刀が入っていた。

須佐之男はこれを取り出すと、たいへんに貴重なもの、ということで、天照大御神に献上、天照大御神はこれを受け取った。これ即ち、草那芸剣《くさなぎのつるぎ》である。これを献上したことによって須佐之男命の罪は許され、穢れが祓われたのである。


さてそんなことで、八岐大蛇も滅ぼしたので、須佐之男命は此処、出雲国に自分の宮殿を建てることにして、それにふさわしいところを探して歩き、あるところにやってきたら、どういう訳か、非常にこの、なんというか、気持ちが爽やかになり、思わず、

「あー、なんか。なんか、すがすがしい……」

と言い、そこに立派な宮殿を打ち立てた。という訳で、この土地は後に、須賀《すが》、と呼ばれるようになった。凄いことである。

そしてこの須佐之男命が須賀に宮を建てたとき、空にいい感じの雲が立ち上った。須佐之男命はこの雲を見て御歌を作った。

その歌は、

八雲立つ
出雲八重垣
妻籠みに
八重垣作る
その八重垣を

という歌で、意味は、

雲が湧きあがった。
この出雲の国に、
雲が、
八重に湧きあがった。
俺は垣を作る。
妻と一緒に住む家の垣を作る。
八重に作る。
俺は八重の垣を作る。
作ってこます。

みたいな感じである。まだ、八という数にこだわっている。

そして須佐之男命は足名椎を召喚し、「汝を私の宮の長官に任命します」と言い、そしてその名を、稲田宮主《いなだのみやぬし》須賀《すが》之《の》八耳神《やつみみのかみ》、とした。また八耳とか言っている。

そんなことで、その地元の娘、櫛名田比売と交合して、神を生んだ。その名前を、

八島士奴美神《やしまじぬみのかみ》、

と謂う。

それから、それとは別に大山津見神の娘で、神大市比売《かむおおいちひめ》を娶り、

大年神《おおとしのかみ》、
次に宇迦之御魂神《うかのみたまのかみ》、

を生んだ。

そして、兄の八島士奴美神は、大山津見神の娘の、木花知流比売《このはなちるひめ》を娶って、

布波能母遅久奴須奴神《ふはのもじくぬすぬのかみ》、

を生んだ。

この布波能母遅久奴須奴神が、淤迦美神《おかみのかみ》の娘、日河比売《ひかわひめ》を娶って生んだのが、

深淵之水夜礼花神《ふかふちのみずやれはなのかみ》、

この神が、天之都度閇知泥神《あめのつどへちねのかみ》を娶って、

淤美豆奴神《おみずぬのかみ》、

を生み、この神は、布怒豆怒神《ふのずののかみ》の娘、布帝耳神《ふてみみのかみ》を娶って、

天之冬衣神《あめのふゆきぬのかみ》、

を生み、この神が、刺国大神《さしくにおおのかみ》の娘、刺国若比売《さしくにわかひめ》を娶って生んだ子が、

大国主神《おおくにぬしのかみ》。

亦の名を、大穴牟遅神《おおあなむじのかみ》。

亦の名を、葦原色許男神《あしはらしこおのかみ》。

亦の名を、八千矛神《やちほこのかみ》。

亦の名を、宇都志国玉神《うつしくにたまのかみ》。

であった。この神は併せて五つの名前を持つのである。これを整理すると、

須佐之男命→八島士奴美神→布波能母遅久奴須奴神→深淵之水夜礼花神→淤美豆奴神→
天之冬衣神→大国主神。

となり、つまり、大国主命は須佐之男命の、六世の孫、ということになるのである。

大国主神

○因幡の白うさぎ

大国主神《おおくにぬしのかみ》には大勢の兄がいた。しかし最終的に大国主神の兄たちはみな大国主神に従った。

これから語る物語は大国主神がそうして兄たちを従え、この国の主となり、国を作り治めるようになるまでの物語である。

大国主神は兄の神々とともに因幡《いなば》というところに行った。

その目的は因幡の八上比売《やかみひめ》と結婚する為で、大国主神もその兄たちも因幡の八上比売と結婚したいという気持ちを持っていたのである。

そのとき兄の神々は大国主神を従者扱いした。

「俺らと対等と思うな」

と言い、そして、

「おまえはこれ持って付いてこい」

と言って、自分たちの荷物を大きな袋に入れ、これを大国主神に背負わせた。蓋《けだ》し極悪な兄たちである。しかし多勢に無勢で大国主神は唯々諾々と兄たちの言うことを聞いた。

兄たちは身軽なのでサクサク進む。

〽サク、サク、サクサクサクサクサクサクサクサク。

重い荷物を背たろうて遅れがちな大国主神を気にもしないでドンドン行って、気多《けた》の岬、というところまで来た。

そうしたところ、岬の先端になにか小動物のような物が倒れてるのが見えた。異様の気配を感じとった兄の神々が近づいてみると、それは兎であったが、ただの兎ではなく、その兎は身体の表皮をすべて剝かれて瀕死の状態であった。

「こ、これはどうしたこと」

「わからぬ。いったいこの兎になにがあったのか」

訝る兄の神々に向かい、兎が苦しい息の下から言った。

「た、助けてください」

これを聞いた一人の兄の神が言った。

「わかった。助けてやろう」

もう一人の兄の神が言った。

「汝《うぬ》はなにを言うている。吾らは神。彼はしょうむない兎、いちいち助けるに値せぬだろう」

しかし、その神は、

「まあ、そう言うな」

と兄の神に言い、そして兎に、

「おい、兎。おまえの傷には海の潮水が非常によく効く。目の前の海にちゃぽんと飛び込んで、よーく浸かって、それから高い山のてっぺんで風に吹かれるといいよ。そうするとおまえの傷はいっぺんに治る」

と言って、ニヤニヤ笑った。

それを聞いた兄の神々もニヤニヤ笑い、

「あー、考えてみるとその通りだ。おい、兎、そうしろ」

「ありがとうございます。そうさせていただきます」

兎はそう言って何度も頭を下げた。

「いいってことよ」

そう言って兄の神々はその場を去り、暫く行ってからゲラゲラ笑い、

「アホや、信じとる。兎、アホや」

「ほんまや。おもろ」

と言ってまた爆笑した。

一方、兎はというと、教えられた通り、海に浸かってそれから風に吹かれた。したところ。

乾いた塩が傷口に染み、風が吹く度、激痛に泣き叫んだ。

「ぎゃあああああああああっ」

気多の岬に気の毒な兎の泣き声が響きわたった。

そこへ、兄の神々から遅れた大国主神がやってきた。

「ああ、重い。袋、重い」

「ぎゃああああああっ」

「あれ？　誰ぞ泣いとんな。あああっ、あんなところで兎が泣き叫んでいる。気になるなあ、ちょっと聞いてみよう。おい、兎、どういう訳で君は泣き叫ぶのだ」

大国主神がそう尋ねたところ兎は以下のように答えた。

「はい。実はね、僕《やつがれ》、最初、淤岐島に居たんです。それでこっち岸に渡りたくなって、でもほら、僕、泳げないじゃないですかあ」

「知らん」

「泳げないんですよ。そこで、海に、サメって居てるじゃないですかあ」

「ああ、居るね」

「あいつら、騙して渡ったろ、と思たんですよ。あいつらアホなんで」

「騙す、ってどうすんの」

「まず、海辺に行ってね、『おーい、サメ。』って言うんです」

「なんで」

「まず、サメ、呼ぶんですよ」

「そんなんで来るか？」

「それが来よんですよ、アホなんで。それで、来たサメにね、『君らの仲間、どれくらい居るか知らないけど、僕ら兎よかはだいぶんと少ないよね、はは。』って言う」

「そうするとどうなった」

「するとね、サメが怒って、『アホンダラ、わしらの方が多いわい。』と言った、そこで僕が、『じゃあ、比べてみようじゃないか。仲間を集め給えよ。』と言うと、アホなんで熱くなって、『集めたら、ぼけ。』と言って仲間を集めたんでね、『はいじゃあ、僕が数えるんで、気多の岬の方にずらっと整列してください。』と言って、並ばせて、その背中を踏んで、ひいっ、ふうっ、みいよおっ、と数えるふりして、こっちに渡ってきたんです」

「なるほど、うまいことやったじゃないか」

「ところがね、最後に失敗したんですよ」

「どうしたの」

「最後の一匹の背中を踏んで、ちょうどこっちに飛び移ろう、として、空中にいる、その時にね、サメに言ってしまったんです」

「なんて言ったの」

「ははは、汝ら騙されたな。僕はこっちに渡りたかっただけだ、って、言ってしまったんです」

「サメ、怒ったでしょう」

「ええ。でも僕の計算では、それでサメが怒ったときには、僕はもう陸のうえにいるはずだったんです。ところが、言うのが一瞬早くて、激怒したサメに捕まって、寄ってたかってボコボコにされて、皮剝がれて捨てられました」

「それはひどい目に遭ったな。しかしまあ、サメが怒るのは無理もない話だ。自業自得っていうか」

「ええ、それはそうなんですけどね。ただ、その後、もっとひどい目に遭ったんです」

「まだ、なんかあったの」

「そうなんです。実はそんなことで、皮を剝がれて苦しんでいるところに、立派な神さん方が通りがかりまして、そしてまたありがたいことに、『救うてやる。』と仰ってくださいまして、『海の潮水を浴びて風に吹かれるといいよ。』と仰る。それでその通りにしたところ、それまでの八百倍の激痛に見舞われて、もう死ぬ、と、そう思っていたところへ、あなたが通りがかった、と大体そんな感じです」

それを聞いた大国主神は兎の身状を気の毒に思った。サメを騙したのは確かに悪い。しかし、今の彼はそのサメよりももっともっと苦しんでいる。それも自分の兄である神々のために。

これは助けてやらんとあかんでしょう。

そう思った大国主神は兎に言った。

「そしたらですねぇ、とりあえずこの足で近くの河口に行きなさい。そいで潮水じゃなくて真水で身体を洗ってあげてください。それからね、あそこの土手にはガマが仰山、生えてますので、その穂をとって、それを敷き詰めて、その上を転げ回ってください。それで皮膚の痛みがなくなるはずです」

「ありがとうございます。ありがとうございます。それで、あの」

「なんだ」

「毛皮、毛皮はどうなりますでしょうか。また生えてきますでしょうか」

「ああ、きっと生える」

「ありがとうございます。それでは行ってきます」

そう言って兎は去った。去り際に兎はこうも言った。

「お前はきっと女に惚れられるよ」

これが今に伝わる「因幡の白うさぎ」伝承の一部始終である。その兎の後ろ影を見送って、大国主神は袋を負いまた歩き始めた。

○八上比売

さて一方その頃、多くの兄の神、八十神《やそがみ》たち、は八上比売に求婚していた。

「俺らの中の誰を選ぶかはあなたが決めてくだはい」

と八上比売に言い、

「誰が選ばれても恨みっこなしでいこで」

と言い合っていた。

「さあ、誰を選ぶか、言うてくだはい。私ですやろ」

「いや、私ですやろ」

「いや、私ですやろ」

八十神たちは口々そう言い、顔を突き出してクンクン前に出てきた。その八十神たちに

八上比売は、

「ごめんなさい」

と言って頭を下げた。悪いがおどれらとは婚姻できぬ、と言ったのである。

八十神たちは色めきたち、

「ど、ど、どういうことですか」

と八上比売に詰め寄った。その神たちに八上比売は言った。

「私、好きな人がいるんです」

「そ、それは一体どこのどいつですか」

問われて八上比売は可愛く答えた。

「大穴牟遅神《おおあなむじのかみ》さんでーす」

それを聞いた八十神たちは驚き呆れた。大穴牟遅とは大国主命の別名であったのである。八十神は言った。

「あー、あんな奴はダメですよ。あいつは俺らの下僕です」

「でも好きなんです」

「マジかー」

「はるばるやってきたのによりによって大穴牟遅神が選ばれるなんて」

「やってられない」

「ふざけるな」

など口々に文句を言っていた。しかし八上比売がそう言うのだから仕方がない、その宅を去り、途中まで来たがやはり大穴牟遅神に女を渡すというのが、どうにもこうにも納得がいかず、やる気もすっかりなくなったので、その場にみなで膝を抱えて座り込んだ。

海からの風に吹かれてどれくらいそうしていただろうか。一柱の神がポツリと言った。

「やっぱりむかつくんですけど」

「まあな。けど八上比売がああ言うのだからどうしようもない」

「そうか。吾、すごく嫌なんだけどな。でもどうしようもないなら仕方がない。こうして膝を抱えて絶望するしかないのだな」

「まあ、そういうことだ」

と諦めてまた膝を抱えたとき、項垂れていた別の兄の神が突然、上を向き、

「あっ」

と言い、「なんだ、どうした」と尋ねるまた別の神に、

「いいことを思いついた」

と言った。

「なになになに？　いいことってなに？」

「あのさあ、殺せばいいいんじゃない？」

「殺す？　誰を？」

「決まってんじゃん。大穴牟遅神だよ」

「あ、そっか。でもそれいいよね」

「でしょ。みんなもそう思わない？」

「思うに決まってんじゃん」

「そうしよう」

「殺そう、それが一番だ」

「じゃあどうやって殺そうか」

と神議一決して殺し方をあれこれ相談していると、そこへ大きな袋をかたげた大国主神がヨタヨタ歩いてきた。

「おっ、きやがったぞ。黙れ、黙れ。うまいこと殺しましょうぞ」

「そうしましょうぞ。おー、大穴牟遅神、遅いやないかい。吾ら、もう帰るとこやど」

「あれ？　八上比売はどうなりました。求婚するんじゃなかったんですか」

「あー、あれはダメだ」

「なぜです」

「二目と見られぬブサイクだった」

「マジですか」

「マジだ。だから帰る」

「了解っす」


そう言って大国主神を謀って、伯耆国《ほうきのくに》の手間《てま》の山の麓まで来たとき、兄の八十神たちは妙な目配せをし、そして後から来る大国主神を待って言った。

「あのさあ、大穴牟遅神」

「なんすか」

「この山に真っ赤な猪、居るらしいんだけど、獲りたくね？」

「ああ、獲りたいですね」

「じゃあ獲ろう。それで考えたんだけどね、吾たちがさ、まず山の上からさ、猪を追い下るからさ、汝、この麓で待っててよ」

「了解っす」

「絶対、待っとけよ。どっかいくなよ。いったら殺すからな」

「いかないっすよ。猪、獲りたいから」

「じゃあ、吾らいくね。じゃ、後ほど」

「後ほど」

そう言って八十神たちは山を登っていく。

というのが既にして計略で、実は猪なんか追わない。じゃあどうするかというと、山の上で火を燃やし、大きな岩石を熱して、それを転がして落とした。

そうしたうえで、

「いま、真っ赤な猪がそっちへ下っていったど。受け止めー」

と大声で叫んだ。

「まかさんかいっ」

と麓の大国主神、大手を広げてこれを待つ、それへさして真っ赤に焼けた岩石が転《ころがり》こんできた。そも大力の大国主神、これを、がしっ、と受け止めたが、いまも言うように真っ赤に焼けているものだからひとたまりもない、

「あっつー」

と言う間もない、じゃじゅじゅじゅじゅ、と焼けて、焼け死んでしまった。


石の後から駆けてきた八十神たちはその様を見て笑い転げた。

「はははははは。あほや」

「おもろ。焼け死んでまいよった。おもろ」

「アホのくせにえらそうにするからじゃ」

って別にえらそうにしていないのだが、そんなことで大国主神は死んだ。

これを知った大国主神の親の神は歎き悲しんだ。

「なんちゅうことなのだろう。ひどい。ひどすぎる。ポンポン爆発してこましたろかしらん」

と、そんな訳のわからないことを言うくらいに悲しんだ。

そしてどうしても納得のいかない親は高天原《たかあまのはら》に行った。

そして、覚えておられるだろうか、天と地の始まったときに高天原に成った、神産巣日《かむむすひの》神《かみ》、のところへいって、この窮境を訴えた。

話を聞いた神産巣日神は言った。

「なるほど。そいでいまはどんな感じになってるんですね」

「いまは、可哀想に、もうへらべったくなって石に張りついてる感じです。焼けてしもてるし」

「了解です。そしたら、おーい、蚶貝比売《きさかいひめ》と蛤貝比売《うむかいひめ》、来なさい。おっし来たら、ほたら、うんうんうん、そうそうそう、うんうん、いやいやいや、それまた後でなにするよってに。うん、うん。そうそうそう。うん、そうそうそうそう。ほたら……、うん、わあってる、わあってる」かなんか、ごちゃごちゃ言い、

「この二人を遣わしますから一緒に行ってください」

と三柱を大国主神のところへ行かせた。

それでどうしたかというと、先ず蚶貝比売が、石にへばりついた大国主神の身体を篦《へら》などで注意深くこそげ取った。

けれども焼けているので、ともすれば千切れてバラバラになってしまう。それでも最後まで集中力を切らさないでこれをこそげ取り、そうしたらこんだ、蛤貝比売が、このバラバラになった大国主神を元の形につなぎ合わせ、それからどうするのかと思ったら、これに母乳を塗りたくった。

そうしたところ、母乳の治癒力によってへらへらになっていた大国主神の身体が膨らんで、千切れた部分も母乳の粘着力によって癒着した。

「私は復活した」

そう言って立ち上がった大国主神はムチャクチャに美しくなっていた。

「あー、なんか、いい感じです」

「動けます？」

「あー、なんか、凄いかも」

そう言って大国主神は、身体をいごかし、外に出て踊ったり、野山を歩き回るなど出遊を繰り返した。

その様をみて八十神たちが驚いた。

「マジか。あいつ死んだんちゃんげ」

「ほんまかいなそうかいなホイホイホイやな」

「しかも前より男前なってけつかる」

「ほんまかいなそうかいなホイホイホイやな」

「そればっかしや。どないする？」

「決まってるやんけ」

「もっかい殺す」

「素敵やな」

ということで八十神たちは再び、大国主神を殺害《せつがい》する方法について話し合った。そして恰度《ちょうど》その話し合いがついた頃、大国主神が、ラララララー、と踊りながら近づいて来た。

「ははは、ええとこに来やがった。じゃあやりますか」

「やりまひょう」

ってことで、ひとりの兄の神が話しかけた。

「おお、大穴牟遅神、調子よさそうだな」

「ああ、兄の神さん、そうなんですよ。なんか調子よくて。つい踊っちゃうんです。顔もなんか綺麗になったし」

「自分で言うか。まあ、でもよかった。こないだは殺して悪かったな」

「いいですよ。生き還りましたから」

「よかったなあ。じゃあまた山いこか」

「行きませんよ。前に山に行って殺されましたから」

「あああっ、違う違う。そうじゃなくて、みんなで大木の切り株に挟まって遊んでるから、汝も来ないかな、と思って」

「なんすか、どうやってやるんすか、それ」

「だから大木、伐るじゃない。そうしたら割れ目できるじゃない。そこに楔を打ち込んで、そこに挟まんにゃんか」

「すごい。すごいおもしろそう」

「でしょ。じゃあ行こうよ」

「はい。お願いします」


そうして山に行ったところ山には既に兄の神だちがおり、代わる代わるに大木の割れ目に挟まって遊んでいた。

「きゃあ、割れ目に挟まるのたのしー」

「おもしろーい」

それを見た大国主神は、

「僕も挟まりたいです」

と言い、

「どうぞ、どうぞ」

「やってみなよ」

と譲られて大木の割れ目に入った。

「きゃあ、きゃあ、きゃあ」

と三回叫び、それから訝しげな顔をして言った。

「これのなにがおもしろいんだろう」

それを見た兄の神々は、

「あ、気ぃつきよったど。早よせえ」

と言うなり大きな掛け矢を振り回し、割れ目に挟んだ楔の尻《けつ》めどを叩いて、スコーン、
とこれを抜いた。

これにより楔によって開いていた割れ目は忽《たちま》ちにして閉じ、大国主神は、

「ああああああっ」

と一声、絶叫して息絶えた。

「はは、また騙されよった」

「あほや、こいつ」

と兄の神だちは爆笑し、大国主神の屍骸を残して山を去った。


一方、その頃、母の命は気を揉んでいた。大国主神がラララーと躍り出たなり戻ってこないからである。

「また、どっかで殺されてるのとちがうやろか。山とかそんなところで」

母の命がそんなことを思い心配をして、表に立っていると、八十神だちがヘラヘラ笑いながら山から下りてくるのが見えた。

「やっぱりそやし」

母の命は兄の八十神たちが通りすぎるのをやり過ごしてから山へ行った。そうしたところ言わんこっちゃない、大国主神が木の割れ目に挟まって絶息していた。

「ほんまに殺されやすい子やで、この子は」

と母の命は呆れ果てたがやはり悲しいには違いないので、高天原に帰らないでそこらで遊んでいた、蛤貝比売にまた乳を塗って貰うなどしてこれを生き還らせた。

「あー、お母さん」

「お母さんやないで、この子は。いったい何回殺されたら気ぃ済むんやいな」

「いや、別に吾から殺されようと思ってる訳ではなく、兄の神の方が殺すんですよ。気がついたら殺されてる、っていうか」

「わかったあるわいな。自分から殺されよ、思て、木ぃの割れ目に入っていく人がどこにおます。いいえな、ちょっとは気ぃつけなはれ、ちゅことをちゅてんにゃがな」

「はあ」

「はあ、やおまへんがな。もうあんたここにおったらあきません」

「そうすかね」

「そうですがな。あんたはここのままではあきません。紀《き》の国《くに》に行きなはれ」

「そら、行けと仰るなら参りますが、行ってどうすればいいんですかね。ブラブラしたり笑ったりしていればいいですか」

「ちゃいますがな。向こう行たら大屋毘古神《おおやびこのかみ》さんちゅうお方が坐《ましま》っさかい、そのお方のとこい行て隠れてなはれ」

「わかりました。それじゃあ、行ってきます。ああ、なんかまだ肩とか腰とか痛いです」

そう言いながらヨチヨチ歩いていく大国主神は紀の国に向かった。

しかし八十神たちは執念深かった。

どうしても大国主神を殺したい。そこで紀の国の大屋毘古神のところまで追いかけていった。

「ここや、ここや。ここに隠れてますのや」

「そうか。じゃあ、どうしよっか」

「どうするもこうするもやるしかないっしょ」

「ですよね。じゃあ、やりましょう」

ということで八十神は、大屋毘古神の宮を取り囲み、矢を番《つが》え、発射態勢を整えたうえで、喚き散らした。

「おおい、大屋毘古神。そこに大穴牟遅神がいてるやろ。出さんかい。出さんと攻めるど」


これを屋内で聞いていた大屋毘古神は大国主神に言った。

「あんなんして攻めてきましたわ。逃げなはれ」

「逃げろと言いますが、どこから逃げればよいのでしょう。すっかり取り囲まれてます」

「大丈夫ですよ。ここは紀の国。つまり木の国。木の霊力が漲ってます。あの木の股から逃げなはれ」

「そうすっとどうなります」

「根之堅州国《ねのかたすくに》に抜けますわ」

「不思議ですね」

「それが木ぃの霊力というやつですよ。そこへ行くと須佐之男命《すさのおのみこと》さんがいらっしゃって味能《あんじょ》うしてくれますわ」

「了解です。じゃあ、木ぃの股をくぐります」

そう言って大国主神が木の股をくぐると、アアラ不思議、大国主神の姿がふっと消えた。

そのうちに、いつまで経っても返答がないのに焦れた八十神だちがドヤドヤと踏ンごんできて、

「大穴牟遅、おるやろ。出さんかい」

と凄んだ。しかし大屋毘古神は急《せ》きも慌てもしない。

「はあ、なんの話でしょうか」

ととぼけたうえで、

「どうしてもと仰るんでしたら家捜しでもなんでもしたらよろしやおまへんか」

と開き直る。八十神は、

「せいでか」

といきり立って宮の内をくまなく探すけれども大国主神の姿はどこにもない。

「おっかしいなあ」

「どこぞよそへ逃げやがったのか。そやとしたらまだそこら辺にいてるやろ。追っかけな」

「そやね」

など言いながら去った。


大国主神は根之堅州国に着いた。

「いっやー、ここが根之堅州国か。陰気なところだなあ。おっ。大きな宮があるなあ。多分あれがきっと須佐之男命の宅でしょうな。行ってみよう」

大国主神は須佐之男命の御所の戸を叩いた。

ドンドンドン、ドンドンドン。

「御免ください。須佐之男命はご在宅でしょうか」

「はーい」

とうちらから返事をする声があって出てきたのが須勢理毘売《すせりびめ》、須佐之男命の娘である。

「急にすんません」

「いえいえ」

と言って互いに目と目を見交わして、

「あっ」

「あっ」

と小さく声を上げたのは、見た瞬間、互いに好ましく思ったからで、

「結婚しましょう」

「そうしましょう」

ということになり両名はその場で結ばれた。人間からするとまったくもってなんちゅうことをさらすのかと思うが神なので仕方ない。

結ばれて後、このことを父の命に黙っている訳にはいかないと考えた須勢理毘売は大国主神に言った。

「私ちょっとこのことを父の命に言ってきます」

大国主神は言った。

「いいんじゃないでしょうか」

須勢理毘売は御所の中の方へ入っていった。そうしたところ須佐之男命が存在していた。

「俺の存在はー、頭から須佐之男の命」

須佐之男命はひとりでそんなことを喚き散らしていた。これを上機嫌とみた須勢理毘売は言った。

「あの」

「なんじゃい」

「いま、もの凄く美麗な神が来ました」

「ほんまかいな、そうかいな。ホイホイホイ。では吾がちょっと出て見てみましょう」

「どうぞ見てみてください」

須佐之男命は宅の入り口近くに行った。そこには大国主神が控えている。その顔を見るなり、須佐之男命は、「おー」と声を上げ、そして言った。

「こいつこそは葦原色許男命《あしはらしこおのみこと》。葦原中国《あしはらのなかつくに》を支配するだけの力量を持つ男だ。顔を見ればわかる」

「ああざす」

「中に入り給え」

「ああざす」

須佐之男命はそう言って、大国主神を自宅に招じ入れ、

「さあ、汝はこの部屋で寝るといいですよ」

と自ら大国主神を部屋に案内した。その部屋は窓もなにもない、塗り込めた室のような部屋だった。

「いやー、いい部屋だあ。眺めもまったくなくて」

大国主神がそんなことを言うのに返事もせで須佐之男命は後ろ手に戸を閉め、どこかへ

去った。

須勢理毘売はこの一部始終を物陰から見ていた。そして、「これはまずい」と思った。なんとなればその部屋は実は蛇の室、すなわち蛇の巣のようになっている部屋で、そんなところで寝たら寝ている内に蛇に食い殺されてしまうのは必定であったからである。

そうして須勢理毘売が周章《あわ》てている頃、須佐之男命は、

「あんな奴は死んでまえばいいんだ。とは吾は思わない。思わないけど、あまりにもなんて言うか、物事をイージーに考えすぎているように吾には見える。吾なんかに比べて。っていうか吾なんか、櫛名田比売《くしなだひめ》と婚姻するために八岐大蛇《やまたのおろち》と斗《たたか》い、そして勝った。そこまでしろとは言わぬがやはり、根之堅州国の支配者の聟《むこ》となるなら、せめて蛇の室を生きてでるくらいの力は持っている必要がある。それでこそ真の葦原色許男命。それくらいのこともできぬなら死ねばいいのだ」

と独語した。

これも窃《ひそ》かに聞いていた須勢理毘売は呟いた。

「そんな訳ゃねぇだろ」

須勢理毘売は蛇の皮で拵えたショールを持って蛇の室に入っていった。

「やあ、須勢理毘売、いらっしゃい。媾合でもしましょうか」

「そんなことを言ってる場合ではありません。ここは蛇の室ですよ。夜になったら無数の

蛇が出てきて汝は食べられてしまいます」

「困ったな。吾は蛇に食べられるのがとても嫌なんですよ」

「誰だって嫌ですわ」

「ですよね。いかがいたそうかな」

そう言って悩む大国主神に持参した蛇革のショールを手渡し、

「これを使ってください」

と言った。

「これはどうやって使うのか」

「夜になって蛇が来たら振ってください。さすれば、蛇が逃げていきます」

「了解です。ありがとうございます」

という訳で、須勢理毘売に貰ったショールを枕元に置いて眠ったところ、夜になって予定通り無数の蛇が部屋のあちこちからニョロニョロわいて出て、大国主神の体温を慕うかのように集まってきた。

「あー、ヌメヌメした感触が気色悪い。しかしこれがあるから大丈夫。それ、どうだどうだどうだ」

とムッチャクチャに振り回した。そうしたところ、それまで不気味かつ獰猛な雰囲気を発散していた蛇が急に弱気になり、

「いやよー」

と言って逃げていった。

翌朝。さっぱりした顔で起きてきて、

「おはようございます」

と挨拶をした大国主神を見て須佐之男命は驚愕した。

「あの蛇の室に入れられて生きて出てくるとは。恐ろしい奴だ。ううむ」

と須佐之男命は呻いたが大国主神は、

「そいじゃあ、失礼します」

と言って素知らぬ顔で去った。

それから何日かしてまたやってきた。

「今度こそ殺したる」

と、そう思った須佐之男命はこんだ、百足《むかで》と蜂の蠢く室に案内した。

「いやー、くつろぐなあ」

なにも知らないでそんなことを言っている大国主神を救ったのは今度もやはり須勢理毘売で、須勢理毘売は、百足と蜂で作ったショールを大国主神に渡し、同じようにして大国主神は危難を逃れた。

「また、無事に出てきやがった。なめとんのか」

と須佐之男命は口惜しがり、だんだん意地になってきて、こんだ、大国主神を野外に連れ出した。屋内だと、なんでかはわからないがなんだかんだ助かってしまうと思ったからである。

須佐之男命は大国主神に言った。

「やはり、根之堅州国といえども野は気持ちいいでしょう」

「最高ですよね。葦原中国よりもいいくらいですよ」

「世辞とわかっていてもうれしいよ」

「世辞じゃありませんよ」

「そうか。そんならあれじゃないか矢とか射て遊びたい気分になってきたのではないか」

「すごくなってきましたね」

「じゃあ、やろうよ。幸い吾、鏑矢（鳴り矢）持ってるから。じゃあ、まず吾が射るね。それっ」

そう言って須佐之男命は野の真ん中に向かって鏑矢を射た。そうしたところ、ヒュルヒュルヒュルといい感じの音を立てて鏑矢が飛んでいった。

それを見て大国主神が言った。

「むっさ、いい音、しますね」

「そらそうだ。それが鏑矢というものだ。汝、野に行ってひらってきてくれ。いい矢なんで」

「了解です」

そう言って大国主神は広い野の遥か向こうに落ちた鏑矢を拾いに行った。

須佐之男命はその段々に遠ざかる後ろ影を無表情で見送っていたが、やがてその場を離れ、なにをするのかと思ったら、大国主神が分け入っていった野の縁をぐるりと回って草に火をつけ始めた。

そうしたところ、燎原の火、なんていうが、まさにその通りで、火は忽ち、勢いよく燃え広がり、大国主神は野原のど真ン中で、火と煙に巻かれて逃げ場をなくしてしまった。

大国主神は、

「けむい。熱い。吾はもうあかぬ。死ぬ。悲しいことだ」

と言った。そこへ鼠が現れて言った。

「内はほらほら、外《と》はすぶすぶ」

大国主神は鼠に言った。

「ちょっとなに言ってるかわかんない」

「この土の下に隠れるところ、洞がある、ちゅてるんです」

「なるほど。内はほらほらって言うのはそういうことか。では外はすぶすぶ、っていうのはどういうこと」

「外は、すぶまってるんですよ」

「すぶまる？　すぼまるってこと？」

「ま、ま、ま、そういうこってすよ。そんなことより、ここ、がーん、踏んでごらん」

「がーん」

「口で言うんじゃなくて、足で踏め、ちゅてんね」

「わかってます。ちょっと巫山戯《ふざけ》たんです」

「言うてる場合か、早よ踏まんかいな」

「了解です」

そう言って大国主神がそのあたりの地面を、どーん、と踏んだところ、穴が空いて、大国主神はその穴に落ちていった。

穴の底は広い室のようになっていて、空気も充分にあり、また熱もまったく伝わってこなかったので、大国主神はそこでくつろいで野火をやり過ごすことができた。

火が消えた後、大国主神は焦げ臭い野からのっそり現れ、

「ひらってきましたわ」

と言って矢を須佐之男命に手渡した。

その素晴らしい矢羽根はすっかり鼠の子らに食われてしまっていた。須佐之男命はかな

り嫌な気持ちになった。

「また、殺されへんかったがな」

須佐之男命はますます意地になり、また一計を案じた。須佐之男命は矢を持ってのっそり現れた大国主神に言った。

「大穴牟遅くん」

「なんでござりましょう」

「実は、吾、先日来、もの凄く虱がわきましてね。もう、痒くて痒くてたまらないですわ。ちょっと汝、取ってくれません?」

「よござんす。取りましょう。さ、頭、出してください」

「ありがとう。あー、でもここじゃ無理かな」

「なんでですか」

「だってほら、吾、ムチャクチャでかいじゃない? だから、手が届かない」

「あー、そうですね。自分もでかいですけど、やっぱ、ぜんぜん違います」

「だからね、横になりたいんだけど、ここじゃちょっとね」

「そうですね。まだ地面、熱いですものね」

「そうそう、だからね、吾の家にムチャクチャ広い、田んぼがね、八枚くらい入る広間がありましてね、そこでやってほしいんだけどいいかな」

「もちろんですよ。行きましょうよ。その広間」

「うん。じゃあ、行こう」

ってことで須佐之男命は大国主神を宮殿内最大の面積を誇る、八田間《やたま》の間、という大ホールに案内、自らは髪を解いて、ごろっ、と横になり、

「さあ、頼む」

と言った。

「了解です」

大国主神はうけあって横になった須佐之男命の頭の側に立った。

そうして顔を頭に近づけ、虱を取ろうと手を伸ばした大国主神は、

「ひっ」

と思わず声を上げて手を引っ込めた。

なぜか。

須佐之男命の髪の毛の中に蠢く無数の虫は虱などという可愛いものでなく、なんたることであろうか、プクプクに肥った、長さ一尺からある百足であったからである。

大国主神は苦悩した。

あんなものを素手で捕まえようとしたらどうなるだろう。もちろん刺される。刺されて

死ぬる。っていうか、それ以前に怖い。気持ちが悪い。とても素手で触る気にならない。けれども取らなかったらどうなるか。それはそれで須佐之男命に嫌な目に遭わされる、っていうか、殺される。

「吾、もうどうしたらいいかわかんない」

そう言って大国主神が困惑しているところへ、須勢理毘売が来て、そっとあるものを手渡した。

あるものとは。椋の木の実と赤土であった。

「なんすか、これ」

心底、不思議に思い、問う大国主神を目で制し、須勢理毘売は唇に人指し指を当て、そうしたうえで、ある仕草をした。

どんな仕草かというと、自らの髪に指を突っ込んでかき回したうえで、その指を口元に持って行き、なにかをクチャクチャ噛み、そうして吐き出す、という仕草である。

頓珍漢なやりとりを何度か繰り返してようやっと、大国主神はその仕草の意味を了解、須佐之男命の頭に腕を突っ込む振りをし、そしてなにかをつまみ出した振りをしてその実、須勢理毘売に貰った椋の木の実を摑み、これを赤土とともに口に入れては、べっ、と吐き出す、ということをした。

これを見た須佐之男命は思った。

「吾はいま猛烈に感動している」

その理由は以下のようなものだった。

吾は虱を取ってくれ、と言った。けれども実際、それは虱ではなく無数の百足である。しかもその百足は一尺もある。

普通であればこれをみたら驚愕して逃げる。ところがこの大穴牟遅は逃げない。逃げないどころか、これを口に入れて嚙み殺しては吐き出す。

まず驚くのはその豪胆なところだ。吾の頭の百足はそこらの庶民の家に居る一般のしょうむない百足と違って、凄い毒を持っているし、見た目も考えられないほど恐ろしい。それをまったく恐れないで素手で摑み、クニクニ暴れるのを口に入れる、なんて並の度胸でできることではない。

次に驚くのはその毒に対する強さだ。そうやって生きて動いているのを口に入れるのだから、当然、百足は激怒して刺す。そしてその毒は強力だ。あの八岐大蛇も一撃で斃す、と言えば大袈裟だが、そこらの一般の虎や狼なんかイチコロだ。それに刺され続けて、このように平然としているのは、やはり尋常ではない毒に対する強さを持っているからだろう。

その勇気と強さに須佐之男命は感動した。

しかしそれ以上に須佐之男命の心を動かしたのは、大国主神がこれを口に入れていることとだった。須佐之男命は思った。

単にこれを殺したいのであれば引きちぎるとか踏みつけるとかすれば済む話だ。それをわざわざ嚙み殺すというのは、まあ、そんな強力な百足だから引きちぎったくらいでは死なないかも知れないので確実に殺す、というのもあるだろうけれども、そんな穢れの塊のようなものを口に入れるのは吾の身体から出たものだから穢くない、口に入れたっていい。否、積極的に口に入れたい、とそう思うほど吾を尊敬し、吾を愛しているからだろう。

吾は大気都比売神《おおげつひめのかみ》が尻から食物を出したとき、穢い、と怒って殺した。その吾の頭の百足を此《こ》の神は口に入れている。

可愛い奴。

須佐之男命はそう思って感動し、また安心したのである。


「安らぐなあ」

大国主神の愛に包まれていると勘違いした須佐之男命はまどろみ、やがて眠り込んだ。

これを見た大国主神は言った。

「ほほほ。寝てしまった。じゃあ、吾、行こうかな。なんとなればいま気がついたけど、考えてみたら須佐之男命は吾を殺そうとしていたんだよね。これ以上、ここにいたら殺されてしまう。しかしながら、逃げても追いかけてくる。それを防止するためにはどうしたらよいかな。ああ、そうだ。いいことを思いついた」

そう言うと大国主神は須佐之男命の毛髪を引っ張り、広間の太柱に結わえ付け、須勢理毘売の手を取って室を出ると、巨岩を入り口にもたせかけて、容易には出られないようにしてから逃亡した。

その際、大国主神は刀、矢、琴を持ち出した。

それらは偉大なる須佐之男命の所有にかかる刀、矢、琴なので、もちろん普通のものでなくして、恐るべき霊力を秘めた刀、矢、琴、でどれか一つでも持っていたら一国を平らげ、支配することができる、というシロモノである。

「いいものを盗みましたね」

素早く逃げるために大国主神に背負われた須勢理毘売が背中で言った。

「そうだとも。さ、いきまひょう」

二柱はさーくさく逃げていった。

〽さく、さくさくさくさくさくさくさくさくさく。

だいぶんと行ったその時、背たろうていた琴の糸が立木に触れて音が鳴った。

というと、それがどうした。ビヨヨン、と鳴っただけだろう、と思うだろうが、やはりなんと言っても須佐之男命の家にある琴なので、普通の琴ではなく、その音はもの凄い大音響、近隣の人の耳は完全に潰れ、物が割れ、大地がボヨンボヨン揺れた。

大国主神は、

「しまったあっ」

と慌てたが、もう遅い。

その音で熟睡していた須佐之男命が目を覚ました。

「なんじゃ、この音は。あっ、大穴牟遅がおらない。さてはあのガキ、吾を裏切って逃げ腐ったな。殺してもうたる」

絶叫した須佐之男命は立ち上がろうとしたが、立ち上がれない、というのはそらそうだ、長い髪の毛が、宮の太柱に結わえ付けてある。

「あれ、あれ。あれ。どないなっとんね。あれ、あれ、あれ」

と何度か立ち上がろうとしてようやっとそのことに気がついた須佐之男命は、

「どらあっ」

と気合いをかけて力任せに立ち上がった。そうしたところ、
ベキベキベキ。ドンガラガッシャドンドン。

と太柱が折れ、天井が落ち、それらの瓦礫をどけたり、髪の毛を解くなどしている、その間に大国主神と須勢理毘売はどんどん逃げていく。

そうはさせじ、と須佐之男命、柱をひきずって追いかけてくる。

いた。

「待たんかい、待たんかい」

「待ちませんよ」

そう言って逃げていく二柱は黄泉平坂《よもつひらさか》のところまで逃げてきた。

須佐之男命がその坂の下までやって来たとき、二柱はもう坂のだいぶんと先まで行っていた。

須佐之男命は遥か向こうに居る二柱に向かって、

「その、汝が持ってる大刀と弓、おそろしい霊力を有する大刀と弓で、汝は汝の兄弟を全員ぶち殺せ。坂から追い落として墜死させろ。水に突き落として溺死させろ。その大刀と弓があったらそれができる。おどれ、大穴牟遅は大国主神となって、現実の世界を支配しろ。おどれが背たろうてる吾の娘を嫡妻として、宇迦《うか》の山《やま》の山麓に巨岩を敷き詰め、巨木を柱として建てて、天高く千木《ちぎ》を上げて、その宮殿に住め。ぼけ、かす」

と言った。この言によって大国主神は須佐之男命のパワーを正式に承継する者となり、そう言われたことを宣言しながら兄の神たちを突き落としたり沈めたりして皆殺しにして、誰にも邪魔されることなく、この国を建設したのである。

その時、大国主神は出雲《いずも》の御大《みほ》の岬に居た。岬だから眼前に海が広がっている。

「いやさ、海だなあ」

そう思って大国主神は海を見つつ、これから国作りを進めていきやんとあかぬなあ、と思っていた。

そうしたところ、舟に乗ってやってくる神が見えた。といってそれは極度にちいさい神で、乗っている舟も普通の刳舟《くりぶね》とかでなく、草の実の莢であった。極彩色の服を着ていたがそれは鳥の皮を剝いだ物であった。鳥の皮を剝いでまるで合羽のようにすっぽりかぶっている。それゆえ大国主神は初手、鳥が来るのか、と思ったくらいである。その舟が波頭を伝ってきてやがて着岸する。それで、まあ来たからには目的、なにぞ用があって来たのだろう、と思い、とりあえず名前を聞いたのだけれども答えない。

そこで大国主神は、こんなに大勢居るのだから一柱くらい知ってる奴がいるだろうと思い、付き従う神たちに、

「だれぞ此の神の名を知ってる奴はおらんか」

と問うた。ところが全員が、

「知りまへん」

と答え、

「さあ」

と首を捻って知るものがない。名前もわからないんじゃどうしようもない。扨《さて》どなしたものかと考えていると、たにぐく、乃《すなわ》ち蟾蜍《ひきがえる》が、

「久延毘古《くえびこ》やったら絶対知ってるでしょ」

と言った。

「おお、久延毘古、あいつなら知ってるわ。呼んでこい」

ってことになって久延毘古が召し出された。

久延毘古は今で言う、案山子《かかし》、で、足が萎えていて歩けないし、常に全身が雨風に打たれているため、全体的にグズグズになってしまっているのだが、知識量はもの凄く、此の世のことはどんな細かいことでも知っているのである。

「ああ、久延毘古、相変わらず、と言いたいところだけれども、なんかますますクタクタだな」

「ええ、もう長いことこんな感じで」

「まあ、それはいいとして、ちょっと見てほしいんだけど、あの神、知ってますか」

「ああ、あれは神産巣日神のお子で少名毘古那神《すくなびこなのかみ》ですねぇ」

「よく御存知ですねぇ」

「ええ、まあ」

と久延毘古は神名を明らかにしたが、大国主神はこれをまるきり信用した訳ではなかった。なんとなれば神産巣日神は天と地の始まりに姿を現し、その後もこの世界の生成にバックグラウンドで力を及ぼしつつある偉大な神で、少名毘古那かなんか知らんがあの変な奴がその偉大な神の御子《みこ》とは思えなかったからである。

「疑うわけじゃないが、どうも疑わしい」

「疑ってるじゃないすか」

「まあね」

「どないします」

「本当かどうか聞いてみよう」

「誰に」

「神産巣日神」

「なるほど、ほしたら間違いないですね」

という訳で大国主神は神産巣日神とコンタクトを取り、直接、

「あんなん言うてますけどホンマですか」

と問うた。そうしたところ、神産巣日御祖命《みおやのみこと》は言った。

「あれは私の実子です。遊んでいるうちに私の手の指の隙間をくぐっていってしまった子です。他の子はそんなことなかったのだけど小さすぎて。だから汝はこの子と兄弟となって、この国を作り固めていくことになりますぞよ」

「マジすか」

「マジぞよ」

「了解しました」

って訳で、大国主神はこの少名毘古那神と一緒にこの国をどんどん作り、駄目なところ、崩れそうなところもドシドシ固めていった。

それがいま私たちが住んでいる国土の固となったのだ。凄いことだ。

そういうことで作り固めてはいったのだけれども、それがもう大分できあがったとき、少名毘古那は永遠の国に帰っていった。そもそも彼は永遠の国の人であった。

大国主神はどうしていいかわからなくなった。

「吾、一柱でどうしろというのだ。もうできない。国作りなんてできない」

そう言って大国主神は海辺に行って悲しんだ。

そうしたら。

はるか沖から海を輝かせつつ近づいてくる神があった。その神は近づきながら言った。

「お困りのようですね。吾をしかるべく処遇したら協力しますよ」

大国主神は問うた。

「もし処遇しなかったら?」

「この国は潰れるでしょう」

「わかりました。処遇しましょう。どのように処遇すればいいですか」

「吾を祀りなさい」

「どこに？」

「山」

「どこの山？」

「大和《やまと》」

「大和のどこ？」

「東の山。青々と連なってるやつ」

「もしかして三輪山《みわやま》？」

「そう」

「そこにお社みたいなの造ればいいってこと？」

「そう」

「了解」

という訳で、いま三輪山の上に祀られている神さんがこの神さん（大物主神《おおものぬしのかみ》という）である。

天之忍穂耳命と邇邇芸命

○神集神議

それから大分（といってもそれは神さんからしたら、一瞬のことなのだけども）経ったとき、天照大御神《あまてらすおおみかみ》はふと、

「そもそもあの下の国は吾の持ちもんですよねぇ」

と思い、そこで、

「そもそも豊葦原千秋長五百秋水穂国《とよあしはらのちあきのながいほあきのみずほのくに》を統治すべきは吾の御子《みこ》、正勝吾勝々速日天之《まさかつあかつかちはやひあめの》忍穂耳命《おしほみみのみこと》ですよ」

と言った。天照大御神がそう言うということはそれはもう実際にそうであるということで、それが実際であらなければ世の中がおかしなことになるので名指しされた御子、天之忍穂耳命は、直ちに天下った。高天原《たかあまのはら》から国へ行くことを天下るというのである。

しかしいきなり下るのもなになので、天之忍穂耳命は天《あめ》の浮橋《うきはし》に立って国の様子を窺った。そうしたところ、まるでアホのような叫喚が聞こえ、くっさい、生ゴミのような匂いが漂い、変な色の烟《けむり》が立ちこめるなどして国はとても嫌な感じの気持ち悪い奴の溜まり場みたいに成っていた。

「あかんすわ」

天之忍穂耳命はいったん高天原に戻ってそう報告した。

「それはまずいですねぇ」

ということになり、前にやったみたいな感じで天《あめ》の安《やす》の河《かわ》の河原（むっさ広い）に八百万の神が集まって（神集）、みんなで議論（神議）するかと思ったら其れはしないで前のときと同じように、思いのプロ、すべてはその方が思った通りに進行するという思金神《おもいかねのかみ》に、「うっとうしい国の神を静かにさせ、自分の御子がスムーズに統治できるようにするためには、どの神を遣わしたらよいか」ということを思わせた。

それで思金神が思い、そしてまた八百万神も考えて、

「天菩比神《あめのほひのかみ》がええんちゃう」

ということになり、そのように上申、結果、天菩比神が派遣された。

○天若日子ちゃん

天菩比神は気楽な気持ちで天下っていった。

なんとなれば、相手はしょせん国の神、それに比べてこっちは天《あま》つ神《かみ》。ちょっとびびらしたら直ちに、「すんませなんだー」と泣いて謝り、国の支配権を返却すると考えていたからである。

その乗りで大国主神《おおくにぬしのかみ》の宮殿に辿り着いた天菩比神は意外の感に打たれた。

天菩比神は大国主神の宮殿の前に立って呟いた。

「こら、びっくりしたな。宮殿ちゅたかて、吾とかからみたら、しょうむないアホみたいな小家かとおもてたら、なんじゃこりゃ。ムチャクチャでかいがな。でかいだけとちごて荘厳やがな」

そう言ってしばらく首をガクガクさせたり、水を飲む振りをしたりして気を落ち着け、そして再び呟いた。

「ま、ま、まあ。宮殿は立派かも知らん。けどねぇ、なかにおる奴はねぇ。吾なんかから見たら十把一絡げのしょうむない、アホみたいな奴なんでしょう。だいたい身長からして七メートルくらいしかないんでしょうね。その段、吾らは低い奴でも三十メートルくらいあるから」

そんなことを言いながら天菩比神はズカズカ宮殿の奥に入っていき、そして大国主神に対面して二度驚いた。

身長が七百メートルあったからである。天菩比神は見た瞬間、その威に打たれ、「いやー、前からファンなんです」とかなんとか言って媚びへつらい、その場で大国主神のスタッフになった。


あっという間に三年が経った。天菩比神は帰らない。高御産巣日神《たかみむすひのかみ》、天照大御神、その他主だった幹部は、これを問題視し、「なんとかしややんとあかん」ということになって、再び群神を呼んだ。

集まった群神に高御産巣日神が言った。

「天菩比神が三年帰って来ないんだがねぇ、どうしたらいいだろうねぇ」

そうしたところ思金神が進み出て言った。

「天津国玉神《あまつくにたまのかみ》の子、天若日子《あめわかひこ》がええと思います」

「じゃあそういうことで」

と話が決まって、天若日子が派遣された。その際、天若日子には光り輝く天の弓とむっさいい感じの天の矢が渡された。

「四の五の吐かしやがったらこれでびびらせんかい」

という訳である。

「わっかりました」

天若日子は、

「もし素直に国を渡すと言ってもどつき回したり矢を射たりしたろ。なぜならおもろいから」

と言い、目の前の大国主神の宮殿を見上げた。

そのとき天若日子は前任の天菩比神の如くにびびるということがなかった。なぜなら武装もしているし、それよりなにより気合いが入った神であったからである。

「どらあっ、出てこんかれえっ」

天若日子は絶叫した。そうしたところ、キャアキャア言いながら奥からわらわらと出てきたる者どもがあり、それらの顔を見た瞬間、天若日子の全身から力が抜けていった。

それらの者は呆然と立ち尽くす天若日子を取り囲み、これに身体をこすりつけるようにしながら、口々に、

「素敵」

「格好いい」

「♡」

など言って顔、肩、腰を撫でさすりつつ、

「早くなかに入ってください」

と言って天若日子を連行した。

天若日子は賜った天弓、天矢を門前にぽそっと落とし、ふらふらとなかに入っていき、そして直ちに不埒で怪しからぬ宴会が始まった。

その宴会が八年間続いて、なお終わらなかった。

また、この間、天若日子は大国主神の娘、下照比売《したでるひめ》と婚姻した。天若日子はいつしか、いずれは自分が此《こ》の国の支配者になろうと考えるようになっていたのである。


一方、高天原ではみなが心配していた。

「八年経ったんですがねぇ。どうなってるんでしょうねぇ」

と天照大御神が言った。

それに対して高御産巣日神が言った。

「おっかしいですよね。じゃあしょうがない」

「どうするんですか」

「会議、開きましょう」

「また会議ですか。意味ないんじゃないですか」

「まあ、そうかも知れませんが、それを意味あるものにしましょうよ。していきましょうよ」

「そうですね。じゃあ、意味ある会議、開きましょう」

ということで三度、神集・神議が持たれた。

場所はいつもの天の安河。多くの神さんがぞーろぞろ集まってきた。

「また会議ですけど、早いもんですなあ、あれからもう八年ですわ」

「ほんまですなあ。しかしあの天若日子はなにをおさらしになっておられるのでしょうね」

「ほんまですよね。ちゅうか、なんなんすか、あの思金神は。言うこと、全部外れてますやん」

「ほんまですなあ」

など言ううちに会議が始まり、天照大御神及び高御産巣日神が諸々の神に、

「天若日子がまったく復奏しません。どの神を遣わしたらよいでしょうか。みなで話し合ってください」

と言った。

そこで思金神と諸神は話し合い、暫く話し合った後、全員で進み出て、

「雉《きじ》で、その名を鳴女《なきめ》というのを遣わすのがよろしいでしょう」

と全員の責任において言った。

なぜ鳴女を推薦したかというと、推測するに鳴女は耳元でぎゃあぎゃあ言い立てることによって本音を引き出すのが得意だったからであると思われる。

天照大御神と高御産巣日神は具申を受け入れ、鳴女を呼び、罷《まか》り出た鳴女に、

「汝、葦原中国《あしはらのなかつくに》に行って、天若日子に、『汝《なんじ》を葦原中国に派遣した目的はその国の荒ぶる神、吾らに反抗する奴らを平定するためです。しかるに八年間、なんの報告もないというのはどういう訳ですか。みんな心配しています。報告してください』と聞いてください。よろしくお願いします」

「了解です」

そう言って鳴女は葦原中国にバタバタと下っていった。

然《そ》うして葦原中国、天若日子の宮の上空に至った鳴女は、扨《さて》、どこに止まって天つ神の詔命・御言《みこと》宣《の》りを喚き散らしてやろうか、と考えてみたところ、宮の門口に神聖な木が生えているので、あれこそが天つ国の使者の宣命《せんみょう》にふさわしいと考えて、これに止まり、言われたとおり、

「汝を葦原中国に派遣した目的はその国の荒ぶる神、吾らに反抗する奴らを平定するためです。しかるに八年間、なんの報告もないというのはどういう訳ですか。みんな心配して

います。報告してください」

と言った。ところが、宮の中からはなんの返事もない。そこでもう一度、

「汝を葦原中国に派遣した目的はその国の荒ぶる神、吾らに反抗する奴らを平定するためです。しかるに八年間、なんの報告もないというのはどういう訳ですか。みんな心配しています。報告してください」

と同じことを言い立てた。こういう風にして声高に何度も言い立てることができる能力、それを買われて鳴女は派遣されたのだから、それは鳴女にとって果たすべき神聖な義務であった。

鳴女はまた鳴いた。

「汝を葦原中国に派遣した目的はその国の荒ぶる神、吾らに反抗する奴らを平定するためです。しかるに八年間、なんの報告もないというのはどういう訳ですか。みんな心配しています。報告してください」

鳴女は何十回も何百回もこのように鳴いたのである。

そしてその鳴き声が天若日子の耳に届いた。天若日子は傍らに侍《はべ》っていた者に言った。

「あのー、なんかさっきから表がうるさいんですけど」

「ほんまですねぇ。なんなんですかねぇ」

「とても耳障りだ」

「天佐具女《あめのさぐめ》に様子、見にいかせましょか」

「それはとてもいい考えだ。なぜなら天佐具女は様子を見にいくのが非常にうまいから」

「ほな、行かせましょう」

と言うので天佐具女が様子を見にいった。

戻ってきた天佐具女が言った。

「極悪な鳥がぎゃあぎゃあ鳴いてます。射殺したほうがいいと思います」

報告を聞いた天若日子は、

「ですよね。では吾が吾の弓矢で射殺しましょう」

と、そう言って高御産巣日神に賜った天弓を持ち天矢を背たらい門口に出ると、

「じゃかましいんじゃ、ぼけっ」

と怒鳴ると、弓を満月のように引き絞り、ひょうど射た。

矢は吸い込まれるように鳴女に命中、可哀想に鳴女は絶命した。通常の矢であればそれでお終いなのだけれど、そこは天の矢なので、そのパワーたるや半端ではなく、鳴女を突き刺したままどこまでも飛び続け、ついに高天原まで飛び、それでようやっと、ポソッ、と落ちた。

鳴女の屍骸が落ちたのは天の安の河原であった。

そのときたまたま別件の会議があってみんな河原に集まっていた。その場には天照大御神も高御産巣日神もいらっしゃった。

それへさして鳴女の屍骸が飛んできたからみな驚愕した。

「ええええええ？　どういうこと？」

「これ、鳴女ちゃんげ」


大騒ぎになって、詳しく調べたところ、屍骸は間違いなく鳴女であり、そして鳴女の身体に突き立った矢は高御産巣日神が天若日子に与えた矢であることがわかった。

神々の間に動揺が広がった。

「ちゅうことはどういうことになんにゃろ」

「もしかして、天若日子……」

「裏切った？」

「まさか」

高天原のホープ、天若日子が葦原中国に寝返ったかもしれない、ということで不安になる神々を制して高御産巣日神が言った。

「皆さん。慌てるな。天若日子が裏切ったかどうかはこうすればわかる」

そう言うと高御産巣日神は天の矢を振りかざすと大声で、

「もし、天若日子の心が正しければ。矢よ、外れろ。もし渠《かれ》の心が邪ならば。矢よ、当たれ」

と唱え、そうして、

「えいっ」

と矢を投げた。

シュルシュルシュルシュルシュル。

矢は葦原中国に向かって飛んでいき、食らい酔って朝寝をしていた天若日子の胸に、ぐさっ。突き刺さり、天若日子は即死した。

(これ以降、神に向かって矢を射ると途中で反転して射た者に当たるようになった。これを還り矢と云ふ)

この一部始終を高天原から見ていた神々は、「おーっ」とどよめいた。

そして葦原中国の者はこれに驚愕した。いンまの今まで元気にしていた天若日子が突然、天から飛んできた矢に当たって死んだからである。

「なんちゅうことやー」

「こわいー」

と多くが驚き惑い、また、その妻の下照比売はムチャクチャに嘆き悲しみ、屍骸に取りすがって号泣した。

下照比売は偉大な大国主神の娘なので、その感情は気象にも影響を及ぼすというか、その泣き声そのものが風となって吹き荒れ、その風の音としての泣き声、泣き声としての風が高天原にまで響いた。

天若日子の父、天津国玉神とその妻と子はこれを聞き、「あー、マジで天若日子は死んでしまったのだな」と激烈に歎き悲しみ、葦原中国に下っていった。

そして天津国玉神は死んだ息子の為に、現地に立派な喪の家を作って、祭壇も立派に調え、八日にわたって葬儀を営んだ。

多くの親族や関係のある人が下ってきてこれに参列した。

その参列者のなかに阿遅志貴高日子根神《あじしきたかひこねのかみ》という立派なお方、これは下照比売の兄さんであったのだが、がいた。

「あー、妹」

「あー、兄さん」

「弔いに来た。おまはんも悲しいやろが、力、落とすんやないで」

「忙しいのによう来ておくなはった。ささ、こちらへ」

妹の下照比売に案内をされて、喪屋の前まで来た阿遅志貴高日子根神がそこに居た天津国玉神に、

「いやー、この度はなんと言うてよろしやら」

と頭を下げて、そして上げたその顔を見た天津国玉神が腰を抜かさんばかりに驚いた。

なぜなら阿遅志貴高日子根神の顔形が天若日子とほぼ同じであったからである。

天津国玉神と下照比売は、

「我が子は死なずにいた。うれしー」

「我が君が生き返った。たのしー」

そう言って喜びのあまり阿遅志貴高日子根神に取りすがって号泣した。

これに対して阿遅志貴高日子根神はどういう対応をしたかというと激怒した。

何故かというと、阿遅志貴高日子根神は天若日子の美しさその他の実力を認めてこれと親しく交際していたから来たのだが、死んだ者は穢れており、自分がその死んだ者と思われるということは、自分もまた同じように穢れるからである。

「俺を穢しやがって。なめとんのか」

と阿遅志貴高日子根神は怒鳴り、喚き散らして暴れ、腰に差していた十拳《とつか》の剣《つるぎ》を抜き放ち、喪屋の柱を伐り倒し、これを脚で思いきり蹴ったため、喪屋は鞠のように飛んでいって見えなくなった。

喪屋は美濃国《みののくに》の藍見河《あいみのかわ》の川上まで飛び、山になった。その名を喪山《もやま》と云う。

その時、阿遅志貴高日子根神が持っていた大刀は大量《おおはかり》、亦《また》の名は神度剣《かむどのつるぎ》と云う。

阿遅志貴高日子根神は、

「こんなところに居られるかっ」

と言って飛び去った。

そこでその妹（にして死んだ天若日子の妻）下照比売は、集まった天若日子の親族に対して、その名前をはっきりさせておこうと思い、以下のように歌った。

〽天で機織る機織娘
首に懸けてる首飾り
足に纏《ま》いてる足珠
その珠のよに輝いて
谷ふたつ超えなお照り渡る
阿遅志貴高日子根の神よ
アーコリャコリャ

○建御雷之男神さま

とまあそんなことになってえらいことであったが、天つ神の子孫が葦原中国を統治するべきだがそれができていない、という根本の問題はなにひとつ解決していない。

これを憂慮して天照大御神が詔して言った。

「いったい誰を派遣したらいいんですか」

それで今度こそ慎重に議論しないとあきませんよね、ということになり、思金神と諸神が議論して、そのうえで、

「天の安の河の上流の、天《あめ》の岩屋《いわや》というところにいらっしゃる、伊都之尾羽張神《いつのおはばりのかみ》がええんちゃん？」

「ええと思う。伊耶那岐命《いざなきのみこと》が揮《ふる》った剣のなにらしいですし」

「ですよね。ほしたらそないしましょう」

ということに決まりかけたが、

「もしその方があかんかったらどうする？」

という意見が出て議論の挙げ句、

「その場合は息子の、建御雷之男神《たけみかずちのおのかみ》に行かせまひょう」

ということになった。

しかし、その過程で伊都之尾羽張神が中流のところに自己都合で堰を作っていて徒歩では上流に行かれないことが判明した。そこで、天迦久神《あめのかくのかみ》、という、そういう堰があっても超えていく能力を備えた神を使者に立てることにした。

「ほな、行ってきますわ」

そう言って天迦久神は伊都之尾羽張神のところに行き、

「ということで、行ってもらえませんか」

と問うたところ伊都之尾羽張神はまるで剣のような顔で言った。

「恐れ多いことでございます。仰せのとおり仕え奉ります。だけど僕《やつがれ》よりも僕の子、建御雷之男神が参った方がうまくいくでしょう」

と言い、

「おーい、ちょっと来なはれ」

「へぇ、お呼びですか」

「ああ、呼んだ、呼んだ。ちょっとそこに控えなさい」

と建御雷之男神をその場に呼んだうえで言った。

「どうか渠を遣わしてくだされ」

やっと思金神の思ったとおりに事が運んだのである。


という訳で、建御雷之男神と天鳥船神《あめのとりふねのかみ》、二柱の神が葦原中国に下っていった。

「いっやー、鳥船神の汝が居るから移動が非常にスムーズだよ。ありがとうな、天鳥船神」

「いえいえ。それが私の役ですから」

そんなことを言ううちに二柱の神は、出雲国《いずものくに》の伊耶佐《いざさ》の小浜《おはま》、というところに到った。

「さあ、ほんだら仕事しましょか」

そう言うと、建御雷之男神は十拳の剣の柄頭を波濤に突き立て、その切っ先に胡座を組み、そして吼えた。

たちまち空が昏くなり、風が吹いて、海が荒れた。

波濤の上に突き立った剣の上に雷神が座す。

そして吼える。

それは雷そのもので、一般の庶民は、その凄まじい光と音に怯えた。多くの者の目が潰れ、耳が聞こえなくなった。

しかし大国主神にはその意味がはっきりと訣《わか》った。

雷鳴は大国主神の耳にはこのように聞こえていた。

「天照大御神と高木神《たかぎのかみ》（=高御産巣日神）の御言葉を持って質問に来た。汝が領有する葦原中国は吾が御子が支配する国である。と御言葉を委託なさった。それについて汝はどのようにするつもりか。それを答えなさい」

言われて大国主神は言った。

「僕は申せません。我が子の八重事代主神《やえことしろぬしのかみ》がお返事申しましょう。しかし、狩猟・漁《すなどり》をしに御大《みほ》の岬というところに行きまして帰ってこんのです。残念です」

と言った。

自分は支配を委ねるかどうかは決められない。それは息子が決めるだろう。でもその息子はここにはいない。だから返事ができない。

と言ったのである。こう言ったとき大国主神は、そうすれば建御雷之男神が諦めると思ったのだろうか。しかし、建御雷之男神には天鳥船神という、移動に関して凄い奴がいた。

一瞬で御大の岬に行き、

「ご同行願います」

と言った。

「いいですよ」

そう言って八重事代主神は御大の岬から船に乗って伊耶佐の小浜に向かった。

建御雷之男神は父の神に問うたことと同じことをもの凄い権幕で子の神に問うた。

八重事代主神はそれに答えず、父の神に向かって、

「やばいでしょう。言うとおりにしましょう」

と言うと、体重をむっさかけて乗ってきた船を意図的に転覆させ、「天《あめ》の逆手《さかて》」という

呪術を使って、この船を伏《ふ》し垣《かき》という漁具の巨大版に変換させ、その中に身を隠した。

「これでもう大国主神はなにも言えませんよね。葦原中国は御子の支配するところになりました。よかった。よかったあ」

天鳥船神がそう言うのを制して建御雷之男神が爆発的な音声で言った。

「ぐわんがらぐをあつしやつ」

「すみません、ちょっとなに言ってるのかわからない」

天鳥船神はそう言ったが大国主神には通じた。大国主神は言った。

「なるほど。他に相談すべき子はないのか、と仰っているのですね。それを言われるともはや隠しようがない。実は問うべき子がもう一人あります」

「ぐわんぐわんぐわんがらがらごろごろぴかぴか」

「なるほど、その子の名を言えというのですね。その子の名は建御名方神《たけみなかたのかみ》です。ええ、大丈夫です。これをおいて他に意見を聞くべき子はありません。あ、言うてたら向こうから来ましたわ。おーい、建御名方神」

と大国主神が呼ぶと向こうから、千引《ちびき》の岩《いわ》、という千人の人間が引っ張ってやっと動かせるほどに巨大な岩を小脇に抱えた、やたらと戦闘的な感じの神が現れた。

建御名方神である。

建御名方神は言った。

「嫌やで、国、譲るのん」

「なんで知ってんねん」

「そこまで聞こえてましたよ」

「ほな、話、早い。さっさと国、譲らんかい」

「じゃかあっしゃ。譲らんゆうとるやろ」

「まあ、そう言わんと譲ってくれや」

「譲らん言うてるやろ。そない欲しいねやったら力ずくで取ったれや」

「まままままま」

「なにが、ままま、じゃ。そっちがこんにゃったら、こっちから行ったら」

そう言って腕を取って関節を極めようと思ったのだろう、建御名方神はいきなり、まままままま、と言って宥めにかかっていた建御雷之男神の腕を取り、そうしてグイッとねじ上げようとして、

「ちべたっ」

と叫んで手を放した。

建御雷之男神がその偉大な霊力によって自らの手を氷の柱に変えたからである。

建御名方神は驚愕したが、しかしまったく驚いて居ない振りをして、

「洒落たことさらすやないかい。氷、はは。氷。砕いてこましたらあっ」

と怒鳴り、渾身の力を込めて、その二の腕の辺りを摑んだ。

次の瞬間、

「あぎぉあああああっ」

という叫び声と倶《とも》に血しぶきが舞った。

なんたることであろうか。建御雷之男神はその偉大なる霊力で自らの腕を剣に変えていたのである。

その剣を渾身の力で摑んだのだからたまらない、建御名方神の掌はざっくり切れて半分取れかかっていた。

「痛いー」

建御名方神は泣き叫び、もうすっかりやる気を失って、逃げていった。

「待たんかい、待たんかい。まだ話、終わってへんがな」

そう言って建御雷之男神は剣の上に座ったまま宙を飛んで之《こ》れを追った。

しかし建御名方神も必死で逃げてなかなか追いつかない、ずうっと追いかけていって、山に囲まれた行き止まりのようなところでようやっと追いついた。

信濃国《しなののくに》の諏訪《すわ》の湖《うみ》というところであった。

「もう、逃げたらあかんやんか」

そう言いながら建御雷之男神は建御名方神をひっつかんだ。

「ひぃいいいいいっ。僕をどうなさるおつもりですか」

「別に。普通に殺すだけやけど」

「助けてください。許してください」

「どうしようかな」

「もう、ここにずっと居ますんで。ここから一歩も動きませんので。兄貴と親父の言う通りにしておとなしいしますんで。お願いします。お願いします」

「そこまで言うんやったら……」

「許して貰えますか」

「殺そかな」

「いやよー」

「嘘、嘘。冗談です。そこまで言うんだったら助けたりましょう。その代わり、この諏訪の湖から出たらあきませんぜ」

「了解です」

ってことで、建御名方神は国を譲ることに同意すること、諏訪湖から出ないことを条件に助けられた。

それを聞いた建御雷之男神はまた出雲国に戻った。

そうしたところ大国主神は同じところに無気力な感じで座っていた。建御雷之男神はその大国主神に言った。

「汝の息子、事代主神、建御名方神は二柱が二柱とも、天つ神の御子に服属するちいましたぜ。さあ、汝はどないかね。闘うんか。それとも降伏すんのんか」

そうしたところ大国主神は暫くの間俯いて考えてからこのように言った。

「僕は息子たちの言に随いましょう。その通りにいたします。ご命令に従い、この葦原中国を献上いたします。ただし」

とそう言って大国主神は言葉を切った。

「ただし、なんや」

「条件があります」

「言うてみいな」

「言います。それは僕の家についてです。僕の家を天つ神の家と同じくらいに立派なものにして欲しいんです」

「ははん?」

「特に屋根ですね。屋根を天の宮殿と同じにすることを許して欲しいんです。後、基礎ですね。基礎を深く掘って、巨大な石をね、下に埋めてそのうえに巨大な柱、立てて。とにかく巨大にしてほしいんです。後、高く。テーマは高い、そして巨《おお》きい、これを目指して建築する。それを許して貰えるんだったら、もうなにも言いません。僕は、もう奥地にへっこんで出てきません。口出しもしません。ただ生存してます」

「なるほどなあ。ほて、その二柱以外の子はどやねん。おんにゃろ？　子」

「います」

「何人おんね」

「百八十人です」

「おまえ、すごいな。そいつらは逆らおてけえへんのんかい」

「八重事代主神が仕切るんでそこは大丈夫です」

「信用してええねんな」

「はい」

「よっしゃ。決まりや。ほんだら、服属した、ちゅう形をこしらえてもらおか」

「畏まりました。けどその費用負担はどんな感じになるのでしょうか」

「汝《われ》が持たんかい」

「マジですか」

「マジですよ」

「了解です。ちなみにやらんかったらどうなるんでしょうか」

「笑わしよんのー。殺すに決まってるやんけ」

「了解です。やります」

ということで大国主神は宴会の仕度に取りかかった。大国主神は出雲の多芸志《たぎし》の小浜《おはま》というところに会場を設営した。

この会場で服属の宴会を開くのである。

調理担当として大国主神が選んだのは水戸神《みなとのかみ》の孫の神で、櫛八玉神《くしやたまのかみ》、という神。

櫛八玉神は、天の神々の御饗《みあえ》なのだから、ということで鵜に変身して、海底に潜り、海底の粘土を採取して持ち帰り、これを焼成して、多数の皿を拵えた。

櫛八玉神が持ち帰ったのはそれのみではない。神は海草の茎を持ち帰った。

そして発火装置を拵えて海草を燃やして火を熾した。この火を以て調理をして、天の神に料理を捧げたのである。

その火は盛大で御馳走はえげつなかった。えげつないほど豪華な御馳走であったのである。

〽エゲツナイ、エゲツナイ、スモール、ア快ヤイヤ、イヤホ

そんな唄と倶に服属の踊りが踊られたのかも知れない。踊られなかったのかも知れな

い。それはわからないが、とにかく、そのことに建御雷之男神は満足した。葦原中国が完全に平らげられ、和らげられたことを確認したからである。

建御雷之男神は天に帰り、このことを報告した。

建御雷之男神は言った。

「葦原中国に平和が訪れました」

と。

○天孫降臨

「いやー、よかったですな」

「ほんまですな」

「じゃあ平和になったし」

「いかせますか」

「統治に」

ということになり、天照大御神と高木神は、言葉で、太子・正勝吾勝々速日天之忍穂耳命に、

「今、葦原中国を平らげ終わりぬと申している。なので前に言ったとおりにしろ。つま

り。下って支配しろ」

と言った。そうしたところ太子・正勝吾勝々速日天之忍穂耳命は、

「ええ。そういうことで下ろうと思って服を着てるうちに子ができました。名は天邇岐志《あめにきし》国邇岐志天津日高日子番能邇邇芸命《くににきしあまつひたかひこほのににぎのみこと》。この子を下すべきです」

と言った。この御子を生んだのは高木神の娘、万幡豊秋津師比売命《よろずはたとよあきつしひめのみこと》で、長男が天火《あめのほ》明命《あかりのみこと》。次男が其の天邇岐志国邇岐志天津日高日子番能邇邇芸命なのである。

「ほた、そういうことにしましょか」

ということになって天邇岐志国邇岐志天津日高日子番能邇邇芸命を呼び、

「此の豊葦原水穂国は汝が知らす国であるぞよとの命令じゃ。行かんかい。治めんかい」

と宣告なさった。

「よろこんで」

天津日高日子番能邇邇芸命は張り切って下っていた。

「よっしゃー、大分来たなあ。半分くらい来たかなあ。もうちょっとや、頑張っていこう！」

天津日高日子番能邇邇芸命がそう言ったところは道が幾つにも分かれているところであった。

「どっちゃかいなー」

そう思ったとき、その岐れ路のところに怪しい神が居た。

どのように怪しいかというと、全身が光っていて、その光たるやもの凄い光量で、地上から高天原にまで届いていた。

「なんか眩しい思たらなんすか、あれ」

「孫、やばいですよね」

「殺されてまうかも」

「誰か、いてませんか」

と辺りを見ると天宇受売神《あめのうずめのかみ》が佇んでいたのでこれに、

「あなたは女だけど強いから行って何者か聞いてください。なんで立ち塞がんのか聞いてください」

と言った。


ということで天宇受売神が岐れ路のところまで行き、そのビカビカ神に、

「汝《ワレ》、なんじゃい。どこの者《モン》じゃい」

と問うたところ意外や意外、その者はこう言った。

「僕は国つ神《くにつかみ》。名前は猿田毘古神《さるたびこのかみ》です。ここに居るのは、天つ神さまが天下るという噂を聞いて、一番にお仕えしたいと思って、ここまでやってきたんですわ」

「てっきり邪魔しにきたのかと思ってたら、なーんだ、そうだったのか」

「よかった、よかった」

「よかったー」

ということで、じゃあみんなで行ったらいいやん、ということになり、高木神は、天宇受売神の他に、天児屋命《あめのこやのみこと》、布刀玉命《ふとたまのみこと》、伊斯許理度売命《いしこりどめのみこと》、玉祖命《たまのおやのみこと》、〆てごったりを伴《とも》の緒《お》（＝幹部級）として配属した。

そしてまた、天照大御神が岩戸に隠れたときに祀りに使った、巨大勾玉と巨大鏡、それから、須佐之男命《すさのおのみこと》が八岐大蛇《やまたのおろち》を斬ったとき、その尾から出てきて、「すげえ」と思ったので天照大御神に献上した剣、乃《すなわ》ち、草那芸剣《くさなぎのつるぎ》、を出してきて渡した。

そして、その岩戸のことに関係した、思金神、手力男神《たぢからおのかみ》、天石門別神《あめのいわとわけのかみ》を、それらの管理責任者に任命し、天照大御神自らが、

「此の鏡を私の魂として私を拝むのと同じようお祀りしなさい」

と宣うた。その神らは伊勢《いせ》に行ってこれを管理した。

そんなこんなで、天津日高日子番能邇邇芸命は、天の神座から、天と地の間の空、その空の間に棚引く雲を押し分けて天下っていった。その道のりは入り組んで幻惑的だ。（だからそのとき神々は肘を曲げて右手を前に出し、左手を後ろに引き、首をやや左に傾けて

いたのかも知れない）それは堂々として威厳に満ちた姿態だ。

そして中途の、天の浮橋、に立って、狙いを定めると、そこからは一筋に、筑紫《つくし》の日向《ひむか》の高千穂《たかちほ》の霊妙な山岳のてっぺんに降り立った。

てっぺんに下りる。

このことからも神の凄さが訣る。

そんなだから、これを見た地元の神、天忍日命《あめのおしひのみこと》、天津久米命《あまつくめのみこと》の両名が、強力な武器を携えてやってきて、皆さんに仕えた。

「えげつないやつがきた、どないしよう」

「そりゃ仕えるしかないでしょ」

てなものである。

ということで邇邇芸命は周囲の神に、

「ほんだらここに宮を造営して本拠地といたしまひょう」

と言い、

「やっぱ、ここがいいですか」

と問う神に、

「ああ、ここがいいわ。ここは韓国《からくに》にも向かい合っているし、東から真っ直ぐに日ぃが射すし、夕日も絶妙に射しますでしょ。ここしかないですよ」

と言い、岩盤まで到達するくらいに穴を深く掘らせ、巨大な心柱を打ち建てさせて、天に届くくらいの高さに千木《ちぎ》を高く聳えさせた。

偉大な天の一族にふさわしい巨大な宮殿を造営させたのである。

○猿女

そうなったとき邇邇芸命は思った。

「ここまで来たら猿田毘古、もう要らんなあ。帰ってもらおかな」

よし、そうしよう。決意した邇邇芸命は天宇受売命を呼んだ。

「お呼びで御座いますか」

「あー、呼んだ、呼んだ。あのねぇ、猿田毘古いるじゃない？」

「いますねぇ」

「あれ、なんか、もう要らんのですよ。だからもう帰ってもらおうと思って」

「あ、なるほど。どこへ帰ってもらいましょ」

「元、来たとこ」

「ちゅうと伊勢ですか」

「知らん。そもそも自分がその正体を明らかにしたんでしょ」

「そこへ帰してくださいって言われてみたらそうですね」

「そもそも、君が彼の正体を明らかにした訳だから君が、そのなんですか、伊勢ですか、そこへ帰してください」

「了解です」

「それからその名前ね、猿田毘古、って名前。それは君が継いで、その名前を祀ってください。君が正統となって」

「了解です」

ということで天宇受売命は猿田毘古神をその元いたところ、すなわち伊勢の海らへんに送り返した。そんなことで天宇受売命とその子孫は、猿の一字をとって猿女君《さるめのきみ》となって、猿田毘古大神を祀る一族となった。

これははっきり言ってかなりマイルドな言い方である。

茲《ここ》にひとつの話があった。昔、猿田毘古神はここの海で漁撈《ぎょろう》中、貝に指を挟まれて溺れ、海の底に居たとき底度久御魂《そこどくみたま》という神になり、そのとき発生した泡が都夫多都御魂《つぶたつみたま》、その泡がはじけたとき、阿和佐久御魂《あわさくみたま》になった、というのである。

それを知った天宇受売命は、そうして御魂として海に居る猿田毘古神を慕い、心を寄せる魚類があったらあかぬと思った。そこで大小の魚類を集めて、「おまえらは天つ神に仕えますよね」と念を押した。

そうしたところ、大概の魚類は、

「仕へ奉らむ」

と言ったのに、海鼠《なまこ》って奴だけは返事をせず、頑なに押し黙っていた。これを見た天宇受売命は激怒して、

「ロ、開かんのか。ほな、開くようにしたらあっ」

と言い、懐剣で海鼠の口を切った。

それ以来、今に到るまで海鼠の口は開いたまま閉じない。恐ろしいことである。

○邇邇芸命の結婚

そのとき天津日高日子番能邇邇芸命が笠沙《かさ》の岬というところにいた。そうしたところ向こうからえげつないほどの美人が来た。

当たり前の話だが邇邇芸命は声を掛けた。

「どこの娘さんですか」

と問うたのである。そうしたところその美人は、

「わたし、大山津見神《おおやまつみのかみ》の娘で、神阿多都比売《かむあたつひめ》。木花之佐久夜毘売《このはなのさくやびめ》とも言われてる」

と答えた。

「ああ、そうですか。ご兄弟は？」

「ねぇさんが居る。石長比売《いわながひめ》という」

当たり前の話だが邇邇芸命はこの女と結婚したいと思い、故、言った。

「吾と結婚しませんか」

そうしたところ、娘は当たり前の話だが、それは親が決めることで自分が決めることではない、と言った。そこで場所を聞いて父親の大山津見神の家に娘をもらいに行った。

当たり前の話だが天つ日嗣の御子にそんなことを言われた大山津見神は喜んでこれを承諾して、多くの贅沢な贈り物とともに娘を邇邇芸命の宮殿に送り届けた。

ところがここに想定外の出来事が起こった。

というのは邇邇芸命としては木花之佐久夜毘売だけが来てくれればよかったのだけれども、姉の石長比売もまた花嫁として贈られたのである。

つまりこの姉妹は一対というかワンセットになっておりバラ売りができない、ということらしいのである。

それがわかって邇邇芸命もいったんは、まあしょうがないか、と思った。美人姉妹を妻に迎え、かわるがわるに可愛がるのも悪くない、と思ったのである。ところが。

挨拶に罷り出た石長比売の顔を見てのけぞった。

猛烈にブサイクだったからである。

「無理っ」

邇邇芸命はそう言って石長比売を里へ帰し、木花之佐久夜毘売のみを妻として迎え、これを一晩、閨にて可愛がった。

一方、娘の一人をキャンセルされた大山津見神はこれをたいへんな恥辱と感じ、そこで二人の娘を奉った真意を申し送った。大山津見神は以下のように言ってきた。


吾は洒落や酔狂で二人の娘を奉ったのではない。それには深い理由があり、すべて天つ神の御子を思ってしたことだ。私はふたつの神盟・神誓をしたうえで娘を送ったのだ。どういうことかというと、ひとつの神盟は石長比売を側近くに召せば、天つ神の御子の命は雪が降ろうが風が吹こうが巌《いわお》のごとくに堅固。永遠の生命を保つ、という神の保証。もうひとつの神誓は木花之佐久夜毘売を召し使えば、花が咲くように栄え繁る、という神の約束。ところが貴方様はブサイクとか言ってキャンセルした。よって貴方の寿命は花が散ると同時に終わって長くない。オホホ。

これを聞いた邇邇芸命は、

「マジすか。そしたらキャンセルをキャンセルします。ブサイク我慢します」

と言ったがもう遅い。

という訳で歴代の皇孫たちの寿命は永遠でなくなった。惜しいことをしたものである。

そしてその翌日、木花之佐久夜毘売が来て、

「妾《あたし》、妊娠したかも」

と言い、さらに、

「この子は天つ神の御子なので勝手に産むわけにいかないから言っときますね」

と言った。要するに、認知してくれ、と言ったのである。しかし邇邇芸命は訝った。はっきり言って疑ったのである。邇邇芸命は言った。

「おかしい。絶対におかしい。だってそうだろう。たった一晩で妊娠、ってそんな訳ゃあない。多分、それ地元の国つ神の子でしょう」

言われた木花之佐久夜毘売はどう言ったか。ドイヒー、と言って暴れたか。いやさ、そんなことはしなかった。木花之佐久夜毘売は言った。

「まあ、論より証拠といいますよ。もしこれが国つ神の子であったなら、偉大な天つ神をたばかった妾はただではすみません。産んだ瞬間、死にますわ。でも妾が死ななかったら天つ神の子ということになります。その時に結論を出したらいいんじゃないですか」

「まあ、そうですね」

「じゃあ、そういうことで産まれたらよろしくお願いします」

とそう言ってなにをするのかと思ったら巨大な産屋を建設した。そしてそのなかに入って、土で塗り込めた。つまり入ったが最後、外から壁を毀してもらわないと出られない。そしていよいよ産み月になり、もうすぐ産まれようとするときに、なんということであろうか、なかに居た木花之佐久夜毘売は産屋の木部に火を点けた。

放火したのである。産屋は景気よく炎上した。ということは、普通であれば焼け死ぬ。しかし、こういうのを神威というのであろうか、その、燃えさかる火の中で木花之佐久夜毘売は無事出産した。

最初に生んだのが火照命《ほでりのみこと》。次に生んだのが火須勢理命《ほすせりのみこと》、次に生んだのが火遠理命《ほおりのみこと》、別名・天津日高日子穂々手見命《あまつひたかひこほほでみのみこと》の三柱である。

これにより三柱の御子が天つ神の御子であることが証明されたのであーる！

○天津日高日子穂々手見命

その火照命は海の獲物を獲ることを事として、だから海幸彦《うみさちびこ》と呼ばれ、火遠理命は山の獲物を狩ることを専らとして、だから山幸彦《やまさちびこ》と呼ばれた。

じゃあ、それでいいじゃないか。

てなものであるが、或る日のこと、ふと、たまには海の物も獲ってみたい、と思った火

遠理命は兄の火照命に、

「たまにはやー、替え事せえへん」

と言った。火遠理命の急な、しかも予期せぬ申し出に火照命は明らかに不機嫌になって言った。

「えー、意味わからんねんけど」

「えー、たまにはいいじゃないですか」

「いやや」

「お願い、お願い」

「いやや」

「お願い、お願い」

「いやや」

「お願い、お願い」

「って、三回頼んだな。しゃあない。俺らの業界では三回頼まれたら引き受けなあかんことになったあんね。よっしゃ、ほな替え事しょう。はい、ほなこれ、儂がいっつもつこてる釣り鉤や」

「わーい」

「なくすなよ」

「わーい」

ということで火遠理命は喜んで海へ走って行った。

でどうなったか、というと最初のうちは、

「おー、これが海かー。いいね」

など言って感動していたが次第に飽きてきた。また、あれほどやってみたかった漁撈も実際にやってみると存外つまらないというか、はっきり言って一尾のサカナも獲れず、すぐに飽きてしまった。そのうえ、大事の釣り鉤を海中になくしてしまったのである。

「こら怒られるな。嫌だな。でも仕方がない。謝ろう」

そう思って陸へ戻るとちょうど山から下りてきた火照命と行き合った。

「どうでした」と問う火遠理命に、やはり同じ感じだったらしく、うんざりした顔で火照命は言った。

「ぜんぜんあかん。なんにも獲れへん。やっぱ慣れんことせん方がええよ」

「ですよね。僕もあかんかったんよ。しかも、大失敗してもて」

「そらするよ。慣れへんことすんねんもん。まあ、さすがに借りた釣り鉤なくすとか、そんなことまではせえへんやろけど。そんなことしたら、それがわかった瞬間、殺すけど」

「それが、実は……」

「どうしたん？」

「なくしたんです」

「なにを？　ふんどし？」

「違う」

「ほななに？」

「釣り鉤」

「え？」

「釣り鉤」

「マジ？」

「マジ」

「あ、そうなんや」

「あれ？　意外にあっさりしてるなあ。許してくれんのかなあ」

「そんな訳ないやん。ひとつ聞いていい？」

「半笑いで聞いてくんのが怖いなあ。いいよ、なに？」

「ムチャクチャ残虐に殺すのとムチャクチャ残酷に殺すのとどっちがいい？」

「どっちも嫌や」

そう言って火遠理命は逃げ、後日、非常に大切な自分の佩剣《はいけん》を鋳つぶし、きわめて精巧な五百の釣り鉤を拵えて献上して火照命の損害を償って許しを請うた。

しかし火照命は言った。

「あかん」

仕方なく火遠理命はこんだ千の釣り鉤を献上した。しかるに火照命は、

「あかん。数やないねん。ほんまもんをかやしてほしいねん」

と因業なことを言い募り、火遠理命は半泣きで海浜をさすらった。

一応、形としては失くした釣り鉤を探しているのだけれども、あほかいな、そんなことで大海で失した釣り鉤が見つかるわけがない。

火遠理命はますます悲しくなり、もはや号泣しながら海浜をさすらっていると海の向こうから、塩椎神《しおつちのかみ》という潮の神さんがスーッと近づいて来て、そして問うた。

「なに泣いてんやいな」

「実はこうこうこうこうこういう訳で」

と説明すると塩椎神は言った。

「わたいに任しなはれ」

塩椎神はまず竹で船を拵えた。その船は不思議なことに竹でできているのにもかかわらず、まったく継ぎ目というものがなく、きわめて堅牢にできていた。こんなことは塩椎神でないとできないのだろう。

「さ、乗んなはれ。乗りましたか。ほたらわたいがポーンと突きます。ほしたら船は潮路

に乗ってどんどん沖へ進んで行きます。かなり行ったとこに魚の鱗みたいに房が仰山並んだ宮がおますわ。それこそがあんた、綿津見神《わたつみのかみ》のお宮さんですわ。その門のとこに桂の木ィがおまっさかい、それに登んなはれ、ほんで待ちなはれ。ほしたら綿津見神の神の娘さんが来てあんじょうしてくれはりまふ」

「ほな、そないさしてもらいますわ」

「そうしなはれ。よろしか、ほな突きまっせ。ひのふのみっつうっ」

と塩椎神がポーンと船を突いて、船は潮流に乗ってドンドン沖の方へ進んで行き、やがて彼の言う通り、綿津見神の宮殿に着き、門前まで行くと確かに桂の木がある。桂の下には井戸があって、「井戸のことは言うてなかったけど、これに間違いない」と考え、言われたとおり、木に登った。

そうしたところ、手に器を持った女がやって来た。火遠理命がこれを見ていると女は器に水を汲もうとして井戸にかがみ込んだ。女は綿津見神の娘、豊玉毘売《とよたまびめ》の従婢《つかいめ》であったのである。かがみ込んだ従婢は、次に上を見あげた。

井戸の水面に光が見えたからである。

「なんの反射かしらん」

見上げた従婢は驚きのあまり、あっ、と声を上げた。

木の上に見たこともない美しい男が座っていたからである。

そして火遠理命は、自分が男前と思われていることを敏感に察知し、これを存分に生かそうと考えザーキな感じで言った。

「水を得むと欲《おも》ふ」

光り輝く美男にこんなことを言われポウとなった従婢は言われるままに水を差しだした。

これを受け取った火遠理命は水を一口も飲まず、首に懸けていた玉飾りを口に含み、この玉に自分の霊魂を一定程度、乗り憑らせ、水の入った器に吐き入れてこれを従婢に返した。

従婢はフラフラになって門内へ帰っていった。その後ろ影を見送って火遠理命は、「おほほ」と笑った。

そして宮殿内に戻った従婢は器の中の玉を取り除こうとした。なぜなら中に霊魂の混入した玉が混入した水を渡したら豊玉毘売が気色悪がる、と思ったからである。

ところが、これが天つ神の霊魂が入った玉なので、何回やっても取り除くことができない。そこで仕方がない、従婢は玉が入ったまま水を奉じた。

「なに、これ玉、入ってんじゃん」

言わんこっちゃない、豊玉毘売は見るなり、そう言ったが、意外なことに、そんなに気

色悪がってる感じがしない。それどころか、興味津々という感じで、

「なに？　井戸んとこにたれか居るの？」

と問うてきた。別に嘘を言う理由もないので従婢が、

「木の上に美男がいて、こうこうこうこうこういう訳で玉が取れません」

と答えると、豊玉毘売は、

「ふーん。ちょっと行ってみようかな」

と言って出ていき、火遠理命を一目見るなり、忽《たちま》ち Fall in Love、あなたと逢ったその日から恋の奴隷になりました、と言ったとか言わないとか、とは言うものの、ええとこの毘売なので親の許さぬ不義いたずらという訳にも参らない、すぐさま父のところへ駆け込んで、

「お父さん。超絶美男が門の処にいんだけど」

「あ、そうなの？」

「そうなの。そんで、私、その人の女になりたいんだけどいいかな」

「よし。見て決めましょう。僕が見ていいと思ったらいいし、ダメと思ったらダメだよ」

「じゃあ、見てきて」

「はいはい」

ってことで父であるところの海の神、自ら門口に出て、

「こ、此《こ》の方は、あ、天津日高日子穂々手見命、虚空津日高《そらつひたか》（むっさ尊いの意）やんかいさああああっ」

と絶叫し、飛んで家の中に入ると、柔らかくて座り心地の良い、アシカの皮で拵えた敷物を百枚重ねて敷き、その上に絹の敷物を千枚重ねて敷いて、座って貰い、御馳走をアホほど出してもてなし、豊玉毘売の聟《むこ》になっていただいた。

そしてあっという間に三年が過ぎた或る日、火遠理命は、アレ？　と思った。

「アレ？　吾、なんでここんにおんにゃったっけ？」

と考え、それでようやっと火遠理命は自分が何故ここに来たかを思い出した。

「楽しすぎて忘れてたけど、そや、吾、兄貴の釣り鉤なくしてもおたんやった。あー、嫌なこと思い出してもおた」

そう思って火遠理命は嘆息した。その嘆息を聞いて豊玉毘売は半泣きになった。それまで火遠理命が溜息をつくことなど一度もなかったからである。豊玉毘売は父に相談した。

「お父さん、たいへんなんだけど」

「なに？　どうしたの？」

「我が夫が溜息ついてんだけど」

「おおおおおわわわわわわわわっ、そ、それはたいへんだ。僕、ちょっと聞いて来ますわ」

「うん。そうして」

　ということで父の神が事情を問うたところ、火遠理命は、「実は……」と兄の神の大事な釣り鉤を失くしてしまったことを打ち明けた。

「なるほど。でも、それ、なんとかなるかも」

「マジすか」

「マジです。ちょっとお時間頂戴できますか」

　そう言うと父の神は、海に向かって、

「みんな、ちょっといいかな。ちょっと集まってくれるかな」

と言った。そうしたところ、海に住むすべての魚が、

「なんでしょうか」

「御用でしょうか」

など言いながら集まってきた。なんでそんなことになるかというと言ったようにこの父が海の神で、海を全部、仕切っていたからである。

　海の神たる父は集まってきた全魚に言った。

「君たち。君たちがいて僕がいる」

　その時、海の全魚の魚体が凍結した。

「いやー、すまん、すまん。今日、集まって貰ったのは外でもない。君たちのなかで釣り鉤拾った人居ないかなあ？　居たら名乗り出て欲しいんだけど」

魚たちは互いの顔を見合わせた。

「釣り鉤、知らんなあ」

「見たこともない」

「前に見たことある」

「どんな感じでした」

「なんか、イヤーな感じですよ」

「僕はまあまあ好きですよ、アノ形」

「あ、ほんまあ」

「あー、でもやっぱイヤかな。痛いし」

「ですよねぇ」

とそんな雑談みたいな話は出るが、拾ったという者は出てこない。

「困ったなあ。ホントに知らない？」

と海の神が言ったところ、後の方に居た小魚が、

「あのう」

と名乗り出た。

「はいはい、君、ちょっ通したげて。はい、見ました？　釣り鉤」

「いいえ、私やおまへんねけどね、近所の鯛がね、喉痛いちゅて、飯食えまへんね。もしかしたらその釣り鉤ちゅうやつ呑んだんとちゃいますやろか」

「それ！　その鯛、すぐ連れてきてよ」

ちゅうことで、その鯛を連れてきて喉を調べると確かに釣り鉤が引っかかっているので、これを抜いて、「ありがとうございますっ。これで飯が食べられます。三年来の苦しみがなくなりました」と喜んで泳いでいった鯛を見送った父の神は、これを火遠理命に還し奉った。

そのとき父の神は、

「いいことを教えますよ」

「どういうことで」

「あなた、お兄さん、むかつくでしょ」

「うーん。まあ、そうかな。謝って弁償したのに許してくれへんだしな」

「じゃあ、こうしたらいいですよ。お兄さんに返すとき、『ボケの鉤』『ブチギレの鉤』『安もんの鉤』『貧乏の鉤』って言いながら返してください」

「どつかれますよ」

「向こう向いて後ろ手で返せばいいですよ」

「それからね、お兄さんが高いところに田を作ったら、あなたは低いところに作る、お兄さんが低いところに作ったら、あなたは逆に高いところに作る。なんでも逆、逆、いくんですよ」

「そうするとどうなるんですか」

「僕、海の神じゃないですかあ。なので水のことだったら好きなようにできるんですよお。雨とかそんなんも」

「あ、つまり、兄キのとこだけ米、穫れんようにするちゅうことか」

「ピンポーン」

「それ素敵やわ。あー、でももうあかんかも」

「なんで？」

「自分、兄キの性格知らんやろ」

「知ってるよ。嫉妬すんでしょ」

「ほんで攻めて来る」

「ホント、兄って昔からろくなことしないですよね。そういうときはねぇ、玉、あげるからそれ持ってくといいですよ」

「玉てなんや」

「不思議な玉でね、しおみつとしおひ、とふたつあって、しおみつ、を出したら、水がね、ぶわあって溢れてくるから。お兄さん溺れるから。溺れて死ぬから」

「ええけど、僕は兄キとちゃうから謝ったら許したりたい」

「そういうときに便利なのが、しおひ、これを出すと水が引いていくから。助かるから」

「あー、それやったらええわ。もろとくわ」

「それで、ガーン、って云わしてやるといいと思うよ」

「うん。そうさしてもらうわ」

ってことで、火遠理命は還御することになったがいかんせん道のりが遠く、それを心配した父の神、全海の全わに（今で言うshark・鮫のこと）を集め、

「一番、速いの誰かなあ」

と問うたところ、

「僕、五日で行きます」

「僕、三日で行きます」

なんて自薦する中で、

「僕、一日で行きます」

と言う奴が居るので、

「じゃ、君、送ってって」

と言って送らせたところ本当に一日で、しかも道中、快適に送り届けた。凄い。

そうして還ってきた火遠理命は兄の火照命に釣り鉤を返還した。その際、教えられた通りに後ろ向きで呪句を唱えながら返還した。そうして教えられた通り、なんでも逆、逆に行動した。そうしたところ父の神の働きにより、火照命はやる事なす事失敗続きでどんどん貧乏になっていき、あべこべに火遠理命はがんがん富んでいった。

そうしたところ予想通り、

「むかつくんじゃ、ぼけが」

と言って火照命が攻めてきた。

普通だったら慌てふためくところだが此方《こちら》にはちゃーんと準備がある、火遠理命は用意してあった、しおみつ玉を出して、これを火照命に向けた。

「ホーラ、ホラホラ」

「なにしとんじゃ。おちょくっとんか」

と言ったのも束の間、玉から海水が何百噸《トン》も溢れて、それが火照命を包んで玉のようになって、そうなると当然、呼吸ができないから、もがき苦しんだ。普段、偉そうにしている奴がそうして苦しむ様子は本人は苦しいかも知れないが傍から見ている分には笑い転げるほどおもろい見世物であった。

火遠理命は暫くの間、その様子を楽しみ、溺死寸前になってようやっと、しおひ玉を取り出し、

「ほーら、ほらほら」

と言って火照命を包む水の玉にかざすとアアラ不思議、一瞬にして水が吸収され、火照命は九死に一生を得た。吸水力が凄い。

助かった火照命は言った。

「もし、僕がまた嫌がらせとかしたら、おまえ、あの玉の奴、またするよねえ?」

「なに言ってるんですか。そんなこと、するに決まってるじゃないですか」

「しゃあない。あれやられたら死ぬからおまえに服属するわ。おまえの警備員なるわ」

「おい」

「なんや」

「おまえて誰に言うてんねん」

「おまえに決まっとるがな」

「あー、そうか。もっかい玉いこかな」

「間違いました。すみません。あなた様の間違いでした」

「そやんなあ。おかしいなあ、思たわ。ほな、もっかい言うて」

「私は一生、あなた様に……」

「なに立ったまま言うとんねん。土下座して言えや」

「さすがにそれは……」

「あー、ほんだら玉……」

「しますします。土下座します。私は一生、あなた様にお仕え申しあげます」

「了解でーす」

ということで火照命は永遠に火遠理命の家来となった。

このとき火照命は服属踊りという踊りを踊った。

溺れたときの様子を舞踊の形で表現した笑う感じの踊りで、そこから歌謡や演劇も派生して、それは今も伝わっていて上演される度に、この出来事が想起せられるのである。

○鵜葺草葺不合命爆誕

そんなことで兄を服属させた火遠理命は国の支配者として楽しく暮らしていた。

そんな或る日のこと。家来が来て言った。

「あのー我が君」

「なんや」

「お客はんが参ってますけども」

「あーそー。だれやろ」

「知らん人です」

「知らん人。ふーん。男かいな、女かいな」

「女の人です」

「ふーん。女。どんな女や」

「ええ女です」

「ふーん。ええ女。ふーん。ほないっぺん通してみいや」

つうことで、連れてこられた女の顔を見て火遠理命は驚愕した。

その女こそ誰あろう、かつて兄が怖くて逃げていった遠い海の底で睦み合った豊玉毘売であったからである。

「ど、どなしたんやいな」

と問うた火遠理命に豊玉毘売は黙して答えない。火遠理命は重ねて問うた。

「元気にしてたんかいな」

豊玉毘売はそれにも答えず横を向いていた。そして横を向いたまま言った。

「私、妊娠したんだよ」

火遠理命はこれを聞いて表情を変えずに言った。

「あ、そうなん」

「そう。天つ神の子供を海で産むわけに行かないから来た」

「あ、そうなんや」

と火遠理命がこれを軽く認めて、海辺の渚に産屋を建設することにした。

その時、屋根を葺くために大量の鵜の羽を使用した。いい感じの産屋ができるはずであった。ところが。

もはや産み月に達していた豊玉毘売は竣工前に産気づき、急遽、建設途中の産屋に入って出産することになった。はっきり言ってそのとき、柱と壁は出来ていたが、屋根はまだ半分くらいしか葺けておらなかった。

職人が、「すんません」と謝った。

「まあしゃないがな。なんしょ急なこっちゃさかいに」

と親方は言った。

産屋に入りしな、豊玉毘売は言った。

「産むとき絶対、見ないでね」

「なんで」

「産むときは本当のあたしになってるから」

「なにそれ」

「いいから見ないで」

「わかった」

と火遠理命が請け合ったので豊玉毘売は安心して産屋に入った。その姿を見届けて火遠理命は呟いた。

「見ろ、と言われたら見たくなくなるが、見るな、と言われたら見たくなる。ひひひ。見てこましたろ」

ということで火遠理命は半葺きの屋根から内部《なか》をのぞき見た。そうしたところ。なんたることだりましょうか。産屋の中では、醜怪な超巨大ザメが血膿と汚穢《おえ》にまみれてのたうっていた。

火遠理命は我と我が目を疑った。

「こ、これが、あの美しい豊玉毘売なのか。俺はこれとまぐわっていたのか。あー気色悪、あー気色悪。あ、ゾワゾワする。どないしょ。どないしょ。うん、逃げよ。逃げるしかない。それが一番や」

ってことで火遠理命は豊玉毘売の醜怪な出産姿に怖じて遁走した。

豊玉毘売は醜怪な姿を見られたことを恥じて海底に去った。

このときに産まれた御子こそが、天津日高日子波限建鵜葺草葺不合命《あまつひたかひこなぎさたけうかやふきあえずのみこと》である。

海底に去った豊玉毘売は、見んな、と言ったのに見たことを根に持ち、その境を封鎖した。しかし、子供は子供なので、完全に関係を断ったわけではなく、その妹・玉依毘売《たまよりびめ》を介して養育のことには関わりを持ったようである。

そんなことがありながら日子穂々手見命（火遠理命の正式名称）は五百八十年間、高千穂宮に坐《いま》した。その御陵は高千穂宮の西方にございましてございます。


この天津日高日子波限建鵜葺草葺不合命は成長の後、玉依毘売を娶り、

五瀬命《いつせのみこと》
稲氷命《いなひのみこと》
御毛沼命《みけぬのみこと》
若御毛沼命《わかみけぬのみこと》、別名・豊御毛沼命《とよみけぬのみこと》、別名・神倭伊波礼毘古命《かむやまといわれびこのみこと》

を産んだ。

このうち御毛沼命は海を渡って常世国《とこよのくに》へ行き、稲氷命は妣《はは》の国だからという理由で海に入った。つくく。

日本統一

○東征

神倭伊波礼毘古命《かむやまといわれびこのみこと》はそのとき高千穂宮《たかちほのみや》に居た。そのときまだ天《あめ》の下《した》のすべての声を聞いていなかった。すべての国の、すべての人が服属していなかったのである。

そこで神倭伊波礼毘古命は兄の五瀬命《いつせのみこと》と議論した。

「どうやったら国中の奴ら、ヤー、言うて吾らのことを祀ってきますかねぇ。吾はそれを聞きたいんですけどなあ」

「聞きたいですか」

「聞きたないですか」

「そら聞きたいよ」

「ほしたら、どうしたらええやろね」

「やっぱここ、西の端なんでね。もうちょっとまんなか辺、行ったら聞こえんちゃうかな」

「ほな、東に移動しましょか」

「そうしましょ」

議論はそのように決し、日向《ひむか》を出立して取りあえず筑紫《つくし》へ向かった。その途中、豊《とよ》という国の宇佐《うさ》というところにさしかかったとき、宇佐の人で、宇沙都比古《うさつひこ》、宇沙都比売《うさつひめ》、という二人の人が、

「ヤー、ヤー」

と言って祀ってきた。

「あれなにしてんでしょね。褒め称えながら飯とかも用意して」

と問う神倭伊波礼毘古命に五瀬命が言った。

「踊りなども踊って従属の意思を示してんちゃう」

果たしてその通りであった。

それからそこを拠点として次は筑紫に遷《うつ》り一年間を過ごした。

次に安芸《あき》に遷って七年間、その地に鎮座した。安芸の人が全員、ヤー、ヤー、と言って祀ってくるようになるまで七年かかったのである。

次に吉備《きび》に遷って八年を過ごし、そこから船に乗ってさらに東に進んだ。そうしたとこ

ろ潮の流れが極度に速いところに来た。

「けっこう潮の流れ、えぐいなあ。吸い込まれそうやんかいさ」

「ほんまやねぇ。ここは速吸門《はやすいのと》ちゅうこっちゃさかいね」

兄弟して危険性を感じていると向こうにおかしなものが見えた。

「兄さん」

「なんじゃいな」

「あれ、なんやろね。亀の背に乗ってこの難しい航路を自由自在に航行してるんですけど」

「ほんまやな。あっ、釣りしてけつかる。なめとんな」

「むかつく。呼んで、しばきません?」

「おお。しばこ。おい、おまえ」

「僕ですか?」

「おお、おまえや。ちょっと来い」

「はーい」

返事をしてそいつは近くに来た。

「おまや、なんや。誰や」

と神倭伊波礼毘古命はかましました。そうしたところ、そいつは、

「ここらのもんです」

と答えた。

「おまえ、えらい自由自在に航行してんの」

「はい、すんません」

「自分、ここら航路、詳しいん？」

「はい。すんません」

「なるほどな」

といつまで問答してもなかなかしばかない神倭伊波礼毘古命の袖を引っ張って五瀬命は言った。

「おまえ、いつまで問答しとんねん。早よしばこうな」

「うん、わかってる」

「わかってたらしばけや」

「わかってんねけどな、もしかしたらこいつ使えるかもしれんなあ、おもて」

「どういうことや」

「そやから俺らいま潮に吸われそうなって困ってるやん？　けどこいつに案内さしたらいけんちゃん、おもて」

「ああああっ、ほんまや」

「そやろ。そやからちょう聞いてみよかな」

「なにを」

「いや、そやから俺らに服属する気ぃあるかどうか」

「なるほど、ほな聞いてみいや」

「うん、聞いてみるわ。自分、俺に服属する気ある？」

「ない、言うたらどうなるんでしょうか」

「別にどうもならへんよ」

「あ、どうもならへんのですか」

「ならへん。殺すだけ」

「あります」

「あ、よかった。ほな、服属して」

「無理矢理やん」

「じゃかあし。おまえは今日から槁根津日子《さおねつひこ》と名乗れ」

「わかりました」

「よし、ほだ行け、槁根津日子」

「はいはい」

ちゅうことで槁根津日子を得て兄弟は速吸門を押し渡った。

○五瀬命の最期

さあ、そこから船に乗って西に進み、浪速《なみはや》の渡り、という波の烈しい湾に入り、白肩《しらかたの》津《つ》というところに到った。

そうしたところ軍勢が待ち受けていた。地元でいきっている、登美能那賀須泥毘古《とみのながすねびこ》、という奴であった。

「天孫かなんか知らんけど、俺らの地元でおちょくったたらあかんど」

怒鳴る登美能那賀須泥毘古に五瀬命が言い返した。

「笑わしよんのお。儂《わし》らとやるんかい」

「やったろやないかい」

「おもろいやないかい。いま行くから逃げんなよ」

「じゃかあっしゃ。能書きたれんとかかってこんかい」

「いったら、ぼけ。だらあ」

「だらあ」

と軍《いくさ》になった。

最初、神倭伊波礼毘古命たちは、「こんな、下賤な奴、一撃で倒せる」となめてかかっていた。ところがいざ闘ってみると、たいへんに強い。

ことに向こうの射てくる矢というのが、えぐいほどの強弓で、一発で船を沈めるほどである。

これを見た五瀬命が後にいた神倭伊波礼毘古命に、

「気ぃつけろよ。矢ァえぐいど」

とそう言った瞬間、ブウン、と音を立てて飛んで来た矢が五瀬命の肘に、グサッ、と突き刺さった。

「あぎゃああああっ」

「兄貴がえらいこっちゃ。いっぺん退却や、退却」

ということで、神倭伊波礼毘古命の軍勢は登美能那賀須泥毘古に敗れて退却した。

高千穂宮を出て以来、初めての敗北であった。

大分離れたところにいってその日は宿営した。

かがり火を見つめて神倭伊波礼毘古命が言った。

「だいたいがおまえ、吾らが行ったらどこの国の奴も、ヤーヤー言うて祀ってきた。しかるになんじゃいな、あの登美能那賀須泥毘古つう奴は。ヤーヤー言うてこないどころか軍を仕掛けて来やがった。それならそれで吾らがガーンいったらいっぱっちゃった。それがなんやね、登美能那賀須泥毘古。どういうこっちゃねん。これはあいつらがムチャクチャ強いんか。それとも吾らの強さが実はそれほどでもなかったちゅうことなのか。吾はもう東征する自信がなくなってきた」

それを聞いた五瀬命が言った。

「どっちゃでもない」

「どっちゃでもない？　どういうこっちゃ」

「それはな、俺らが攻める方向を間違うてんねん」

「方向てなんや」

「向きや」

「向きてなんや」

「おまえ向き知らんのか」

「知ってる」

「ほななんで知らんて言うたんや」

「ふざけたんや」

「こんなときにふざけたらあかん。ま、ええわ。つまりな、俺ら日の御子《みこ》やんけ」

「そや、日の御子や」

「日の御子、いうたら太陽の子、云うことやんけ」

「そや、太陽の子や」

「その俺らがや、西から東向いて攻めたやんけ。これはおまえ、太陽に向かって攻めたいうことになる。そやからあんなアホみたいな奴に負けたんや」

「なるほど。しゃあけど兄貴、敵がこっから見て東に居る以上、そっちゃ向いて攻めなしゃないがな」

「そやからや」

と言うと五瀬命は地図を指して言った。

「こっから湾沿いに南ずうっと行って、ぐるっと半島を回ってこっちの熊野《くまの》の方から攻めんねん」

「なるほど、そしたら日を背負て攻めることになるな」

「やろ」

「ほだ、行こか」

「行こ、行こ、と、痛い痛い痛い痛い」

「大丈夫か」

「あかん、血ぃがとまらん」

「もうちょっと休むか」

「いや、行こ。早よ、あのボケ、殺したい」

「よっしゃ。ほだ行こ」

つうことで、神倭伊波礼毘古命だちは迂回ルートをとるべく南に向けて進発した。

大分、行った所で五瀬命が言った。

「手ェ、洗いたい」

「ほなそこの海で洗いーや」

「そやな。そうするわ」

とて五瀬命はその海で血まみれの手を洗った。そこでそれ以降、その辺りの海を血沼海《ちぬのうみ》と呼ぶようになった。

さらに進んで紀《き》の国《くに》のとある港に到ったとき五瀬命は失血死した。そのまさに死なんとするとき五瀬命は、

「俺はあんな下等賤民にやられて死ぬのか。くち惜しいわいっ」

と雄叫びした。ゆえにそれ以降、その港を男水門《おのみなと》と号す。雄叫びの港、という意味である。

そんなことがあったが東征をやめて帰るわけにも参らないので、そのまま半島を廻り、予定通り熊野にいたった。

熊野の村落に入って、さあ、日の御子が来たのだから地元民がヤーヤー言いながら出てきて、ヤーヤー、称賛しながら服属踊りを踊るに違いない。と豊かな心で待って居たが誰も出てこない。

「あれ、おかしいなあ。誰も出てこえへんがな」

と訝っていると向こうの方に体高が二十メートルくらいある巨大な熊が見え、そしてすぐに見えなくなった。

「なんじゃ、あの熊は」

そう思った次の瞬間、神倭伊波礼毘古命は意識を失い、その場に倒れた。そしてうすうす気がついていたと思うが、神倭伊波礼毘古命は軍勢を率いていて、その軍勢もみな気絶した。

なぜそんなことになったかというと、その巨大な熊は熊野の山の荒ぶる神で、神倭伊波礼毘古命とその軍勢が上陸してきたことにむかついて強力な毒の屁をこいたからである。

このままではどうしようもない。ああ、ついに神倭伊波礼毘古命の東征は失敗に終わるのか。終わってしまうのか。

誰しもがそう思うとき、一人の男が歩いてきた。男は神倭伊波礼毘古命の軍勢が倒れ伏しているのに気がつくと、これに駆け寄り、一振りの大刀を捧げ持って額ずいた。

そうしたところ。なんということであろうか、意識を失って植物神のようになっていた

神倭伊波礼毘古命がパッチリと目を開いて傍らの男に、

「あー、よう寝た」

と言うたではないか。

なんでそんなことになったかというとこの大刀が霊力の籠もった霊剣であったからである。

神倭伊波礼毘古命は男に言った。

「この剣、もろてえぇの」

「是っ非、もろたってくだはい」

「これあったら、あの熊に勝てるかな」

「ええ、それあったらあの屁ぇも効きませんわ」

と言っているところに、また例の熊が来て、

「あっ、蘇っとるがな。また、毒屁せな」

とばかりに尻を向けて、嫌というほど毒屁を浴びせかけた。

しかし霊剣のバリアが効いているから、まったく倒れない、それどころか神倭伊波礼毘古命が振りかざした霊剣の切っ先から不思議のビームが、
ビビビビビビ。

と発せられ、巨大な熊の五体はこれにズタズタに切り裂かれてその場にバッタリ倒れ

た。

そして、熊は屁の他に変なオーラも出していて、それにより屁に倒れていた軍勢の人達も、熊が死んで変なオーラがなくなったことによって蘇った。

「よかった。熊が死んでよかった」

「みんなも元気になってよかった」

とみんなでよろこんだが、神倭伊波礼毘古命はふと我に返って男に言った。

「ところで君、だれ?」

男は答えた。

「私は高倉下《たかくらじ》というものです。地元の民です」

「あー、そう。で、この、この剣、なに。どこで手に入れた。どういう訳で持ってきてくれた。気になるわ」

「ですよね。説明します。最初、僕、寝てたんです」

「どこで」

「家で」

「なんで」

「眠かったから」

「なんで眠かったん」

「前の日、あんま寝てなかったから」

「なんで忙しかったん」

「あの、ちょっと黙ってもらっていいですか」

「あー、すまん、すまん」

「ほんだら夢、見ましてね。その夢のなかで天照大神《あまてらすおおかみ》さんと高木神《たかぎのかみ》さんが話してるんです」

「そらすごい夢やな」

「そうなんです。ほんでなに言うてはんのかな、思て横で聞いてたらね、葦原中国《あしはらのなかつくに》が最近、荒れてて御子らが困ってる。建御雷之男神《たけみかずちのおのかみ》にいてもらお。言うてるんですわ」

「ほん。ほんで」

「ほて、暫くしたら建御雷之男神さんが来たんで、『下が揉めてて御子が困ってるからおまえ行ってなにしてくりゃれ』ちゅんです」

「ほしたら」

「ほしたら建御雷之男神がね、『いや、行かないですよ』とこんなこと言いよりますのです」

「なんでや。邪魔くさいんかい」

「天照大神さんと高木さんもそう言わはりました」

「そしたら、なんちゅてん」

「僕と同等の力を持つ剣があります。『これを下せば、しょせんは土民、忽《たち》ち平《ま》らぎます』と仰いました」

「なるほど、それがこの剣か。しゃあけんどなんで君がこれを持ってんね」

「さあ、そこですわ。そんときにね、高木さんが言わはった。『なるほど下すのはええわいな。それにしても誰ぞが持ていかな、どんなんがな』ほしたら、ミカヅッつあんが、『高倉下ちゅう奴が倉もてます。そいつの倉の屋根に穴開けて、そっから落としたらよろし』とね、こない言うんです」

「ふん、ほてどなしてん」

「私、どきいっ、としましてね、『それ、私やん』と思てたら、向こう向いてた建御雷之男神はんが急に振り返ってね、『聞いてたやろ』ちゅんです。私、さっきの千倍、どきいっ、なって、そのまま気い失うたんです」

「ちょう待て、君、寝てたんやな」

「さいです」

「寝てて気い失うてどういうこっちゃね」

「つまり目ぇ覚めたんです」

「ややこしい物言いしないいなあ。ほんでどなしてん」

「畏れ多い夢見たなあ、と思いながら、けど念の為、おもて倉いたら」
「剣があったんやな」
「さいです。そういう訳で奉りました」
「玄妙である」

つうことで建御雷之男神と同等の力を持ち、一閃するや百万の敵をも打ち倒す剣、というアイテムをゲットした神倭伊波礼毘古命は日を背負い、東から西に進軍を続けようとした。

ところが。

どういうことだろう、急速に眠くなり、その眠気はもはや抗しきれないものとなったので、

「ごめん、吾、ちょっと寝るわ」

と言って寝てしまった。そして神倭伊波礼毘古命は夢を見た。

夢のなかで神倭伊波礼毘古命はもやもやした景色のなかに立っていた。そうしたところ神が現れた。高木神であった。高木神は神倭伊波礼毘古命に言った。

「こっから先は極悪な奴等がたむろっていてむっさあむない。自分で行ったら死ぬ。そやさかい八咫《やあた》の烏《からす》を行かせる。八咫の烏の後を付いて行け。ほしたら大丈夫や」

「わかりました。よろしくお願いします」

神倭伊波礼毘古命は言ったが、そのときにはもう高木神の姿は靄のなかに消えていた。

「高木さん、どこへ行ったんですか。高木さーん」


と叫ぶ、神倭伊波礼毘古命は、部下に身体を揺すぶられて目を覚ました。目を覚ました
神倭伊波礼毘古命は部下に問うた。

「あれ？　高木さんは？」

「なに言うてはりますね。陣中にそんな人、いてしまへん」

「あれ、じゃあ、いまのは夢か？」

「起きて寝言、言いなはんな。あっ」

「なに」

「後っ」

「後がどうしたの」

と振り返った神倭伊波礼毘古命の背後の木の枝に巨大な烏が止まっていた。

「お、おまえは八咫の烏」

と思わず言った神倭伊波礼毘古命に烏は言った。

「カアっ」

神倭伊波礼毘古命がみた夢は天つ国の高木神による夢告、夢を通じた指示であったのである。

神倭伊波礼毘古命はこれを畏《かしこ》み、彼と彼の軍団はこれを奉じて烏の後を付いて歩いた。そうして吉野川《よしのかわ》の下流に到った。

そうしたところそこに立っている者があった。

「われ、なんじぇえ?」

問うたところそいつは、

「僕はここら辺の者で、名を贄持之子《にえもつのこ》(飯やりベイビー)と云いまする」

と吐かした。

「飯やり、いいね」

と言って仲間になって、さらに進んで行くと、行手に井戸があった。

「井戸、いいね」

と思っていると突然、その中から尻から尻尾を垂らした奴が飛んで出てきた。そしてその井戸からは上方に向かって眩い光が噴出していた。光の井戸である。

「コリャすごい。しかしながら、こいつなんや。そやな、聞いてみよか。おいっ、おまえ。おまえなんや」

「僕はここら辺の者《もん》で、名を井氷鹿《いひか》(光の井戸やん)と申しまする」

「光の井戸やん、いいね。扈従《こしょう》せえ」

「へい」

つうので井戸やんもまた尾を垂らして付いてきた。

そしてそこから暫く行ったところで軍団は山中に入った。そうしたところ、巨大な巌《いわお》を押し開いて人が出てきた。そしてまたそいつにも尻尾があった。

「あー、びっくりした。岩から人出てきたがな。ほんでまた此奴も尾ォあんが。こいつは名前、なんちゅにゃろ」

「聞いてみなはれ」

「そやな、聞いてみよ。おい汝《われ》、汝、何者《なにもん》じゃい」

「僕は地元のなにで、名前は石押分之子《いわおしわくのこ》(岩押ン太郎)」

「ああ、イワオ・シンタロウ」

「違います。イワ・オシンタロウ、です」

「オシンタロン、ちゅの。怪態《けったい》な名前やのう」

「ありがとうございます」

「ほめてへん。まあ、ええわ。付いてこい」

「へえ」

ということで、恰《あたか》もブルドーザーの如くに巨岩を押しのけて進むことができる押ン太郎が軍勢に加わったことで一行は山の土手ッ腹にトンネルを掘りながら進み、容易に山を越えて和歌山から奈良の宇陀《うだ》に出た。

○宇陀の兄宇迦斯&弟宇迦斯

そこに兄宇迦斯《えうかし》・弟宇迦斯《おとうかし》という兄弟があってブイブイ言わしているということは前もって訣《わか》っていた。そこで八咫烏に、

「ちょう行て見てこいや」

と言って見にいかせた。


そのとき兄宇迦斯・弟宇迦斯は自宅で寛いでいた。

「兄貴、暇やからその辺のボケかなんかしばきにいこか」

「めんどいから明日にしょうや」

「ほなそうしょうけ」

そんなことを言ってダラダラしていたのである。そこへ八咫烏が来た。

「ごめん」

「なんじゃ、この鳥。なめとんのか。しばいたろか」

「まあ待て、なんぞ言うとるがな。なんや、おまえなんか用か」

「用があるから来とんにゃろがい」

「なんやねん。儂ら忙しいねん。早よ言えや」

「いま暇や言うとったやんけ」

「なんや聞いとったんかい。兎に角、聞かなわかれへん。言え」

「言わいでかよう聞け。いま、天つ神の御子がそこまで来てはんねん。おまえらどないすんねん。服属すんのんかい。それとも喧嘩すんのんかい。どっちゃ。よう考えて返事せえ」

と八咫烏が権高に言うのを聞いて弟宇迦斯がせせら笑って言った。

「けらけらけらけら。兄貴、服属するかどうか聞いとるぞ」

「わらわしよんの。返事したれ」

「りょーかーい」

そう言って弟宇迦斯は鏑矢を射た。

ヒュ――――――――ン、と音を立てて矢が飛んだ。

来んねやったら来い。やったろやないかい。という明確な意思表示である。その上で、兄宇迦斯は弟宇迦斯に言った。

「やる限りは兵隊集めやんとあかん。声掛けて、集めてこいや」

「よっしゃ。ほな行ってくるわ」

と弟宇迦斯、家を出て近隣を回って、

「天津日嗣《あまつひつぎ》とかいうボケが攻めて来やがった。喧嘩するさかい、みな集まってくれ」

と触れて回った。ところが。

「なんじゃいな、シーンとしてけつかる」

なんてことになったのは神を恐れた近隣の土民が誰ひとりとして応募しなかったからである。弟宇迦斯はがっかりして家に帰り、

「どやった」

と問う兄宇迦斯に言った。

「あかん。ひとりも集まれへん」

「ほんまか」

「ほんまや。兄貴、どないしょう」

「しゃあない。服属しょう」

「正気か、兄貴。あいつらに服属したら一生、メシ作らされて、定期的に変な踊り踊らされんねんど」

「心配すな。ホンマに服属すんのちゃうねん」

「ほな、どないすんねん」

「服属した振りすんねや。振りして、家に招くねん。そやけど家に仕掛けしとくねん」

「どないすんねん」

「入って踏み板踏んだら天井から岩石、落ちてくるようにしとくねん。それ知らんと天孫が中入る→踏み板、踏む→岩、落ってくる→死ぬ→俺ら笑う。とまあこういう仕掛けや」

「わっるー」

「悪いやろー」

「けどええやん。やろやろ」

「よっしゃ、ほな俺、仕掛け作るわ」

「ほな俺、服属するて向こに言いに行ってくるわ」

「頼むわ」

「任しとけ」

そう言って弟宇迦斯は家の外に出た。暫く行って弟宇迦斯は立ち止まった。立ち止まって空を見上げ、長いこと動かなかった。

「神倭伊波礼毘古命さま」

「なんや」

「弟宇迦斯が来ました」

「何人や」

「え？」

「何人で来た」

「一人です」

「一人で攻めてきたんかいな」

「攻めてきたちゅうか」

「ちゅうかなんやねん」

「降伏したい、ちゅてるんです」

「ああ、そう。ほなここへ連れてこいや」

「へい」


ということで連れてこられた弟宇迦斯は神倭伊波礼毘古命の御前に拝跪《はいき》して、服属したい旨、申しあげ、さらには兄の計略をすべて暴露した。

兵隊が集まらない時点で、勝ち目がないと悟り、それだったら兄を裏切った方が生き残りの確率が高いと判断したのである。弟宇迦斯は兄にすまないと思わなかったのだろうか。まあ思ったかも知れないが、倶《とも》に滅亡するよりはどちらかが生き残った方がよいと考えたのだろう。

「よう言うてくれた。危うく死ぬところであった」

神倭伊波礼毘古命は弟宇迦斯をねぎらったうえで、弟宇迦斯に道臣命《みちのおみのみこと》、大久米命《おおくめのみこと》を付けて、兄宇迦斯のところへ行かせた。

「ここです」

「よっしゃ、ほだ打ち合わせ通り、兄貴、呼べ」

「了解っす」

と弟宇迦斯、

「兄貴、兄貴、儂や。いま戻ったで」

と兄宇迦斯を呼んだ。家の中でこれを聞いた兄宇迦斯が、

「おー、戻ったか。よっしゃ、ほだら計画通り日の御子を仕掛けで殺してもたろ」

と表の方に出るなれば、弟宇迦斯の後に道臣命と大久米命がいらっしゃる。兄宇迦斯は満面の笑みを浮かべ、

「へっへっへっ。これはこれはようこそいらっしゃいました。手前、此の度、服属させていただくことになりました兄宇迦斯と申します。今日向《きょうこう》はお見知りおきくだされまして、どうぞ宜敷《よろしく》お引き立ての程をお願い申しあげ奉りましてございます。へっ。本日は服属の御印、ごくささやかなお食事をご用意させていただきましたによって、どうぞ、この殿舎

のなかにお入りくださいまして、召し上がっていただきますればこのうえない幸せと存じます。へっ。どうぞ、どうぞ。さっ、先に立って、お入りくださいませ。さっ、どうぞ、お先に」

と額をピシャピシャ叩きながら言った。これを聞いた道臣命が言った。

「先ずおまえから入れ」

「いえいえいえいえ、それはあまりにも」

「あまりにも、なんやねん」

「畏れ多いというか」

「じゃかあし、さっさと入れ」

そう言って大久米命が兄宇迦斯の尻を思い切り蹴ったからたまらない。

「ああああああっ」

てって殿舎の中に転げ込んでしまって、自分で作った仕掛けに押し潰されて死んだ。

道臣命と大久米命はその平べったくなった屍骸を岩の下から引っ張り出して、細かく刻んでそこいらに撒き散らした。死体を凌辱したのである。

家に隠れ、戸の隙間からそれを見ていた民衆はこいつらには絶対逆らわんとこう、と思った。

それから本当の服属の印としての宴会が催された。その費用はすべて弟宇迦斯が負担した。

日の御子は軍勢と共に飲食して盛り上がった。

〽わがで作った仕掛けにかかり
わがで潰れたアホンダラ
元カノ痩せて
今カノ肥る
アホの子ちゃんやで
笑てまうがな
アーコリャコリャ

的な唄を歌って爆笑した。

○唄殺し三番勝負

そんなことで宇陀を従えた軍勢はさらに進んで忍坂《おしさか》というところに到った。

そうしたところ、堅固な城塞を拵えて行手を阻む奴らがいて攻撃して来た。

「なめとんな。どんなやっちゃねん。おい、八咫の烏、見てこんかい」

「合点」

そう言って飛んでいた八咫烏は戻ってくるなり言った。

「無理」

「なにが無理やねん」

「もうなんか見た目が無理」

「だからそれではわからへん。どんな奴らやねん」

「なんもぅ、尾ぉがあって、全身に気持ち悪い毛ぇ生えてて、足が左右に四本ずつあって、平べったい奴らが、窓のない室の中で、ガサガサ蠢いてるんです」

「吐きそうやな」

「実際、吐きました。あれ見たら全員、吐きますよ。吐きながら闘うのは不利です」

「そやな。どうしょうかな。よしっ、ほなこうしょう」

「そうしましょう」

「まだなんも言うてへん」

「えらいすんまへん。どないしまんねん」

「あいつらに飯、食わそ」

「服属するんですか」

「アホぬかせ、誰がそんな気色悪い奴らに服属するかあ。そやないがな。その振りすんにゃあ」

「あ、振りですか」

「そや、飲ませ、食わせして、ほんで唄うたいながら踊り踊んねん」

「踊りまで」

「そや。そんでその踊りのときにやな、刀もって踊るわけや。踊りやから、こう、形がそろとるやろ。それを利用して、せーの、で、その蜘蛛みたいな奴等目がけて、ばーん、刀、振りおろしてみいな。どないなる？」

「全滅しますな」

「そやろ」

「けど、合図はどないしまんねん。よっしゃ、斬るぞ。せーの、ちゅたらなんぼアホの蜘蛛でも気ぃ付きまっせ」

「そや。そやさかい唄で行くねん」

「唄？」

「唄の、ここ来たらやるて決めといて、踊りながらうとて、そこ来たらがーんいくんやんけ」

「それ、よろしなあ」

「やろ。ほな、みなで練習しょう」

「しましょしましょ」

ちゅうわけで、みなで阿呆声張り上げて、

〽ボケの土蜘蛛仰山おるけど
俺ら全員、一斉に
ガーン、いったらいっぱっちゃ
よっしゃ、いったれ、せーのー

と歌い、息を合わせて、がーん、と剣を振り下ろす練習をして、いよいよ本番、

「練習通りにやれば大丈夫だから」

「練習だと思ってやればいいから」

など言いながらやったところ驚くほどうまく行き、土蜘蛛を滅ぼすことに成功した。

「服属したら許したる。抵抗したら滅ぼす。それが儂らのやり方や」

そう言い放って軍勢は進軍した。

そしていよいよ決戦の時が来た。

かつて敗北した登美能那賀須泥毘古に再び戦いを挑んだのである。

「おどれ」

「ヘゲタレがっ」

軍勢はおめきながら突撃した。敵の反撃は凄まじかった。しかしみんながとても頑張って最終的にはこれを打ち破り、逃げ隠れした奴も見つけ出して鏖《みなごろし》にした。

「ざまあみさらせ、アホンダラがっ」

と言ってよろこんでみんなで唄を歌った。


その高揚のまま、また別の場所に根を張って抵抗していた兄師木《えしき》・弟師木《おとしき》ってのをやろうと思ったが戦いに次ぐ戦いで軍勢がさすがに疲れ切っていて此の儘、やったら負ける感じがした。

「どないしましょう」

「こんなときこそ、唄でしょう。唄の力で生きましょう。すべての武器を楽器に！」

「なに眠たいこと吐かしとんね。けどまあ唄の呪力ちゅのがエグいことはこれまでの戦いによって証明されている。やってみましょう」

というので阿呆声を張り上げて、

〽盾を並べて伊那佐《いなさ》のお山
林の中で戦争したら
腹も減るわれ、島の鳥
鵜飼いの皆さん、助けてチョーダイ

と歌ったところ邇芸速日命《にぎはやひのみこと》という方が天降《あまくだ》ってきたので、この扶《たす》けにより兄師木・弟師木をボコボコにして最終的に殺害することができた。

軍勢は殺害しながら、

「ころすぞ、ボケ」
「もう殺してるがな」
「あ、ほんまや。ゲラゲラゲラ」
「ゲラゲラゲラ」

など言って笑った。

そんなことで神倭伊波礼毘古命は荒々しい地元の神々をやっつけ、服属の誓いを立てさせ安定をもたらした。言うことを聞かぬ奴は追い払い、畝傍《うねび》の橿原《かしはら》というところに宮殿を建て坐《いま》し、天皇として天が下を治めた。此の方が神武天皇である。

○叛逆

神武天皇には三柱の御子があった。日子八井命《ひこやいのみこと》、神八井耳命《かむやいみみのみこと》、神沼河耳命《かむぬなかわみみのみこと》で、その母君は美貌の皇后・伊須気余理比売《いすけよりひめ》であった。しかしまた神武天皇には日向にいらっしゃったときの御子当芸志美々命《たぎしみみのみこと》がいらっしゃった。この御子の母君は、阿多《あた》の小椅君《おばしのきみ》の妹、阿比良比売《あひらひめ》である。

そんななか神武天皇が崩《かむあが》りたまい、当芸志美々命は皇后・伊須気余理比売を娶った。なんのためにそうしたかというと、「神武天皇の妻は朕《ちん》が妻となった。これは神武天皇のものは朕が受け継ぐ、ということだ。ということは？　わかるな？　そう。次の天皇には朕がなるということだ」と言うためである。

そしてそうなると邪魔になってくるのは、そう伊須気余理比売が産んだ三皇子である。

「うーん。どうしようかな」

と考えた当芸志美々命はあれこれ思い悩んだ結果、これを殺すことにした。

「うん。やはり殺そう。それが一番だ」

思わずそう言った当芸志美々命に伊須気余理比売が問うた。

「だれを殺すのですか?」

「は? いま朕、なんか言った?」

「はい。やはり、殺そう。とかなんとか」

「あー、違う違う。やばい、疱瘡《ほうそう》、って言ったんだよ」

「なんすか、それ」

「疱瘡とか流行ったらやばいなあ、民衆が苦しむなあ、と思って、思ったことが思わず口から出たんですよ。天皇になるのに邪魔な日子八井命、神八井耳命、神沼河耳命の三皇子を殺そうなんて、まったく思ってないよ、朕」

「あ、そうですか。よかった」

「あったりまえじゃん」

「じゃ、わたし、ちょっと用を思い出しましたので」

「うん、じゃあね」

と御前から退出した伊須気余理比売は直ちに御子等に、当芸志美々命が三皇子を謀殺しようとしていることを歌の形で伝えた。その歌は、

狭井河《さゐがは》よ　雲立ち渡り　畝火山《うねびやま》　木の葉さやぎぬ　風吹かむとす

（大意：狭井川の上に雲湧いとるやんけ。ほんで畝傍山の木ぃがザワザワしとるやんけ。風吹いてくんちゃん？　不吉なんちゃん？）

畝火山　昼は雲《くも》揺《と》ゐ　夕されば　風吹かむとそ　木の葉さやげる

（大意：見てみぃな、畝傍山。昼、雲があれしてたか思たら夕方なったらまた木の葉がごっつい揺れとんがな。今晩、風えぐいんちゃう？）

という歌であった。

さあ、これを見て三皇子、驚いた。ことに末弟の神沼河耳命は事態を深刻に受けとめ、すぐ上の兄、神八井耳命に相談を持ちかけた。

「これは兄貴、都に変が起きるちゃう謎やで」

「ほんまやなあ。そやけど変てなんなんやろなあ。怖いなあ」

「おまはんは気楽なやっちゃっで。そんなもん決まっとるがな」

「どう決まっとんね」

「わからんか。当芸志美々が、我が跡継ぎなろ思て邪魔者を殺してまいよんにゃがな」

「ホンマかいな。そらまた毒性なことさらしよんな。しゃあけど気の毒やな」

「誰が？」

「その殺される奴」

「あほかいな、儂らが殺されにゃがな」

「うわっ、そら困る。どないしょ」

「そら、やられる前にやらなしゃあないやろ」

「そらそやな。そやけど誰がやんね」

「そら、兄貴、おまはんがいかんとどんならん。なんしょ、兄貴なんやから」

「よっしゃ。わかった。ほな、行くわ」

「行ったらんかい」

「よしゃ、ほだ行こ。兵《つわもの》集めて行こ。あれ？　あれ？」

「どなしたんやいな。なに遊んでんね」

「いや、遊んでる訳やないねけど、手足がガクガク震えて力が入らんね」

「ほんまやな。立つことすらできてへんやん」

「あかん。なんか目ぇも霞んで、頭もフラフラなってきた。ああ、なんか尻の辺が温い」

「うわっ、きたなっ。小便、もらしてるがな。もしかしておまえ、びびっとんかいな」

「そうなんかな」

「びびり過ぎてそれもわからんようなってもとるがな。しゃあない、ほな、俺が殺しに行くわ」

「うん。頼むわ」

「わかった。そこら拭いといてや」

「わかった」

という訳で、神沼河耳命が兄の軍勢を借り、当芸志美々命を攻めてこれを殺害した。

それ以降、神沼河耳命は建沼河耳命《たけぬなかわみみのみこと》となった。

建、というのは、勇猛、げっさ強い、という意味である。

それで当芸志美々命が死んだから、兄貴の日子八井命、また、神八井耳命が跡継ぎの天皇になったかというと、ならなかった。

なぜならこんな強い弟を差し置いて自分が皇位を嗣ぐなどしたら、いつ殺されるかわかったものではない、と思ったからである。

「いやー、ぼくらいいですわ。部下になりますわ」

そう言って二人は臣になった。

ということで建沼河耳命が天津日嗣となった。則ち綏靖《すいぜい》天皇である。

○崇神天皇

その次に皇位を嗣いだのが安寧《あんねい》天皇。

次に嗣いだのが懿徳《いとく》天皇。
その次が孝昭《こうしょう》天皇。
次が孝安《こうあん》天皇。
そして、
孝霊《こうれい》天皇。
孝元《こうげん》天皇。
開化《かいか》天皇。
そしてその後に天皇になったのが崇神《すじん》天皇である。

○神まつり

崇神天皇は師木《しき》の水垣宮《みずかきのみや》に坐して天が下を治めた。

このとき、疫病が流行って人民大衆が絶滅寸前になった。

崇神天皇は人民大衆のことをとても大切に思っていたのでこのことを猛烈に嘆き、猛烈に愁いた。

「あー、愁うなあ。こういうときに神の啓示があるとよいのだけれどもなあ」

そう思って崇神天皇は床に入った。

そうしたところ、こういうところが崇神天皇の偉大なところなのだが、大物主大神《おおものぬしのおおかみ》、という神が夢の中に現れた。

大物主大神は言った。

「コレハ我が御心ぞ。ゆえに意富多々泥古《おおたたねこ》を以て、我の御前を祀らせなはれ。そうしたら神の祟りがなくなって疫病が収まって国が平安になりますわいな」

「了解しました」

ちゅうことで目を覚ますなり、崇神天皇は、

「こうこうこうこうこういう訳やから、すぐに意富多々泥古に大物主大神を祀らせるように」

と側近に命じた。側近は、

「はっはー」

と承って出て行ったがすぐに戻ってきて言った。

「あのー」

「なんだ。早くしないか。早くしないと人民が絶滅するでしょうが」

「ええ、そらわかってます」

「では行け」

「ええ、でもすみませんあの、その意富多々泥古さんっていうのはどちらにお住まいの方

でしょうか」

「馬鹿か。おまえは。そんなことも知らないのかあっ」

「すみません。教えてください」

「朕は知らんっ」

「はあ？　御存知ない？」

「そうだ。文句あんのか」

「いや、文句はないんですけど。じゃあどうしましょう」

「おまえには頭がないのか」

「あります」

「じゃあ、自分で考えろ。いちいち朕に聞くなっ」

「なに切れてんですか？　じゃあ、皆さん、しょうがないから手分けしてその意富多々泥古さんとやらを探しましょう」

ということになり、四方八方に人を遣って手当たり次第に聞いて歩かせたところ、河内《かわちの》国《くに》の美努村《みののむら》というところに、意富多々泥古さん、という人が居た。

「いやー、ほんまに居りましたな」

「ほんまですなー」

そんなことを言いながら側近は天皇の御前に意富多々泥古を連れて行って、

「この人が意富多々泥古さんです」

と紹介した。

「あーそー」

と崇神天皇は言い、それから意富多々泥古を見て、そして言った。

「君、家系はどうなってんの」

意富多々泥古は偉大な天皇の前に居るというのにまったくびびらず言った。

「僕は、大物主大神が陶津耳命《すえつみみのみこと》の女《むすめ》、活玉依毘売《いくたまよりびめ》を娶って生んだ櫛御方命《くしみかたのみこと》の子、飯肩巣見命《いいかたすみのみこと》の子、建甕槌命《たけみかづちのみこと》の子です」

「え、え、え? つまりどういうことや、ええっと、大物主大神の孫の孫、ちゅうことか」

「さいです。玄孫ちゅうやってす」

「そりゃ、凄い。直系の子孫やんけ。あーほした、もういけるでしょう。疫病とかも。なあ、側近」

「え、そらもういけるでしょう」

「ほしたも、早速、やってくだはい」

ということで意富多々泥古が主宰者となり、御諸山《みもろのやま》（三輪山《みわやま》のこと）に意富美和之大神《おおみわのおおかみ》（大三輪の大神＝大物主大神）の拝みと祀りを行うた。

しかしそれだけだと、「誠意が見えない」と言われるかも知れなかったので、伊迦賀色《いかがし》許男命《こおのみこと》に命令して、「天《あめ》の八十《やそ》びらか」という、めでたい焼き物を大量に拵えさせたうえで、天神地祇を祀る神社を選定することによって神々の上下関係を明確にし、また宇陀の墨坂神《すみさかのかみ》に赤色の盾と矛、大坂神《おおさかのかみ》に黒色の盾と矛を祀り、御諸山の大神を守護させた。

また山脈の神と川筋の神にも、すべて遺漏なく幣帛《みてぐら》を奉り、山全体をビラビラにした。

これを全部やったところ、流石である、流行病は一瞬で終息、全人民が健康になって国家が平安になった。なってなってなってなりまくった。

○三輪山はなぜ三輪山なのか

それというのも意富多々泥古が祀ったからであるが、じゃあこの意富多々泥古という人はどんな感じで神の子として生まれてきたのか。

説明すると、そもそもの発端はその活玉依毘売という人である。

その人ははっきり言って美人だった。

そして一人の男がいた。その男、はっきり言って男前だった。

男前なばかりではない、服装もいけていた。

その男が夜中、出し抜けに活玉依毘売の前に現れた。そうしたところ、二人はできあってしまった。気色のよいことをしてしまったのである。

その結果。活玉依毘売は身ごもった。

それに気がついた活玉依毘売のご両親は活玉依毘売に問うた。

「嫁入り前の娘がなんちゅこっちゃ。てて親はどこのどいつじゃぞえ」

活玉依毘売は答えた。

「知らん」

「知らん人となにしたんかいな」

「うん」

「なんで」

「格好よかったから」

「婆どん、聞いたか」

「聞いた。ややこのててがわからんのでは頼りのうてどもならん。これ娘」

「なに」

「そのお方はまた来やるのか」

「多分」

「いつくんねな」

「今晩」

「ほなこうしやれ。今度そのお方がいらしたら、寝間の周りに赤土撒いときなはれ、ほて、針に麻糸通して、その人の衣の裾に刺しなはれ」

「わかった」

ちゅうことで活玉依毘売は言われた通り、床の周りに赤土を撒き、一通りのことが終わった後、男の服の裾に糸を通した針を刺した。

朝になって目を覚ますと男の姿はない。いつ居なくなったのか娘は知らない。なんとなればいつも知らないうちに前後不覚になって眠ってしまうからであった。

だから男が何処に帰っていくのかがさっぱりわからなかったのであるが、しかしその朝は違った。なぜなら。そう糸があったからである。

活玉依毘売は親を呼んだ。親は糸巻きを調べた。そもそも糸巻きにはかなりの長さの糸を巻きつけてあったのだが、見るとわずか三巻きしか残っていなかった。

「あむないとこやった。けどこれで糸を手繰っていったら男のなにがなにするわ。よかった」

「ほな行きましょか」

「そなしょう」

というので糸を辿っていったところ、近くの山の社に辿り着いた。

山の社に住むということはつまり神さん、それも偉大な神さまに違いないがいったいなんという神さんなのか。というとはっきり言って男は大物主大神であったのである。
すごいことである。
また、そんなこと、というのは糸が三巻きしか残らなかった、ということがあったので
三把山↓三輪山、ということになったらしい。
すごいことである。

○反逆

まあ、そんなことでいろいろあった。例えば越《こし》の辺に、文句を言いながら逆らってくる奴らがいた。天皇としてそんな奴らを放置しておくことはできないので、大毘古命《おおびこのみこと》に、

「おまえ、ちょっと行ってどつきまわしてこいや」

と命令した。大毘古命は、

「わーかりました。逆ろうたらどうなるか。よー言うて聞かしたりますわ」

と言い、勇躍、越に向かった。

また、東の方の細かい奴らも、ごちゃごちゃうるさいことを言って従わない。「どうしようかな」と言っていたら、大毘古命の息子の建沼河別命《たけぬなかわわけのみこと》が、

「俺、行きますよ」

と言うので、

「おー、ほな行ってこいや。そやけどやりすぎんなよ」

と言って送り出した。

そしてまた、日子坐王《ひこいますのみこ》は丹波国《たにはのくに》に行かせた。ここには玖賀耳之御笠《くがみみのみかさ》という、うざいアホンダラがいたので殺しに行かせたのである。出がけ、

「やってもおていいんですか」

と聞く日子坐王に崇神天皇は、

「ええんちゃうか」

と言ったのである。なので日子坐王は心置きなくこれを殺した。


まあそんなことで事は順調に進んでいたのだが、ひとつだけおかしなことがあった。

というのは大毘古命が越に行こうと山城国《やましろのくに》の坂道を通っていた時のことである。

「いっやー、坂、しんどいな。殺そかな。けど、坂は殺されへんしなあ。しゃあない登ろ」

と言いながら登っていくと、坂の半ばあたりに乙女が立っていた。乙女は腰裳を着ていた。

こんなとこに乙女。珍しこっちゃで。

大毘古命はそう思ったが、いちいち乙女に構ってもいられないので、横目で乙女を見てそのまま馬に乗って通っていった。

そうしたところ乙女は唐突に歌をうたった。その歌の文句は、

〽御真木入日子《みまきいりびこ》迂闊な方よ
玉の緒盗もとおもてる奴が
裏口通って行き違い
玄関通って行き違い
気ぃもつかんと笑てるで
アーコリャコリャ

というものであった。

御真木入日子というのは誰あろう、崇神天皇の本名である。大毘古命は最初、こんな地方の一乙女が言っていることなので、いちいち相手になるのもなにだし、もし軟派と思われたらそれも心外なのでいったんは通り過ぎた。

けれどもなにかこう心に引っかかるものがあって、馬を返した。

乙女はまだ腰裳を着て坂に立っている。大毘古命は問うた。

「汝がいまうたった歌、あらなんだ」

乙女はとぼけた。

「なんのことかしら」

「とぼけるな。汝がいまうたった歌の、その意味を問うてますのや」

「歌に意味なんかあらへん。ただの歌やんかいさ」

乙女はそう言って遠ざかって行き、走っているようにもみえぬのに大毘古命が、

「いや、だから……」

とさらに問うたとき、その姿は既に見えなくなっていた。


これは尋常のことではない。

大毘古命は越に行くのをやめ、師木の水垣宮に戻った。

「ただいま戻りました」

「早っ。もう滅ぼしたんか」

「いーえーな、それが違いますね。実はね、こうこうこうこうこうこういうことがありまして」

と大毘古命が奇怪な乙女が歌ったことを伝えると、御真木入日子すなわち崇神さんは言った。

「はっはーん。わかった」

「なんか心当たりおまんのか」

「あるよ」

「いったいなんだんね」

「それ、山城でしょ」

「そうです。山城です」

「間違いない、そら、おまえ、山城の建波邇安王《たけはにやすのみこ》のこっちゃがな」

「建波邇安王ちゅたらあの、孝元さんのお子」

「そや、おまえの、おまえ、腹違いの兄貴《あにっきゃ》やんけ」

「どないしまお」

「汝《われ》、行ったれや」

「わっかりました。儂が責任持って、玉、取ったりますわ」

「おお。気ぃつけていきや。おおおお、ちょう待ったれや」

「なんです」

「汝のこっちゃ、滅多なことはない思うけろ、念には念ちゅがな、日子国夫玖《ひこくにぶく》ぅ、連れて行けや」

「おおきにです」

ということで、大毘古命は丸邇坂《わにさか》で神事を行った後、日子国夫玖命とともに軍勢を引き連れて山城国に向かって北上していった。

そうしたところ。既に情報が伝わっていたのだろうか、山城の和訶羅河《わからがわ》（今の木津川）まで行くと、建波邇安王が川の向こうで軍勢を整えて待ち構えていた。

（お互いに挑み合ったのでこれ以降、そこを伊杼美《いどみ》と呼ぶようになった）

建波邇安王はやってきた大毘古命の軍を見て言った。

「アホが攻めてきよった。飛んで火に入る夏の虫、ちゅのはこのこっちゃ。おい、みな返り討ちにしてこましたれ」

「おおおおおおおっ」

と軍勢が意気上がるのも無理はない。なんとなれば軍勢の人数が違っていた。大毘古命の軍は本人を入れて八十人くらい。ところが建波邇安王の軍は八百人以上、居たのである。

八十対八百。

これはどう考えたって建波邇安王の勝ちである。だから建波邇安王軍の意気が上がったのだが、反対に大毘古命軍の意気は下がった。下がりまくった。

何人かが対岸を見て言った。

「これ、無理かも」

それを聞いて大毘古命は激怒した。

「戦う前からなに弱気なことぬかしとんじゃ、ぼけっ。なにが無理かも、じゃ。そんなもんやってみんとわからんやろ。なあ、日子国夫玖ちゃん」

と、同意を求められた日子国夫玖命は言った。

「あー、まー、普通にやったら無理っすね」

「おまえまでそんなこと言うのか。なんか嫌なってきた。もう、死のかな」

「いやいや、死んでどうするんですか。最後まで聞いてくださいよ」

「なんや、続きあんのかい」

「ありますよ。普通にやったら、言うてますやん」

「ほな、続き聞かしてくれや」

「簡単ですわ。最初に玉取ってもおたらいいんですよ」

「どういうこっちゃ」

「まず建波邇安の餓鬼、やってまうちゅうことですよ」

「そんなことでけるか」

「儂にまかしといてください」

そう言うと日子国夫玖命は川岸に進み出た。そうして、

「おーい、建波邇安の餓鬼ゃあ、おるんかい」

と呼ばった。

対岸でこれを聞いた建波邇安王は、

「あれは、おまえ、日子国夫玖やないかい。なんであんな奴に俺が餓鬼呼ばわりされなあかんね。ぶち殺したら。おいっ、弓矢貸せっ」

と怒って言うと、側近が差し出した弓矢をひったくるように受け取り、進み出て言った。

「誰や思たら日子国夫玖やないかい。ようも儂を餓鬼呼ばわりしてくれたのお。そやけどええ根性しとるやないかい。なんやねん。今日はなんの用やねん」

「おお、建波邇ちゃん、元気そやなあ。今日はなあ、おまはんに頼みがあって来たんや」

「おおそうか。一応、聞いたら。頼みてなんや」

「すまんけどなあ、死んでくれ」

「じゃかあっしゃ。おまえが死ね、ド阿呆」

「相変わらずおもろいこと言うなあ。おまえが死なんちゅうねやったらこっちで殺すことになるけどかまへんか」

「あくかー、ぼけ」

「ほな、戦争やの」

「こっちはのっけからその積もりじゃ。いくど」

「待て待て」

「いまさら命乞いか。あくかー。覚悟せえ、あほんだら」

そう言って弓を満月のように引き絞り、いままさにひょうど放たんとしたちょうどそのとき、日子国夫玖命が言った。

「おまえ、チンポめーてんど」

言われて、ええ格好しいの建波邇安王は、

「嘘っ、マジか」

と、言って思わず下を向いた。股間を確認したのである。それはいいのだが、そのため肝心の狙いがはずれ矢はあらぬ方に飛んで、最終的に、ポチャン、と川に落ちた。

しまった、騙されたっ。

建波邇安王がそう思うと同時に、

「嘘じゃ、ぼけ。今度はこっちからいくぞ」

と言って、日子国夫玖命がひょうど射た。

矢は一直線、吸い込まれるように飛んでいって建波邇安王の胸に突き立った。

「あぎゃあああ、チンポおおおっ」

一声叫んで、建波邇安王はドウと倒れ絶命した。

ほぼ即死であった。

こうなると大軍と雖《いえど》も脆い。

なぜならいくら大軍でもそれはひとりびとりの個人で、その個人個人のなかに恐怖が巣くうからである。

「大将がやられてもうた。こわいー」

ひとりが叫んだかと思うと、恐怖は忽ち全軍に伝播して、

「こわいー」

「いやよー」

と泣き叫びながら総崩れ、全員が武器を捨てて川沿いを北に敗走した。

「待たんかい、待たんかい」

そう言いながら大毘古軍は追撃戦を開始した。

後ろから追いかけて矢を放ち、追いついて後から斬りかかるのだから負ける訳がない。

可哀想に建波邇軍はほぼ全滅した。

あちこちに建波邇軍の兵隊の屍骸が転がっていた。そいつらはみな恐怖と苦痛により脱糞しており、汚い話で恐縮だが褌の隙間から人糞がはみ出ていた。

なのでそれ以降、その地は屎褌《くそばかま》と名付けられた。(時代が経った今は久須婆《くすば》と呼ばれるようになった。糞場のなになにさん、と言われたり、「おまえ、どこ住んでんの」と問わ

れ、「糞場」と答えるのがみんな嫌だったのでそうなったのかもしれない)。

また多くの屍骸が川に浮かび、それが遠くから見るとまるで鵜が浮かんでいるようにも見えたので、その川はその近辺では鵜川《うかわ》と呼ばれた。

また最大の戦闘のあった辺は、波布理曽能《はふりその》、と呼ばれた。多くの兵を屠《ほふ》ったからである。

「ははは、すくりいたなあ」

「おもろかったなあ」

日子国夫玖命とそんなことを言い合いながら大毘古命は師木の水垣宮に戻り、戦勝の報告をした。

崇神天皇は言った。

「ようやった。家帰って休めや」

「おおきにです」

そう言って大毘古命は家に帰って戦争で疲れた身体を休めた。

五分ぐらい休んでいると誰かが訪ねてきた。

「ごめん」

大毘古命は、

「休憩中にどこのどいつじゃ。殺されたいんか」

と怒鳴った。そこへ、

「殺すて、だれ殺すん？」

と言いながら入ってきたお方の顔を見て大毘古命は驚愕した。

「こ、これは大王《おおきみ》」

「いま、殺すとか、言うてなかった？」

「まったく言ってないですね」

「ほな、なんて言うてたん」

「好まれたいんかー、って言うてました」

「どういうこっちゃ」

「いや、若い者《もん》がね、もー、みんなあちこちにええ顔して、八方美人なんでね、そこまでして好まれたいんかー、言うて叱ったんですわ」

「あー、そーか。朕はまた、朕に言うてんのか思たわ」

「そんなん言うわけありませんやん」

「そらそやの。ほんでどや、休憩したか」

「え、お蔭さんで休ましてもろてます」

「ほな、行ったれや」

「どういうこってす」

「どういうことて、おまえ、そもそも越へ行くとこやったやんけ」

「ええ、そうです。ほんで途中で山城でなにして、ほんで戦争して、ほんで勝って」

「ほんで休憩したんやろ」

「ええ、いま休んでます」

「ほな、越、行けや」

「あのー」

「なんや」

「まだ、五分ぐらいしか休んでないんですけど」

「あー、そうか。そらそうか、もっと休みたいか」

「はい。すんません」

「わかった、ほな、もっと休み」

「おおきにです」

「かめへん。かめへん。うち、ようさん人おるから。おまえはもう永眠したらええわ」

そう言って崇神天皇は剣を振りかざした。

大毘古命は言った。

「越、行ってきます」

○日本統一

大毘古命は軍勢を率いて越の国則ち北陸地方を攻略、調子に乗ってがんがん行き、福島の辺で東国を攻略していた息子の建沼河別と合流した。

「おお、息子」

「おお、親父」

「ええ、感じで会えたのぉ」

「俺、いまええこと思いつきましたわ」

「なんやねん」

「ええ感じで会えたんで、ここのことこれから会津《あいづ》て謂いません?」

「ええがな。そうしょう」

ということで以降、その辺りを会津と謂うようになった。

そんな感じで、いろんな人の努力もあって、崇神天皇は全国制覇を成し遂げた。これにより人民大衆は平和に暮らすことができるようになり、経済的にも潤ったのである。人々はそれに感謝し、狩りの獲物や布などを貢ぎ物として献上した。前はそれぞれが勝手なことをしていたのでそんなことはできなかったのである。

だから、その治世を称賛する意味も込めて、人々は、所知初国之御真木天皇《はつくにしらししみまきのすめらみこと》、と呼んだ。初めて国を知る（＝統治する）御真木（崇神の生前の名）天皇、という意味である。

この治世には、依網池《よさみのいけ》ができ、また、酒折池《さかおりのいけ》、もできた。こんな土木事業ができたのは天皇が偉大だったからである。

天皇は百六十八歳で崩り給うた。

御陵は山辺道《やまのへのみち》の勾之岡《まがりのおか》のほとりにある。

垂仁天皇の治世

垂仁《すいにん》天皇＝伊久米伊理毘古伊佐知命《いくめいりびこいさちのみこと》は、師木《しき》の玉垣宮《たまがきのみや》に坐《いま》して天《あめ》が下《した》を治めた。

この方には御子《みこ》が十六柱いらっしゃって、そのうち男の御子は十三柱、女の御子は三柱であった。

男の御子のうち、大帯日子淤斯呂和気命《おおたらしひこおしろわけのみこと》という御子は国の政務を総覧した。この御子は後の景行《けいこう》天皇である。身長が一丈二寸（約三メートル）、膝から踝までの長さが四尺一寸（約一二四センチ）あった。

印色入日子命《いにしきのいりびこのみこと》という御子は、土木事業、灌漑事業を行って功績があった。刀剣の製作に力を入れ、技術者集団を育成した。

○沙本毘古と沙本毘売

この垂仁天皇が沙本毘売《さほびめ》を后と為《な》したとき事件が起こった。この姫は開化《かいか》天皇の皇孫であった。だからこの姫の同母の兄、沙本毘古王《さほびこのみこ》も皇孫であった。だからこの沙本毘古王には、臣下には違いないが血筋的には天皇とタメ、という意識が非常にあった。

そこで兄は后となり、非常にいい感じに出世をしている沙本毘売に面会して問うた。

「自分やー」

「なに、お兄さん」

「ええ感じなってるやん？」

「うん、なってる」

「で、どうなん？　実際のとこ」

「なにが？」

「夫と兄と、どっちをより大事に思てん？」

沙本毘売は兄の顔を凝《じっ》と見た。兄も妹の顔を凝と見た。幼き頃よりずっと見ている兄の顔を見るうち、沙本毘売は、夫が愛おしい、とは言えなくなった。そこで沙本毘売は、

「お兄さんです」

と言ってしまった。そうしたところ沙本毘古は大いに喜び、

「ほんまか。よし、それやったらこの兄とそれから汝《われ》で、この世の中を支配してまお。俺ら兄妹にはその資格、あんにゃから」

「支配、て、兄さん、それどうやってするの？」

「おー、これや、これ」

沙本毘古はそう言って妹に短剣を渡した。

「なにこれ」

「なにて、見てわからんか。短剣、短剣。おー、気ぃ、つけよ。よー、鍛えたあるさかい、刃ァにちょっとでも触ったらスパッといくど」

「怖い。これでどうすればいいの」

「大丈夫、大丈夫。これでな、伊久米伊理毘古伊佐知、いってまえ。無理て、無理なことないよ。向こうは、おまえ、おまえに愛されてると思て、おまえの前では油断、しとんが。な。寝間、入ったら二人きりや。寝てるとこを、おまえ、スパーン、いたったらええねん」

「私、そんなことできない」

「できない、ってほな、おまえ、俺を愛してへんねんな」

「愛してる」

「ほなでけるやろ。頼む。やってくれ。俺を愛してねやったらやってくれ」

「わかった。じゃあやる。やっぱり血を分けた兄がなにより大事だから」

兄から短剣を受け取り、沙本毘売は天皇のところに戻った。なにも知らない天皇は沙本毘売に言った。

「おー、沙本毘売、どこ行てたんやいな」

「兄のところへ参っておりました」

「あー、あの沙本毘古王か。朕《ちん》はあいつが好きや。なんでかというたら、汝の兄やからや。汝が好きやから兄まで好きになる」

そう言って天皇は微笑み、そして、

「汝の顔を見てたら心が安らいでねぶとなる。ちょろ寝るわ」

と言って沙本毘売の膝を枕にして眠ってしまった。

沙本毘売は動揺した。こんなに早く機会が到来するとは思っておらず、心の準備が整っていなかったからである。しかし、これを逃したら次の機会がいつ訪れるかわからない。そこで沙本毘売は衣服の下に隠していた短剣を取り出し、鞘を払い、両手で柄を握って振りあげた。

そのまま振り下ろせば天皇の首に刺さる。天皇は、あっ、と声を上げる間もなく神去《かみさ》り給う。

ところが沙本毘売は振り下ろせない。なぜか。それは心の底から自分を信じ、天が下の支配者であるのにもかかわらず、あまりにも無防備に眠っている夫の顔を見るうち、これを無慈悲に殺すことはとてもできない、という気持ちが心のうちに芽生えたからである。

沙本毘売は振りあげた短剣をおろした。

そうすると今度は愛おしい兄の顔が頭に浮かんだ。国を支配する権利を有しながら支配できず苦しんでいる兄。その兄を救えるのは自分しかいない。私が天皇を殺さない限り、誰も天皇を殺すことはできない。そうしたら兄はどうなるのか。ますます片隅に追いやられ、不満を溜めて生きていかなければならない。そんな兄の役に立ちたい。できることはすべてしてあげたい。

そう思った沙本毘売は再び、短剣を振りあげた。そうすると目に入る夫の顔。

沙本毘売はまた短剣をおろす。しかしそうして浮かぶのは兄の顔。

三度目に短剣を振りあげたとき、夫の顔と兄の顔が同時に頭に浮かんで、それが同時に笑いかけた。その笑顔はどちらも淋しげであった。

「私、もうどうしたらいいのかわからない」

そう言って力なく短剣をおろした沙本毘売の瞳から、思わず知らず、次々と大粒の涙がこぼれ落ちた。

涙は頬を伝い、膝の上の天皇の顔に零れ溢れた。いい気持ちで眠っていたところ、突然、顔がびしゃびしゃになった天皇はこれに驚いて、飛び起きた。

「うわっうわっうわっ」

「きゃあ、すみません」

「すみませんや、ないで、びしゃびしゃやんか。そらあんな夢、見るはずや」

「あんな夢って、どんな夢ですか」

「それはね」

と言って天皇は以下のように語った。

私は道に立っていた。そうしたところ突然、雨が降ってきた。雨は沙本《さほ》（地名）の方から降ってくるようだった。私はびしょ濡れになってしまった。途方に暮れてそこに立っていると、突然、錦の色の小さな蛇が私の頸に巻き付いた。私はそこで目が覚めた。

天皇が語るのを聞いた沙本毘売は、もう、なにも隠しておけない。夢にすべてが現れている。と思い、涙ながらに語った。

「じつはこうこうこうこうこうこういう訳で、私は兄に命令されてお上を弑《しい》し奉るところだったのです」

これを聞いて天皇は驚いた。まさか沙本毘古がそんなことを考えているなど、思ってもみなかったことであったからである。

「そうか。朕は危うく騙されるところだった。だが、そうとわかったら、謀叛を企んだ沙本毘古王を放置してはおけない。こちらから攻めていって沙本毘古を殺そう。おまえの兄だが仕方ない。ごめんね」

「いえ、それは仕方がないと思います。最初に悪いこと考えたの兄なので」

「よしじゃあさっそく軍を編制しよう。おーい、みんな軍を編制するぞおー」

そう言って天皇は立ち上がり、近隣の有力者に声がけして軍を編制し始めた。


一人残された沙本毘売は仕方のないことだと思った。だって悪いのは兄なのだから。だけれども。天皇の軍隊に攻められた兄はどうなるのだろうか。

兄は暗殺を企んだ。ことはどういうことか。なぜかというとマトモに戦争を仕掛けたら勝てないからだ。という
ことはどういうことか。この戦《いくさ》で兄は十中八九負ける。

負けたらどうなるか。もちろん殺される。

兄が殺されて、この世からいなくなる。

そう思うと沙本毘売は悲しみでいても立ってもいられなくなった。そのときはせめて兄の傍にいてあげたい。身を分けた兄の傍に。

これまで言うのを忘れていたが実はこのとき、沙本毘売は天皇の子を身籠もっており、当月がまさに産み月であった。普通ならそんな身体で活発に動き回ることはできない。

そう思った沙本毘売はうまいこと言ってお付きの者の目を欺き、皇居を脱出して沙本に向かった。

沙本毘売が沙本毘古のところに到着したとき、今なお軍隊を編制している途中らしく、天皇の軍隊はまだ攻めてきていなかった。

「兄さん」

「沙本毘売、おまえ、失敗したのか」

「兄さん、なんでそれを」

「いま、宮に放ってあった密偵が知らしてきた。天皇がむっさ怒って戦争の準備してるて」

「すみません」

「ま、しゃない。危ないからなか入っとけ」

「兄さんはどうするの」

「俺か、俺はなあ、稲藁つんでこの家を要塞化する段取りしとんね。ほーら、向こからみな藁、持って走ってきょんが。おーい、早よせえ、早よせえ。早よせんと大王《おおきみ》の軍隊が来てまうど」

と、沙本毘古王は土民や配下を駆使して、自邸の周りに稲藁を積み、矢の禦《ふせ》ぎとなした。

さあ、そうやって準備をして立て籠もっているところへ、天皇の軍隊が攻め寄せてきた。

「こら、沙本毘古。その方、よくも朕を殺そうとしましたね。滅ぼしてやるから覚悟したまえ」

「じゃかあっしゃ。大王がなんぼのもんじゃい。儂《わし》かて皇孫や。返り討ちにしてこましたる」

そんな掛け合いがあって戦が始まった。

しかし天皇の軍隊は強い。忽《たちま》ちにして沙本毘古軍を圧倒、沙本毘古の兵士は泣きながら柵の中に逃げていく。

「こわいー」

「いやよー」

そんな兵士の後ろ姿を見て天皇は心を痛め、

「敵の兵士と雖《いえど》も朕が国の人民ぞ。強く射ないでください」

と言った。

ということはなかった。いやさそれどころか、

「もっとがんがん射て、一人でも多くの敵を射殺しなさい。なぜならその方がええから」

と言った。そこで兵たちはムチャクチャに射た。

多くの兵が、

「いたいー」

「いやよー」

と言って殺されていった。生き残った兵は要塞化した沙本毘古の邸に逃げ込んでいった。

よって天皇の兵士たちは容易に稲藁の要塞に接近できた。そして接近した兵士は稲藁に火をつけた。

それを見た天皇は突然、

「待ちなさい」

と命じた。

兵隊は訝った。

「さっきまでガンガン射殺せと言っていた大王が人殺しをすな言うてるけどどういうこっちゃ」

実は天皇がそう言うのには理由があった。

このとき天皇は邸の中の沙本毘売のことを思っていた。

天皇は后の身の上に思いを馳せていた。

三年もの間、可愛がった后を腹の子どもども謀叛の輩として殺害するのはどうにも忍びないことだ、と思ったのである。天皇はさらに命じた。

「邸を取り囲んで一人も逃すな。ただしこちらから攻撃しないでね。矢を射ては駄目だよ」

「へーい」

兵士はこれに応じて、厳重に沙本毘古の邸を包囲した。

一方その頃、邸の中では。

「やはり大王、強いね。俺では敵わなかった。ごめんな妹」

「いいよ、別に」

「いやいやいやいやいやいや、俺はもうしゃない。しゃあけどおまえアレや、大王の子ぉ、妊娠してる。しゃあさけ、出ていって命乞いしたら助けてもらえる。おまえだけでも助かれ。俺は死ぬから」

「いいよ。一緒に死ぬよ」

と兄妹がそんな会話を交わしていた。

沙本毘売は既に兄への愛に殉じ、ともに死ぬる決意を固めていたのである。

「まあ、そういうな。って、どなしたんや、急に黙って」

「産まれるかも」

「マジか、おーい、ちょっと戦争してるとこすまんけど、誰ぞ湯ぅ沸かしてくれ」

ということになって、そうこうするうちに沙本毘売はお産をした。

生まれたのは男子であった。

「せっかくおまえ、生まれてきたのに、ここにおってすぐ死ぬは可哀想や。そやろ、妹」

「それは私もそう思う」

「そやろ。よし、ちょっと待っとけ」

そう言うと沙本毘古王は、ふらっと立ち上がると戸口に向かい、

「危ないですよ。敵、すぐそこに居てるんで」

と止める部下に、

「かまへん、かまへん」

と言うと、そのまま表に出ていった。

それを見た天皇は驚いた。ってそりゃそうだ、敵の張本、自分を暗殺しようとした奴が武器も持たず、フラフラと姿を現したのだから。しかしそこはさすがに帝王で、驚いた様子なんてちくとも見せず、ここを先途と射かけようとする兵士を、

「ちょっと待て」

と制すると、

「おー、久しぶりやんかいさ、沙本毘古王。お元気ですか」

と鷹揚に声を掛けた。これに対して沙本毘古王もやはり皇孫なので、同じような感じで、

「ええ、ありがとうございます。お蔭さんでなんとかやってます。大王もお元気そうで何よりです」

と挨拶した。

「ところで、戦争中に大将がぶらっと出てくるってどういうこってすか。降参ですか」

「違います。実は、妹が御子を産みました」

「マジですか」

「マジです。おい、妹、出てこいや」

そう言って沙本毘古は沙本毘売を呼んだ。沙本毘売は御子を抱いて外へ出てきた。

「呼びましたか」

「おお、呼んだわい。そこ立っとれ」

沙本毘売にそう言うと沙本毘古王は天皇に言った。

「もし、これを我が子と思うんやったら、迎え入れてくれ」

それを聞いて天皇は言った。

「そら思うわいな。朕は迎え入れるよ。皇太子にするよ」

「おおきに。さすがは大王や。ほんだら、おい、妹、前、出ぇ。前、出て、おまえの手ぇで、おまえ、向こうさんに御子、渡したれや」

「わかった」

そう言って沙本毘売は御子を抱いて前へ出た。その沙本毘売の姿を見て天皇は思わず、

「その兄は許せない。だけどもその兄の下へ奔《はし》った后を愛しいと思う気持ちを抑えることができない」

と思し召した。

そこで天皇は兵士の中でも気が利いて力が強く、動きの敏捷な者を集めて言った。

「おまえら、あこ行て、御子、受け取ってこい」

「へい。ほな行て参じます」

「待て待て、その時に一緒に母親も連れてこい」

「へい、しゃあけど」

「しゃあけどなんやいな」

「抵抗、しまっしゃろ」

「まあ、するやろ。兄の下に留まりたい思とるさけな。しゃあから大勢いる兵士の中から、力が強うて、動きの素早いおまえらを選んだや。ええか。向こうが御子、差し出したとき、手ぇでもかまへん、髪の毛でもかまへん。どこでもかまへんから、ばー、摑んで、無理矢理、攫てこい」

「え、マジですか。后の君にそんな無体なことしてええんですか」

「朕がかまへん言うてんにゃ、かまへんがな」

「後で死刑になる、てなことおまへんか」

「ないよ。あべこべに褒美やんが」

「マジですか。ほな、行ってきます」

とそう言って選抜された兵士が勇躍、母の后と御子の方へ向かって行った。

沙本毘売の近くまで行った兵士の長はおずおずと声を掛けた。

「へへへ、こんちは」

「こんにちは」

「えーと、お后さまでございますよね」

「そうです」

「そのお子は御子様でございますよね」

「そうです」

「すんません。ほんま、すんません。私らがお連れするように言われてますんで、こっちゃへ渡してもらえますか」

「わかりました。どうぞ」

そう言って沙本毘売は御子を差し出した。

「へへへ、すんまへんなあ」

そう言うと兵士の長は後を振り返り、小声で言った。

「ええか、おまえら、いまから御子を受け取る。その瞬間、『いまやーっ』ちゅうから、ほしたらおまえら、手ぇでもかめへん、髪の毛でもかめへん、着物でも帯でもかめへんさかい、ばーっ、摑んで、担いでまえ。わかったか」

「わっかりました」

「よしゃ、ほな、いくで。へっへっへっ、えらい、すんませんな、あー、このお子だっか。あー、やっぱり賢そうな、顔してはるわ。へっ、ほな間違いなく、頂戴しますわ。はい、頂戴しましたで、いまやーっ」

と兵士の長が大声出した途端、そこは敏捷な者ばかりなので抜かりはない、ばっと飛び出ると、沙本毘売の手をばっと摑んだ。

がしっ。と確かな感触があって、ぐいっ、とこれを力任せに引っ張った。そうしたところ、なんということであろうか。

「すぽんっ」

と沙本毘売の腕が脱けてしまった。

「しまったああっ。あんまり力任せに引っ張ったから腕が脱けてしまった」

「けど、とにかく連れて帰らな怒られる。髪の毛、摑め。髪の毛、摑んで引っ張れ」

「わっかりました」

言われて兵士、髪の毛を摑んで、これを、ぐいっ、と引っ張る。そうしたところ、なんということであろうか、髪の毛もずるずる脱けてしまった。

「髪の毛も脱けてまいましたああっ」

「どんだけ力、強いねん。ちょっとは加減せぇ、ド阿呆っ」

「すんません。けどどないしましょ」

「服や、服。帯でも袖でもかまへんがな、摑んで引っ張れ」

「わっかりました」

と兵士、服を摑んで引っ張った。服は容易に破れ、沙本毘売は丸裸になった。

「ええ眺めだんな」

「なにアホなこと言うてんね。そんなこと言うてんと捕まえんかいな。捕まえんと逃がしてまうがな」

「けど、もう摑むとこが」

「ほんまやな、どないしょう」

と言うてる間に沙本毘売は御子を残して沙本毘古王の稲城の柵のうちに逃げ帰ってしまった。


というのは実は沙本毘売の計略であった。沙本毘売は兵士が自分を拉致することを予測、髪の毛を全部剃り落として、その毛でウィッグを作りこれをかぶっていた。

また、玉飾りの紐を腐らして三重に手に巻いていた。脱けたとみえたのは腕でもなく、この腐った紐であった。そして衣服もまた、酒に漬けて腐敗させた衣服を、まるで腐敗していない衣服かのように見せかけて着用していた。

天皇の兵士たちはこの計略にころっと騙されたのである。

「兄さん」

「なんや、妹」

「あの人たち、アホです」

「ほんまやな。ころっと騙されよった。おもろ」

ところはそれでよかったが、よくないのは面目丸つぶれの天皇で、戻ってきて、

「すません。御子の方いけましたけど、こうこうこうこういう訳で后の方はあきませんでした」

という報告を聞いて、

「なんだよ。駄目なのかよ」

と言って拗ね、玉や身の回りの製品を作ることによって沙本毘売に奉仕していた人達を悪《にく》んだ。

「おまえらが玉とかやー、腐った服とか、おまえ、そういう細工したんやろ。鬘とかも作って。おまえらがそんな小細工するからあかんかったんやないけ」

天皇はそう言い、その人達を追放した。

このことから、その当時は、いいことをして儲けようとしたのに、あべこべに損をした人のことを、「地《ところ》を得えへん玉作《たまつくり》、やのお」と言った。

その一方で天皇は后に書簡を送った。則《すなわ》ち、天皇、その后に詔《みことのり》して言ひしく。

だいたいにおいて、その子ォの母親が名づけるもんである。そやよってに、この御子の名前もおまはんが付けぇ。さあ、なんちゅう名ァにする。言へ。

と言われて、沙本毘売、「ほしたら」というので、

その子を産むとき、大王の軍の火矢によって稲城《いなき》が炎上しておりました。その火の中で生まれましたる御子なれば、その御名は、本牟智和気御子《ほむちわけのみこ》と称《い》うのがよいでしょう。

と返事をした。ほ、というのは、火、の意味である。そして、むち、というのは貴いという意味、そして、わけの御子、というのは若い御子という意味だから、火の貴公子、ほどの意味である。天皇は、

「ぴったりやん」

と言った。そしてさらに、

やはり、そういうことを問うことによって今後も交流を続けたい、という気持ちがあったのだろう、

どういう感じで育てたらいいやろ？

と詔した。それに対する沙本毘売の答は、

乳母と御世話係をつけてください。

という素っ気ないものであった。しかし天皇はその通りにしようと思った。そしてついに御子以外のことを聞いた。それはまさしく未練の手紙であった。天皇は以下のように問いかけた。

汝が固く結んだ朕が衣服の下紐は汝がおらんくなった今、誰に解いて貰えばええんじゃい。

天皇は、おまえしかおらん、と云う意味合いを込めてこれを言うたのだ。ところがおまえ、沙本毘売は、

旦波比古多々須美智宇斯王《たにはのひこたたすみちのうしのみこ》（これは開化《かいか》天皇の第三皇子、日子坐王《ひこいますのみこ》の子で、沙本毘売

にとっては異母兄）の女《むすめ》、名前を兄比売《えひめ》、弟比売《おとひめ》、この二柱の女王《おみなみこ》は、浄き心の公民《おおみたから》です。反逆とか絶対しませんから、この二柱を側近くに使わしめ、その下紐を解いて貰って気色のよいことをさらしてください。

と言った。これはつまり自分は戻る意志はない、ということで、もうこれを言われた以上、天皇もこれ以上、攻撃を引き延ばすことはできないので、兵に突撃を命じ、沙本毘古王を殺し、また、この時、沙本毘売も兄と運命を共にした。

○本牟智和気御子

ということで、垂仁天皇は死んだ沙本毘売の忘れ形見である本牟智和気御子を大変に優遇し、遊びなどにも大変に手間のかかった遊びをさせた。

どんな感じかというと、

「よっしゃ、ほんだ、船遊びしょうか」

みたいなことになったとしても、そこらのしょうむない職人が作った子供だましの船ではなく、わざわざ尾張《おわり》の相津《あいづ》という処から、二俣杉、というY字形の杉を運ばせて、二俣小舟《おぶね》という渋い刳舟《くりぶね》を作らせ、それを、大和《やまと》の市師池《いちしのいけ》や軽池《かるのいけ》に浮かべて、これに御子を乗せ、キャーキャー言って水に遊ぶなどしたのである。

それほどに莫大な費用をかけ、養育した本牟智和気御子であったが、きわめて口が遅かった。

どれくらい遅かったかというと、八拳鬚《やつかひげ》の心前《こころさき》に至るとも、というのは、鬚が伸びて胸のところまで来るくらいになっても、というのはつまり結構、おっさんになっても、はっきり物を言うことができず、

「あへあへあへ、ふひは。はひふへ、ふひは」

など言って周囲の者を困惑させていたのである。

そんな本牟智和気であったが、小さい時分、言葉みたいなことを発したことが一度だけあった。それは空飛ぶ鳥を見たときで、船遊びをしている最中、空高く飛ぶ白鳥を見た本牟智和気は、気分が高揚していたのか、「あぴゃぴゃ、ぴょり」みたいな片言を発したのである。

その報告を受けた天皇は周囲の者に、

「よっしゃ、ほんだらその鳥とってこいや。それ見したら、また、おまえ、喋りよるやろ。ほんでおまえ、段々、喋らしていったら朕の跡継ぎにできるやんか」

と言った。周囲の者は、

「わっかりました」

と返事をし、山辺《やまのへ》の大鷂《おおたか》という者に命じ、これを探させた。のだけれどもなんしょ相手は空高く飛ぶ鳥で、まず見つけるのが大変である。

「おったかー」

「おらへん」

「そっちはどや」

「あきまへーん」

ちゅうことで探して歩き、ようやっと和歌山の辺でこれを見つけた。

「おったどー」

「マジか、獲れ、獲れ」

「無理ですー」

「なんでや」

「空飛んでるんです」

ってそら当たり前の話、

「とりあえず追いかけー」

ということでどんどん追いかけて兵庫まで行った。それでも捕まらず、

「逃がすなー」

「いったれ、いったれ」

「へげたれがあっ」

「もう、しんどいですう」

など言いながら、気まぐれに飛ぶ鳥を鳥取まで追いかけ、それからまた丹後、兵庫の、こんだ北の方から滋賀の方に追いかけ、岐阜を通って愛知の方に行き、急に方向を変えて長野の方へ行くから、

「気まぐれもいい加減にしないか」

「しばくど」

など言いながら、遂に富山の辺で、

「こんな追いかけてもなんにもならへんど」

「ほな、どないせぇ言うね」

「網や、網。網、仕掛けて罠、作ろ」

「ほんまや、なんで今まで気いつけへんかったんやろ」

「アホやからちゃう」

「認めたくないが、認めざるを得ない」

など言いながら罠網を仕掛け、ようやっと白鳥を生け擒《いど》りにした。

それでその白鳥を天皇の御門に持って行き、これを恭しく献上した。

「獲ってきました」

「えらい時間、かかったの。まあ、ええわ。褒美やるからちょう待っとけ」

天皇はそう言うと、御子を連れて来させ、

「ほれ、見い、鳥やど。なんぞ言わんかいな」

と、鳥を見せたが、御子は、

「あへあへ、ふひは」

と言うばかりで全然駄目だった。

「もうなにやってもあかんやんけ。なめとんか。朕、寝る」

そう言って天皇は不貞寝をした。そうしたところ夢に見たことのない神が現れた。その神が天皇に言った。

「吾の宮を築造せよ」

天皇は問うた。

「あんた、神さん?」

「せやがな」

「ほて、なにしろと」

「そやさかい言うてるがな。儂の宮を造れ、ちゅてんね」

「そら、造らんことないですけど、どんな感じに造ったらよろしにゃろ。規模感とか」

「おまはんの宮と同じ規模感でええよ」

「あー、そら大事や。そいで造ったら、どうなります」

「おまはんの御子、よう、口、利かんやろ」

「そうでふ。それで困ってますねん」

「あら、おまえ、儂の祟りや。儂の宮造ったらその祟りものうなって、口、利くようなるわ」

「ほんまですか。あっ、もし、もし」

と天皇が問いかけたとき、その神の姿は消えていた。

と同時に天皇は目を覚ました。目を覚ますなり天皇は言った。

「太占《ふとまに》、喚んだれや」

太占というのは甲骨で占いをする人のことである。当時、重要な政治案件は必ず、この太占に聞いて行ったので、宮中には常時、太占が居た。

「なんです。なに占いまひょ」

とやって来た太占に天皇は言った。

「実はこうこうこうこうこうこう云う訳で夢見てな、なんか祟っとるらしいねんけど、その崇ってる神さんの名前、分かれへん。そやさかい、どこに宮、造ったらええかも分かれへん始末や。われ、ちょう占うたれや」

「わっかりました。ほな、占いまひょか」

とそう言って太占は鹿の骨を焼き、その割れ工合をじんわり見ていたがやがて、

「わかりましたわ」

と言った。

「どなたやね。どこの神さんやね」

天皇に聞かれて太占は言った。

「出雲大神《いずものおおかみ》ですわ」


「出雲大神か。それやったマジやな。ご先祖からの因縁やさかいの」

そう言って天皇はその宮を大規模に修造する決定を下し、予算をつけて担当者を定めた。と同時に天皇は、御子を現地に派遣して、その大神の神宮に参拝されることにした。そうすることによってより崇りがなくなると考えたからである。

その場合しかし。相手が相手だけに、一緒に行かせる副官の人選を間違え、向こうの神さんが嫌っている奴の子孫とかを一緒に行かせると、向こうの不興を買い、逆に崇りが増す、ということも考えられるので、これもまた別の、そういう分野が得意な太占に占わせた。

そうしたところ、曙立王《あけたつのみこ》、がよい、というぅ結果が出たので、これを喚び、誓約《うけい》、ということをさせた。これは確実に神意が実行されるかを確認するための試験のようなもので、もし〇〇ならば××、というぅ仮定を立てて、これを誓いの言葉として口に出し、実際にそれをやってみて、××になったら〇〇になる、というぅもので、曙立王は天皇の命令でこれをやらされたのである。

曙立王は鷺巣池《さぎすのいけ》というぅ池に行くと、その畔に立ち、大きな声で、

「此のぉ、大神をぉ、拝んでぇ、ほんまにいっ、効くんやったらあっ、この池のぉ、周りのぉ、樹ぃにぃ、住んでるぅ、鷺はぁ、みんなぁ、樹ぃからあっ、落ちてぇ、くださいっ」

と天皇に言われた誓約を唱えた。そうしたところ。

なんたることであろうか、鷺巣池の周りの樹の葉陰から、なんの前触れもなく大量の鷺が地面にボトボト落ちて死んだ。そして次に、

「ほんだあっ、こんどはぁ、誓約にしたがってぇ、生き返ってぇ、くださいっ」

と誓約を唱えると、地面に落ちて、不細工に羽を広げていた鷺が、何事もなかったかのように、バタバタバタ、バタバタバタ、と飛び立ち、前のように楽しく生き始めた。

これを見た宮人達は、

「誓約すげぇ」

「完璧でしょう」

と賞賛したが、鳥には一度、騙されている天皇は、

「念の為に、もっぺんやれや」

と宣《のたま》い賜い、こんだ、同じ感じで、甘樫丘《あまかしのおか》の繁りまくった樫の木を誓約して枯れさせ、次に誓約して繁らせた。

「よっしゃ。これで大丈夫やろ。ほな、行ってこいや」

「はい。行ってきます」

そう言って行きかけた曙立王を天皇は、

「待たんかい」

と言って止めた。

「まだ、なにか」

「あんな、向こうからしたら、やっぱあれやろ。ごっつい奴が来た方がうれしやろ」

「ど、どういうこってす」

「しゃあからや、おまえは、ただの王《みこ》やんけ。向こは、なんや、しょうむない奴、寄越しゃがったなー、思いよるやろ」

「すんまへん」

「別に謝らんかてええ。朕がおまえに箔つけたるわ。おまえはなあ、今から只の曙立王やない、倭者《やまとの》師木《しきの》登《と》美豊朝倉曙立王《みのとよあさくらのあけたつのみこ》や。向こ行て、名ぁ聞かれたらそう言え」

「へえ、そうします」

「ほな、行ってこい」

「行ってきます」

「気いつけて行きや」

「へえ」


という訳で曙立王はその弟の菟上王《うなかみのみこ》を伴い、本牟智和気御子の副官として大神のいらっしゃいます出雲国に向かった。

その際、問題となったのはどの道を通っていくかであった。


普通に考えれば、師木の玉垣宮から出雲に至る道に出るには大和から山城《やましろ》を通って行くか、或いは大和から河内《かわち》に出て、そっから行く道、ということになるのだけれども、それらの道には足萎えや盲いた者が多く居住しており、健全な太子になるために神さんを祀り行く身には穢れとなる恐れがあった。

「どないしょう」

問う曙立王に菟上王が言った。

「和歌山の方、やったら足萎えとか居てへんのちゃう」

「それええな。ほな、そっちから行こか」

「方角、完全に逆やけどな」

「ま、しゃあない」

という訳で、一行は和歌山回りで出雲に向かった。その途中、いろんなやはり食糧とかそういう物が必要になってくるので、泊まり泊まりの土地土地で、地元民を選抜、本牟智和気御子に服属する人ら、に指命して、

「おまえ一生、本牟智和気御子に奉仕すんにゃで」

と教え諭した。言われた地元民はみんな、

「わかりましたー」

と言いその後は代々、本牟智和気部の人、ということになった。中には逆らう民もあったのかも知れないが、そういう人はかなりどつき回すかなんかしたのだろうか、殆どおらなかったようである。


そんなこんなでみんなで出雲に行き、大神を拝み、

「いやー、お疲れさまでした」

「お疲れさまでした」

と言って還り上る道中のこと。

肥河《ひのかわ》というところで泊まることになり、材木を筏のように組んで川のなかに行宮を拵えた。

なんでわざわざ川のなかに拵えたかというと、やはり小さい時分から船遊びが好きな御子であったからなのだろうか。わからない。

そうしたところ出雲国 造《いずものくにのみやつこ》の先祖で、岐比佐都美《きひさつみ》という地元民がお食事を差し上げげんといかん、というのでその用意をしたのだけれども、やはりそういうとき、そこらの土民がガツガツ粗食を喰うときとおんなじ感じにはできず、それなりの飾りというか設えというか格式が必要なんですよ、ちゅうので、青葉の繁る形を飾り物にして作り、御食《みけ》とともに献上した。

それを見た本牟智和気御子が口を開き、

「あれって、山に見えるけど、山ちゃうよね」

と言い、続けて、

「もしかしたらあれちゃう？　あのほれ、出雲の石硐《いわくま》の曽宮《そのみや》にいてはる葦原色許男大神《あしはらしこおのおおかみ》さんをお祀りするあれちゃう？　あのほれ、あの場所ちゃう？」

とご下問遊ばされた。

これを聞いた曙立王と菟上王が喜んだの喜ばなんだの、そら喜んだ。

「御子が口きかはったがなあああっ」

と喝叫、

「きかいでかいっ」

と言う御子に、それが葦原色許男大神のお祀り場かどうかの返事もそこそこに、

「ほら、早よ、大和に使いやらんかいな」

と駅使《はゆまづかい》を奉った。


その上で曙立王と菟上王は会議した。

「それはよかったけど、こんな、おまえ、筏の上で寝泊まりすんの、正味しんどいな」

「そやの、ほな、移動しょうけ」

ということになり肥河の近くの、長穂宮《ながほのみや》、というところに移動した。その長穂宮で本牟智和気御子のところに地元の、肥長比売《ひながひめ》、という娘さんがあがって一夜を共にした。その名前の意味は肥河の辺の長い娘さん、という意味である。

肥長比売はきわめて美人であったので、本牟智和気御子はこれを好きになったが、ひとつ気になることがあった。それはその名前で、脇にいた側近に、

「肥河の姫、ちゅのはわかる。しゃあけど、長、てなんやろ」

と聞いた。しかし側近にもわからない。

「さあ、なんでっしゃろ」

「見た感じ、胴がちょっと長いかなー、っていう感じはあったけど、寝床は暗かったしなー。なんか、モヤモヤする」

「そんな気になるやったら、いっぺん物陰から覗いてみはったらどうです」

「ほんまやな。よっしゃ、ほな、覗いてみるわ」

そう言って本牟智和気御子は物陰から肥長比売の姿態をのぞき見て、そして驚愕した。自分が一夜を共にした肥長比売はどこからどうみても蛇であったからである。

「あかん」

思わず呟いた本牟智和気御子に側近は問うた。

「なにがあきまへんね」

「ちょっと長いどころやあらへん。蛇や」

「マジですか」

「嘘やおもたら、おまえも見てみいな」

「ほな、ちょっと、うわあああっ、蛇ですやん」

「大きな、声出すな」

「あかん、今、まともに目ぇ合いましたわ」

「そやさかい大きな声、出すな、ちゅってんね」

「どないしまお」

「逃げよ」

という訳で、本牟智和気御子らは長穂宮を逃げ出す。

これを見た、肥長比売は、逃がすまじと追うて、ここに、本牟智和気御子一行と肥長比売との追走劇が始まった。

「えらいこっちゃ、蛇が追いかけてくる」

「逃げ逃げ逃げ逃げ」

「どっから逃げまひょ」

「あの向こうに海が見えたありますがな。うちの御子は子供の頃から船が好き、船で逃げまひょ。幸いにしてもうすぐ日ぃが暮れますわ。夜陰に乗じて逃げまお」

「そうしまお」

ちゅうので皆で船に乗って逃げた。そうしたところ。なんちゅ事であろうか、肥長比売もまた河口から船に乗り、海に押し出てきた。そしてその蛇の目をまるで探照灯のように光らせて追跡してきた。

真っ暗な海のうえに浮かぶ船の上に大蛇がとぐろを巻き、目から光を発し、もの凄い速度でグングン迫ってくるのを見て、本牟智和気御子一行は恐怖のどん底に叩き落とされた。

「わぶぶぶぶぶ」

「こわいー」

みな半狂乱で泣き叫び、

「海はあきまへん。陸へ逃げまひょう」

と船を岸に着けた。しかしそれを見た肥長比売は向きを変え、口からチロチロ赤い舌を出しながら無表情で追ってくる。

「あかん。怖すぎる。早よ、逃げまひょ」

「逃げるのはええけどどこい逃げまひょ。蛇、動き速いさかい直《じき》に追いつかれまっせ」

と一同は焦り、そして惑った。それへさしてすっかり賢くなった本牟智和気御子が言った。

「あの山の尾根の窪んだとこあるやろ、あこ通って逃げよ」

「ほな逃げられますか」

「うん。逃げられる。船、引っ張って行くねん」

「なんでですの。重たいですやん」

「そこや、あの向こはな、内海になっとんねん。それに船、浮かべて逃げたら逃げられるがな」

「あいつも船、引っ張ってきよりまへんか」

「あほ。蛇がどなして引っ張るんじゃ」

「あ、ほんまや。手ぇあらへん」

「そやがな。よっしゃ、ほな早よ行こ。内海に出る前に追いつかれたら事《ごと》やで」

「了解です」

と言う訳で一行、船を引っ張って山の鞍部《あんぶ》を越えて内海に出て、そこからまた船に乗って逃げ、どうにかこうにか肥長比売から逃げることができた。子供の頃より船を愛した本牟智和気御子ならではの機転であった。

そんなことで、取りあえず菟上王はいったん玉垣宮に戻り、天皇に、

「拝んだらしゃべれるようになりました」

と報告した。

「ほんまかいな」

「ほんまです」

「よっしゃ、ほんだら、おまえ、もっぺん出雲行け。ほんでむこの言う通り神宮、造ったれ」

「わかりました。ほな、いてきます」

と言い、菟上王は出雲に行って言われたとおり大社を造営した。

天皇は、その御子が鳥を見て喋るようになったので、ある土地を鳥取部《ととりべ》、鳥甘部《とりかいべ》に指定した。指定された土地の住民は、本牟智和気御子のために鳥を獲ったり、これを飼育したりしなければならない。これに対して「そんな邪魔くさいことは嫌です」とは言えない。

言うたらどつかれるので。（是を業界用語で部民《べみん》制と謂ふ。）

それから右に言ったように、本牟智和気御子の日々の飯みたいなものを供出する部も創った。これが品遅部《ほむじべ》で、ほむじ、は、本牟智、を表しているのである。

そして、沙本毘売が指定した、御世話係のおばはんも雇用した。大湯坐《おおゆえ》、若湯坐《わかゆえ》、がそれで、御子を風呂に入れるなどしたのである。


そしてこんだ、そのお后さんを選びやんとあかん、となった。天皇はこれに関しても沙本毘売の言いなりで、沙本毘売が言うた、その通りに、美知能宇斯王の女《むすめ》、比婆須比売《ひばすひめの》命《みこと》、弟比売命《おとひめのみこと》、歌凝比売命《うたこりひめのみこと》、円野比売命《まとのひめのみこと》の四柱を后として迎えた。ところが。

比婆須比売命と弟比売命はマアマアよかったのだけれども、下の二柱がはっきり言って死ぬほどブサイクであった。

どれくらいブサイクだったかというと、その顔を見た玉垣宮の人たちが、

「ぐわあああっ」

「がっがっがっがっ」

「げろげろげろげろ」

と絶叫し、それを聞いた民衆の心が不安になるほどブサイクだった。天皇は、

「さすがにこれは無理や」

と呻き、

「ほな、どないしましょ」

と聞く重臣に、

「丹波《たには》の親元に送り返せ」

と命じた。

そういう訳で、下の二柱は丹波の親元に送り返された。円野比売命は此の事をムチャクチャ悲しんだ。

「ブサイクだから返すなんてひどい。だけどこれを共に悲しみ、『ルッキズムやんけ』と怒ってくれる人は郷里にいない。それどころか、『天皇の后になる言うてはりきって出て行った思たら、ブサイク過ぎて返されてきよった。はは、おもろ。ブサイク、おもろ』と笑いものにされるに違いない。悲しい。恥ずかしい。死にたい」

そう思う円野比売命の足取りは丹波に近づくにつれて重くなった。そしていよいよ山城国の相楽《さがらか》というところまで来たときはマジで首を吊って死のうと思いつめ周囲の者に、

「妾《わたし》、木に懸《さ》がって死にます」

と洩らした。そのことが世間に知れ渡ったため、このあたり一帯のことを、懸木《さがりき》、と謂うようになった。それが次第に訛って、さがらか（相楽）、と謂うようになったのである。

しかしそこで死にきれず、そのまま丹波方面に進み、ついに弟国《おとくに》というところまで来て

しまった。ここまで来ればもう丹波は目と鼻の先で、丹波に帰れば笑いものになるのは目に見えている。

「妾、耐えられない」

一声叫んで、円野比売命は発作的に崖から飛び降りて死んだ。

其の事が世間に知れ渡ったため、そのあたり一帯を、堕国《おちくに》、と謂うようになった。それが次第に訛って、おとくに（弟国）と謂うようになったのである。

○多遅摩毛理

あるとき天皇は「非時香菓《ときじくのかくのこのみ》」という木の実が常世国《とこよのくに》というところにあると聞いて、これが欲しくなった。

それを天皇に言った人はこのように言った。

「海の向こうに常世国という国があります。そこは不老不死の長寿国です。そこの非時香菓を食べると不老不死になるかも知れません」

それを聞いた天皇は、

「それええな。朕ももうとっしゃ。それ取ってきてや」

と言ったが、それを告げた人間は其の時すでに逃げるように姿を消していた。

そこで天皇は多遅摩毛理《たじまもり》を呼んで、

「おまえ行ってこい」

と命じた。

「へい」

多遅摩毛理は答えて旅立った。そしてせんど苦労して常世国に辿り着き、死ぬほど無理をして非時香菓をゲットし、あり得ないほどしんどい目に遭いながら帰国した。

その時、多遅摩毛理が持ち帰った非時香菓は枝付きで、その半分は葉付き、残りの半分は葉無しの八組であったと謂う。ところが。

なんたることでありましょうか、多遅摩毛理が洋上で、そして常世国で苦労している間に、垂仁天皇は崩御してしまっていた。

「おそかったのかい。君の下に。持って来るのが。おそかったのかい」

とこの時、多遅摩毛理は呟いたのかも知れない。そして仕方なく、持ってきた非時香菓八組のうち四組を皇后に献上し、残りの四組を持って天皇の御陵さんの入り口に奉り、

「頼まれた常世国の非時香菓、持てきましたでー」

と泣き狂いながら絶叫し、絶叫し過ぎて死んだ。

垂仁天皇の御年は百五十三歳。御陵は菅原《すがわら》の御立野《みたちの》というところに在る。

日本武尊

○大碓命と小碓命

だが景行《けいこう》天皇にも悩みはあった。それはそう、嬢《おとめ》のことでテキトーかました大碓命《おおうすのみこと》のことであった。

その一件からも知れるように大碓命はすべてにおいてテキトーで、朝夕の大御食《おおみけ》（食膳）に出てこなかった。と言うと、それくらいかめへんがな。と仰る人もあるかも知れないが、それは天皇の宮でははっきり言って仕事であり、これを無断で欠席することは許されない。

「どなしてこましたろかい」

天皇がそう思うとき、傍らに小碓命《おうすのみこと》がいらっしゃった。これは大碓命の弟である。母は若建吉備津日子《わかたけきびつひこ》の女《むすめ》、伊那毘能大郎女《いなびのおおいらつめ》で、上から順に、櫛角別王《くしつのわけのみこ》、大碓命、小碓命、と三柱の御子が実はあったのである。

天皇はその小碓命に言った。

「なんで汝《われ》の兄は大御食に出てこんにゃ。ちょろ、おまえから、おまえ、よう言うて聞かしたれや」

言われた小碓命が、

「わかりました。兄貴に言うて聞かします」

と神妙に答えたので天皇は満足して、

「おー、そうしたれや」

と言い、その日はそれで終わった。それで翌日、さあ、言うて聞かしたのだから、今朝は出てくるやろうと思ったらやっぱり出て来ず、翌日も其の翌日も出てこないまま、とうとう五日が過ぎた。

「どないなっとんねん。なめとんのか」

天皇は不審に思い、小碓命を呼んで問うた。

「汝の兄貴、未だに出て来んがな。汝、ちゃんと言うて聞かしたんけ」

小碓命はそうして天皇に問われているというのにまったくたじろがず言った。

「ええ、ちゃんと言い聞かしましたよ」

「おっかしいなー。ほな、なんで出てけぇへんにゃ。おまえ、なんちゅて言い聞かしたんやな」

　小碓命は涼しい顔で答えた。

「明け方に便所、入ってるときに待ち伏せして」

「ほん、ほんで」

「捕まえまして」

「ほん」

「どつき倒して、踏み潰して、手ぇと足、切って、動かれへんようにして、ほんで筵《むしろ》にくるんでほかしました」

「マジか」

「マジです」

「あかんやん」

「なんで、あきませんの」

　瞳をくりくりさせて心底不思議そうに問い返す、小碓命を天皇はつくづく見た。どっからどうみてもまだ少年であどけない顔をしている。こんな顔をしてそんな酷いことをする。天皇は思った。

　こいつマジやばい。

○熊曽征伐

天皇は、こいつを側近くに置いてたら、そのうちどえらいことになるかも知らん、とそう思し召し、小碓命を呼んだ。小碓命はすぐに来た。

来るのはすぐ来よんね。

そう思いながら天皇は詔した。

「あの、西の方、熊曽建《くまそたける》ちゅやつが二人居る」

「あー、名前は聞いてますわ。強い奴らしですな」

「おー、そや。そやさかい、おまえ、なんやかんや言うて逆ろうてきょんにゃ」

「なめてますね」

「おー、なめとんね。さやさかい、汝、行って、玉取ってきたれや」

「わかりました。ほな、行ってきますわ」

天皇は小碓命を鉄砲玉として遣わしたのである。それで死んでくれればよし、或いは熊曽建を美事、討ち果たせばそれはそれで戦略としてよし、小碓命の処遇はそのときまた考えればよい、と冷徹に計算したのである。

さあ、そんなことで小碓命は熊曽建暗殺の旅に出た。そのとき小碓命はまだ十六歳の若さであった。

そして相手は有力な地方勢力で負けるかも知れない。

そこで小碓命は倭比売命《やまとひめのみこと》を訪ねた。倭比売命は小碓命の叔母にあたる。

「こんにちは」

「あー、小碓ちゃん。なんやいな。どなしたん」

「ちょっと、あの熊曽の征伐頼まれたんで行くんですが、けっこう相手強くて死ぬかもしれんので挨拶に来ました」

「あ、ほんま。けど死ぬ割にかいらし髪型してるやないの」

「あ、ほんまですか」

「うん、かいらしわ。あんた、ほんで着替え持ってん?」

「いえ」

「ほなこれ持っていたらええわ」

「ありがとうございます」

「ほな、気いつけて」

「行ってきます」

そう言って小碓命は出立した。途次、小碓命がもらった服を広げてみるとそれは婦人服であった。

「なんや、女の服やんけ」

と小碓命は文句を言ったが折角なので捨てずに担いで西に向かった。

途中なんの話もなく、小碓命は西の方に着いた。熊曽建の家の在処はすぐにわかった。なぜというに、それは周囲を圧して宏壮で、その周りを軍隊が三重に取り囲んで警備をしていたからである。

それについて小碓命が、

「わーい、すぐ見つかった。楽チーン」

と言って悦んだかというと、まったく悦ばなかった。それどころか逆に絶望した。なぜなら多くの兵隊がいて暗殺がやりにくかったからである。

「ま、とにもかくにも様子を探ってみるか」

そう思った小碓命は警備の兵隊に近づいていって愛想よく話しかけた。

「こんにちは」

「なんや、見かけん餓鬼やな。あっち行け」

「すんません。それにしても兄さん、あれですね、男前ですね」

「なんやて、俺が男前？　おわー、ほんまか。うれしいなあ。もっと言うて」

「男前、男前、男前」

「うれしい、うれしい、うれしい」

「ところで男前の兄さん、ちょっともの尋ねますけど」

「おー、なんでも聞け」

「ここはどなたはんのお邸ですか」

「熊曽建さんの邸やがな」

「あ、ほんに、立派な邸でんな」

「そらそや、見てみいな、ここら一帯はみな、おまえ熊曽建はんが仕切ってはんにゃで。ほんでこの邸はな、こないだでけたばっかしのさらっぴんの邸やね」

「新築ですか。そら豪儀だんな」

「そやがな。ほんでおまえ、その祝いがおまえ、もうすぐあるから儂《わし》らもみな楽しみにしてんにゃがな」

「そう言うたら、なんかむっさ準備してる感じありますよね。酒とか飯とか。俺も呼んでもらえますかねー」

「あっかー」

「そらそうですよね」

「あたりまえやんけ。おまえなんか。そやんら外から見とけや。綺麗な、おまえ、女の子も仰山来るがな、法楽っきゃで」

「ほしたらまた兄さん、持てるんちゃいますの、男前やから」

「しょうむないこと言うな」

「ほんで、それ何時です？　その宴会の日ぃ」

「ぼけ、おまえみたいな奴にそんなもん言えるかあ、明後日じゃ」

「明後日ですか、ほな楽しみにしてますわ」

「おお、ほなな」

「ほな」

とそう言って小碓命は踵を返し来た道を真顔で歩いていたが暫く行くと、顔をほころばせて言った。

「おほほ。ええ話、聞いた」

そして二日後、

宴会、盛大、美々しく着飾った嬢らが入ってった。

そのなかにひときわ美しい嬢がいた。

熊曽建の兄弟はその嬢を見て言った。

「おお、あの嬢、ええのお」

兄弟は美しい

「おお、ええなあ」

「呼ぼか」

「おお、呼ぼ呼ぼ。そこの嬢、こっち来いや」

「はーい」

地元で絶大な権力を有する熊曽建兄弟に呼ばれて嬢は悦んでやって来た。兄弟は美しい嬢を二人の間に座らせ、お酌をさせつつ、

「おー、なんか、むっさ、ええ服、着てるやないけ。ここの、ホックのとこどないなってんね、ちょっとめして」

など言い、乳をいらうなどして楽しく飲んだ。それに対して嬢は、

「いやーん、好かんタコ。もっと飲みよし」

など言ってガンガン酌をし、その結果、熊曽兄弟はぐでぐでに酔っ払い、酔眼朦朧、

「ファッファッファッ、兄貴、なにしてんね、顔よっつあんで」

「なに言うとんね。おまえこそ、八つあんが」

みたいな状態になった。その様子を嬢は驚くほど冷静な目で見ていた。そして、次の瞬間、嬢は驚くべき行動をとった。

嬢はそのカワイイ服の中から剣を取り出すと、左手で熊曽兄の襟首を摑み、その胸をズブリと刺したのである。

「ごびゃあああっ」

熊曽兄は一声あげて絶命した。

間近でこれを見ていた嬢たちは甲高い悲鳴をあげた。

「きゃあああああ」

そして間近でこれを見ていた護衛の兵士も甲高い悲鳴をあげた。

「きゃあああああ」

間遠にいた兵士たちは泥酔していた。

熊曽兄を刺した美しい嬢は刺し貫いた剣を引き抜いた。胸の傷から血液が噴出した。これをまともに浴びた嬢の顔が真っ赤に染まった。

嬢は嬉しそうに、へらっ、と笑うと弟の方を見て、

「次は君だ」

と言った。この美しい嬢こそ誰あろう、叔母の倭比売命からもらい受けた衣服を身に纏い、綺麗にお化粧して女に化けた小碓命その人であったのである。

「ひえええええっ」

熊曽弟はびびって逃げた。だけど非常に鈍くさく、足が遅かったため、小碓命は熊曽弟が庭に降りたところでこれに追い着き、その背中の皮を片手でギュウとつかみ、

「痛い痛い痛い痛い痛い」

と叫ぶ、熊曽弟を空中に持ち上げて肛門に剣を突き刺した。

「わぎゃあああああっ」

熊曽弟は激烈な痛みに絶叫し、そして息も絶え絶えに言った。

「ちょっと、ちょっと待って呉れ、どないするつもりや」

「どないもこないもあるかい。剣を突き刺したままグリグリしたる」

「やめろ。そんなことしたら胃腸がバラバラになって死ぬ」

「あたりまえや、殺すためにすんにゃ」

「ほな、しゃあない。けど、一瞬、一瞬、グリグリすんの待って呉れ。一言だけ言いたいことがある」

「言うてみいや」

「ワレ、どこのどいつや」

「俺の名前、聞いとんのか。ほな、教えたら。よー聞け。俺はなあ、纏向《まきむく》の日代《ひしろ》の宮《みや》に坐《いま》して、この、おまえ、大八島《おおやしま》の国を、その国たらしめて、すべてなべてすっかりそっくり治めていらっしゃる、大帯日子淤斯呂和気天皇《おおたらしひこおしろわけのすめらみこと》の御子《みこ》、名前は倭男具那王《やまとおぐなのみこ》ちゅうんじゃい、よー、覚えとけ、ぼけっ。ちゅうてももう死ぬから覚えられへんか。可哀想やけどしゃーないわ。おまえら兄弟が、勝手なことさらしとるちゅうの聞こし召して、行て殺ってこいや、ちゅう詔を奉じて、わしゃ、やってきたんや。どや、わかったか」

小碓命がそう言うのを聞いた熊曽弟はいよいよ観念して言った。

「わかった。よー、わかった。ここら辺では儂ら兄弟が最強やった。けど大和《やまと》の奴にかかったらこの通りや。おまえこそが最強の男や。そやから最後に熊曽建、熊曽最強と言われた儂に名前、付けさしてくれ」

「なんちゅうね」

「おまえはなあ、今日から倭最強の男、倭建《やまとたける》御子ちゅえ。どや、名乗ってくれるか」

「名乗ってくれるか、て聞いとんのか。よっしゃ、返事したら。俺の答はこれじゃ」

と言うと小碓命は、肛門に突き刺した剣を、ぐいっ、と斬り下げた。熊曽弟はそのまま熟した瓜のように切り裂かれて絶命した。

「おほほ。おもしろい人だったわ」

返り血を浴びて笑う小碓命はその日より、倭建命と呼ばれ、人々に崇められ、称賛されるようになった。

熊曽兄弟を滅ぼした小碓命 a.k.a. 倭建命は熊曽の地を去り、大和に還ることにしたが、その途次、地元の山に勢力を持つ者、川に権益を保持する者、河口・海岸を支配する者たちもついでにどつきまわして言うことを聞かした。

○出雲征服

小碓命改め倭建命は出雲国《いずものくに》を通りかかった。そこには出雲建《いずもたける》がいた。もう大分わかってきたと思うが地名に建を足すということは、その地域で一番強い、凶悪な奴、という意味である。熊曽で一番強いから、熊曽建、出雲で一番強いから出雲建という寸法である。だからこそ、熊曽建の弟の方が死に際、小碓命に、「おまえはこの国で一番強い。倭建御子と名乗れ」と言って死んだのである。

だから出雲建は出雲で一番強くて、これに逆らう者はいない。だから出雲建は出雲で好き放題にして、周囲に、「天皇がなんぼのもんじゃい。本気でやったら俺が勝つよ」など言っていきっていた。

それを知った倭建命は腹を立て、

「なにいきっとんじゃ、田舎のぼけがっ。殺してもうたる」

と決意した。で、どうしたか。出雲建の屋敷に剣を振りかざして突入したか。と言うと、そんな無謀な猪突猛進をしているようでは日本最強の勇者とは言えない。

もちろん出雲建ごときと戦って負けるものではないが、しかしそれと戦って体力が削られた状態のところへ思わぬ別の敵が襲いかかってきたらどうなるか。ことによると負けるかも知れない。ならば智謀を使って相手を潰し、無駄に体力を消耗しない。そんな風に考えることが出来るのが真の勇者なのである。

とそのように考えて倭建命は智謀を使った。どうしたかというと。

倭建命は出雲建の宮殿に行き、

「自分はこの国の支配者の御子である」

と名乗った上で、ごく気さくに、

「僕《やつがれ》のことは、ヤマやん、言うてくだはい。お宅のことは、イズちゃん、言わしてもろてもいいですか」

とかなんとか言った。

大和の支配者の御子からそんな風に言われた出雲の支配者は、これをうれしく思い、

「あ、ぜんぜん、ぜんぜん。って、言うか、光栄だよ、逆に。俺はそれを誇りに思う」

と言った。それに対して腹に一物ある倭建命ではあったが、そんな様子は噯《おくび》にも出さず、

「あ、ほんまですか。うれしいですわ」

など、ますます下手に出て、友好関係を結んだ。

仲良くなった二人は一緒にご飯を食べたり、踊りを見たりして遊んだ。野外で宴遊することもしばしばであった。その日も二人は野狩をした後、そのまま野外で宴遊した。

そのとき、倭建命は言った。

「いっやー、楽しいですなあ」

「マジ、たのしーよね」

「もうなんか楽しすぎて体が汚れてまいよりました。汗とかかいて。そこだけはちょっと気持ち悪いですわ」

「あ、ごめん、どうしよう」

「川、とかあったらええんですけどね。ないですよね、川。残念やワー」

と倭建命は悲しい顔で言った。そうしたところ、同じように悲しい顔をしていた出雲建はパッと顔を輝かせ、

「あるわ。川、すっげぇ、いい川、あるわ」

と言って、倭建命の手を引いて肥河《ひのかわ》に連れて行った。

「ここだよ」

「ほんまや、むっさえええ川や」

「でしょ、でしょ」

出雲建は得意げに言うとクルクルと裸になり、これに飛び込み、倭建命に向かった。

「あー、きもちー。ヤマも入れよ」

と呼びかけた。

倭建命は、

「入らいでか」

と言うと自分もクルクルと裸になり、これに飛び込んだ。

「あー、きもちー」

「ほん、ええきもっちゃ」

二人はそうやって水遊びを楽しんだ。そして暫くして、

「あー、堪能した」

と言い、倭建命が先に水から出て、衣服を着て、大刀を佩いた。だけどそれは自分の大刀ではなく、出雲建の大刀であった。水の中からそれを見ていた出雲建はだから、

「大刀、間違えてんじゃん」

と言いながら水から出た。それに対して倭建命は、

「間違うてんのとちゃうねん」

と言い、

「じゃあ、なんなんだよ」

と言う出雲建に言った。

「やっぱ、ホンマの友だちになろ思たら、やっぱ大事なもん、替え事しやんと」

「うん、それで」

「で、やっぱ儂ら勇者やん？　勇者にとって大事なもん言うたらやっぱ剣やん？　ほやから替え事しょう思て、自分の剣、佩いたんやけど、あかんかな？　やっぱし、剣を替え事するほど、まだ、仲良うないか、儂ら」

「なに言ってんだよ、ぶっ殺すぞ。替えるに決まってんじゃん」

そう言って出雲建は服を着ると倭建命の剣を佩いた。

それを確認して倭建命は、

「おいっ、そこの田舎のぼけっ、勝負しょうや」

と言い、ズラッ、と刀を抜いた。これを見た出雲建は瞬間的に切れ、そして言った。

「てめぇ、いまなんつった」

「おまえ、耳遠いんか。勝負しょう、ちゅうとんじゃ」

「てめぇ、誰に口、きいてんだ、てめぇ、なめてんのか」

「おまえみたいな奴、なめられるかあ、汚いわ」

「ぶっ殺す」

そう言って出雲建は大刀を抜こうとした。ところがこれがびくとも抜けず、

「あれ？　あれ？」

と慌てている隙に倭建命は、

「ははは、アホや」

と爆笑しながらこれの腹を突き、

「ぐげぇえええっ」

と叫んで転がるところ、上からのし掛かるように滅多刺しに突き刺して殺害した。

なぜ、出雲建は大刀が抜けなかったのか。これこそが恐るべき倭建命の策謀であった。どういうことかというと、まるで偶然に起こったような右のことはすべて倭建命が書いた筋書きに則っており、此の事あるを期して倭建命は予めイチイ樫の木で以て偽の大刀を作り、宴遊に行く際、これを帯びていったのである。

そして、いかにも友情みたいな演劇をして大刀を交換した。だから、「かかってこんかいっ」と言ったとき出雲建が帯びていたのははっきり言って木刀であって、いくら大力の持ち主であっても木刀が抜けるわけがなく、出雲一の勇者、出雲建はいとも簡単に倭建命に突き殺されたのである。恐るべき智謀である。しかし智謀だけではこんなことはできない。

これを成功させようと思うならば、これを実行するに足る現実的な力、実力が必要である。それはどんな実力かというと、まず、大刀を作る実力である。いくら偽の大刀を使って相手を騙す、ということを思いついたところで、これを作る能力が無ければ作戦は実行できない。また、仮に作ったとしても、それがちゃちなものであれば相手に見破られてしまう。なので、ちょっと見にはわからず、手に持っても本物と同じくらいの重量・質感のある大刀を作る能力が無ければならず、それを作る職人を抱えている、というのははっきり言って現実的なパワーなのである。

次に、相手に、「こいつは本当の友だちだ」と思わせるだけの演技力が必要である。それのためには、相手に、「こいつはええ奴だ。友になりたい」と思わせるだけの人間的な魅力も必要になってくる。そうしたものもまた現実的な力だし、また、相手の虚を衝いて確実に致命傷を与える武技も当たり前だが必要で、そうしたものに智謀を合わせ持って初めて、英雄、と言えるのであり、智謀だけなら、机上の空論を述べているだけのただの頭でっかちに過ぎぬし、蛮勇だけなら、ただの猪武者、ひたすらに突撃して若死にをするだけで、なんらの成果もあげられない、すなわち、一国を平らげて英雄になる、なんてことはできぬのである。

○東征

という訳で真の英雄である倭建命は、熊曽建、出雲建という強大な敵を斃して大和に帰還した。そして、直ちに参内し、

「仰せの通り、やってきました。ついでに出雲建もぶち殺してきましたわ」

と奏上した。

それを聞こし召した天皇は驚愕した。なんちゅう奴っちゃ。と思った。というのはそらそうだ、半分は死ぬと思って熊曽に遣った。だから、もし生きて還ったとしても、手の一本、足の一本も折れ、目もはみ出るなどして、ボロボロになって帰ってくると思っていた。ところがどうだ、傷ひとつなく涼しい顔をして、それどころか強大で、いずれ親征かなにかをせぬとあかぬだろうな、と思し召していた出雲建までついでに滅ぼしてきたというのである。

うらむ。末恐ろしい奴。

天皇はそう思って恐怖を感じた。もしかしたらこの子は今は自分に仕えているが、ふとした弾みで、自分さえも殺すかも知れない。近くに置くのは危ない。

天皇は熊曽と出雲を滅ぼしたことを褒めて貰えると信じていた倭建命に言った。

「おまはんのお蔭で西の方はだいたい方ついたわ。ごくろはん。しゃあけど東にまだ、おちょくった奴らがおる。ちょっと行って言わしてきてくれ、帰ってすぐのとこ、えらいすまんけど、十二国ほどさかい、それみな滅ぼしてきてくれ。おまえやったらできるやろ」

倭建命は悲しんで立ち尽くした。自分が父帝に疎んじられていることがこの時はっきりとわかったからである。

その様を見た天皇は言った。

「まー、あの、あれや、東の奴らは強いから心配なんはわかる。そやさけ御鉏友耳建日子《みすきともみみたけひこ》を副官につけたるわ。後、そこにほれ、矛あるやろ、矛。それ、それ、あのー、ひひら木《ぎ》の八尋《やひろ》矛《ほこ》ちゅって、柊で拵えた矛や。でかいし、頑丈やし、それさえ、持てたら滅多と死ぬことあらへん。ほな、頼むで」

それだけ言うと天皇は玉座を降りて奥へ行ってしまった。

なので倭建命はやむなく御鉏友耳建日子と一緒に出陣した。御鉏友耳建日子は天皇の家来の中で一番、鈍くさい男であった。そんなこともやりきれない倭建命は前回の遠征時と同じく伊勢《いせ》神宮の倭比売命のところに立ち寄った。

まずは神宮に参拝した倭建命はその後、倭比売命に面会し、暇乞いをした。その顔を見るなり倭比売命は言った。

「いや、どないしたん。えらい暗い顔して」

「それが、天皇に遠征を命じられましてん」

「ほな、行ったらええやないの」

「まあ、そんなんですけど」

「どないしたん、えらい泣いて。あんたらしもない」

「すません。けど、なんか情けのうて」

「なにが情けないの」

「天皇は、僕なんか死んだらええにゃ、と思し召してんにゃと思たら、それが情けのうて、口惜しいて」

「なんでそう思うのんな」

「そやかてそうでっしゃないかい、僕はついこないだ、西のなにを滅ぼして帰ったばっかしです。そやのに休む間ぁもなく、こんだ、東の十二国を平らげてこい、てこんな無茶、言わはりますね。それもね、軍勢もろくにつけてくれはらへん、つけてくれたんは、こいつ一人ですわ」

とそう言って倭建命は後ろに立つ御鉏友耳建日子を振り返らず指で差した。見るからに鈍くさそうな御鉏友耳建日子を見て倭比売命は、

「あー」

とだけ言って気の毒そうな顔をした。その顔を見て倭建命は、

「天皇は僕なんか死んでまえ、と思てはるんです。絶対そうです」

と言ってまた涙を零した。倭比売命はその倭建命に、

「ちょっと待ち」

と言っていったん奥に引っ込み、暫くして剣一振と曰くありそうな袋を持って戻ってきた。倭比売命はその二つの品を倭建命に示して言った。

「あんた、よー聞きなはれ。この刀はな、草那芸剣《くさなぎのつるぎ》ちゅてな、須佐之男命《すさのおのみこと》が八岐大蛇《やまたのおろち》を

斬ったとき尾から出て来て、それを天照大神《あまてらすおおかみ》さまに献上して、ほんで邇邇芸命《ににぎのみこと》はんが、この国を支配するために天上から下るとき、天照大神さまが、「これ持ていきなはれ」ちゅて持たして、それ以来、この伊勢にずっとあった刀や。つまり、これがあったら誰にも負けへん、ちゅ刀や、これをあんたにあげるさかい、これ持ていいて、あんじょう闘うてきなはれ」

「よろしんですか」

「かめへん、かめへん。それからな、この袋はな、そんなこと滅多とないやろけど、いよいよ困って、もうあかん、と思たら、そんとき開けなはれ。きっと役に立ちまっさかい」

「おおきに、おおきに。ちょっとだけ、気ぃ楽なりました。ほな、いて参じます。おい、御鉏友耳建日子、なにゲラゲラ笑ろとんね、行くど。ついてこい」

そう言って倭建命は東に向けて出陣していった。倭比売命は門口まで出てこれを見送った。

「頑張ってくんねやで」

倭比売命はぼそっとそう言った。

倭建命は取りあえず尾張国《おわりのくに》まで行った。尾張国あたりだと、やはりまだ天皇にびびっているから、尾張国を仕切っている奴の家に、

「邪魔すんでー」

と言って入っただけで、そらもう下にも置かない、

「あー、これはこれは、ようこそいらっしゃいました」

と奥へ通し、

「あの、これ、うちの娘ですね、どうか、可愛がったってくだはい」

と言って娘の美夜受比売《みやずひめ》を御前に差し出した。それははっきり言って天皇家と親戚になると言うことで、それはもうはっきり言って服属の、はっきり言って証しであった。

もちろんこれからさらに東へ行って過酷な戦闘をしなければならない、そのためにはここで尾張国の奴と親戚になって、その助力を得たいのは当然の話なので、

「おー、なかなか、かいらし子やの」

とこれを嘉納したが、

「そやけど、婚姻は帰りにしょう」

とすぐには契らなかった。なぜか。それは先方のより一層の協力を引き出すためである。どういうことかというと、もし平定に成功して生きて戻ってきたら婚姻してもらえて強大な天皇家と親戚になれて、自分らのここらでの支配体制が安泰になる、と思ったら頑張って協力するけれど、先に婚姻してしまったら、仮に自分が東の方で死んでも、親戚になったという既成事実は既にある訳だから、それに満足してあまり協力しない、つまり先

に品物を渡してしまったら代価がもらえないかも知れない、と思ったからである。
ということで、婚姻を先延ばしにして倭建命は東に向けて進発した。

行く先々にいきった奴がおった。尾張くらいまでであれば、天皇の勢威がどれほどのものかが伝わっているから、

「僕は天皇の御子や」

と言うただけで震え上がって服属したり、尾張国みたいに娘を出して親戚付き合いを頼んできたりしたがこっから先は、田舎過ぎて、天皇がどれほど強いかもあまり知らない。だから弱いくせに調子をかまして、

「天皇の御子が来たあ？　アホか。倭かなんか知らんけど、ここではそんなもん通用せんのんじゃ、どつきまわしたらあっ、こいっ」

など言って逆らってくる。しかしこんなものに倭建命が負けるわけがない。

「ほな、いこか」

と、そこに置いてあるものをとるような、ごく気楽な調子で戦闘を開始して、鎧袖一触、一撃で敵を滅ぼしながら東へ東へと進軍、ついに相模国《さがむのくに》までやってきた。

「ほー、ここが相模国かいな。しょうむないとこやの」

「ほんまですね。どうせしょうむない奴しかいてまへんやろ。ぼこぼこにしたりましょ

や」

「おー、そやの、って、おまえ、言うてたらむこから、おまえ、アホみたいな奴、走ってきょんが。汝、ちょう行て、乳でも揉んだれや」

「へー、ほな、やってもうたりますわ」

と勝ち戦で調子に乗った御鉏友耳建日子が若干の兵を率いて、相模の野に進み出ると、やってきたそいつの態度が最初からびびりきっていて、まったく刃向かう感じがないので、「おまえ、なんや」と問うと、そいつは逆徒ではなく、前に天皇が任命した、相模国の御奴《みやつこ》、まあ謂わば現地の仕切役のような奴であった。それに気がついた御鉏友耳建日子は言った。

「アーコリャコリャ。ご苦労はん、逆賊・叛徒《はんと》やと思たわ」

「やめてくださいよー」

相模国の御奴はそう言い、体をくねらせ御鉏友耳建日子に媚びた。


「敵や思てたら相模国の御奴でしたわ」

「おー、そうか。どや、相模は」

「直話を許す」

「おそれ入りございましてございましてございます」

倭建命の御前に罷《まか》り出た相模国の御奴は大地に膝と額をこすりつけ、そう言い、そのままの姿勢で言った。

「え、あのもう大体の奴はもうみんなびびりきってるんですけど、一人だけ言うこと聞かん奴がおりまふ」

「どこのどいつじゃい」

「この野ぉをですね、ずうっといったとこに大きい沼がございます。その沼の向こっかわにすんどる奴が、どえらい強い奴で、こいつだけ税金払いよらんのです」

「なめとんな。ほんで、黙っとったんかい」

「いえ、黙ってぇしまへん。何回も払てくれて言いに行きました。けどあきまへん。じゃかあっしゃ、ちゅてぼこぼこにされてあべこべに身ぐるみ剥がれるてな始末で、それからもう怖おーてよう行きまへんねん。面目次第もございません」

「情けないやっちゃの。けど、まあええ。そういう奴をどつき回すために天皇は儂をお遣わしになったんやさけの。よっしゃ、ほな、行こ。この先やな」

「へえ、この草のなかの細道、これをずうっと真っ直ぐいたら、おっきい沼があります。その沼の向こっかわにそいつが居りよります」

「よっしゃ、ほだ行こ」

そう言って倭建命は進発した。

○野火

相模の野は広い。行けども行けども丈の高い草が生えた草原が続く。

「おっかしーの、もうええ加減、沼に着いてもええ頃やけどな」

「ほんまですね」

そんな文句を言いながら倭建命軍は進んで行ったのだが、そのうち、それまで細いながら続いていた草の中の道が途切れた。そこから先は、背丈よりも高い草が茂るばかりで、道がないようになってしまっていたのである。

「なんじゃい、これどないなっとんね」

「どっかで道、間違いましたかね」

「間違うもなにも、ずっと一本道やったやんけ」

「ほんまですね。どないなってまんにゃろ。って、なんか、さっきから鼻、痛ないですか」

「うん、喉が、なんかいがらっぽいっていうか」

など言いながら、あたりの様子を窺っていると、そのうち草と草の間から、白い煙が漂ってきて、

「なになになになになに」

と訝るうち、プスプスプスという音がしたと思ったら、行手に、ボワッ、と火の手が上がった。

「えらいこっちゃ、野火事や。ウダウダしてたら焼かれてまうど、逃げ逃げ」

と来た道を引き返そうとすると、そちらからも火の手が上がる。

「こらあかん」

と半泣きで右に左に逃げ惑うが、天高く舞い上がった火柱が竜巻のようになって、辺り一面を焼き尽くしながら地を走って、もはや逃げ場もなく、軍勢は、

「あついー、あついー」

と泣きながら焼け死んでいった。

その様を見て倭建命は、

「やられた」

と言って呻いた。英雄であり、超人的な能力を備えていた倭建命は、そのとき既に、それが野火事という自然現象でなく、人為的な放火である事を察知していた。

「つまりは、あの相模国の御奴の謀略。あの餓鬼、服属したふりして、儂らを燃えやすい野ォに誘導して、火ぃつけくさった。外道がっ」

と相模国の御奴のなめくさった笑顔を頭に浮かべて激怒したが、そのうちにも体はどん

どん燃えてくる。

「日の御子が火に焼かれて死ぬんかい。皮肉な話やで」

といよいよ死を覚悟したが、次の瞬間、

「そやっ、儂にはあれがあった」

と思うたその瞬間にはもう腰に佩いた剣の鞘を払い、腰を落とすと、これを、
ざんっ。

と一閃、燃えさかり身を焦がしていた草を横薙ぎに薙いだ。草は根元から斬られて、横に倒れて火勢がやや治まった。

「ふひゃひゃひゃ。こら気持ちええ」

笑いながら倭建命は、
ざんっ。

こんだ背後の草を斬った。

「ふひゃひゃひゃひゃ」

ざんっ。

「ふひゃひゃひゃ」

ざん。

そんな調子で草を斬っていき、倭建命はとりあえず焼死を免れた。

だけどあたりには火の竜巻がまだ暴れている。そこで倭建命は腰に下げた袋に手を掛け、

「そない言うたらマジでやばいとき開け、ちゅてたけどなんやろ。今、割とマジでやばいねんけど」

と言いながら袋を開けてなかを覗くと中には燧石《ひうちいし》が入っていた。

「あ、なるほど、そういうことか。まるで倭比売命はこのことを予測していたようだ。伊勢ってやはりすごいよね」

とかなんとか言いながら、この燧石で斬った草に火を付け「向い火」を拵えた。

自分の方に向かってくる火に対して、それをあべこべに向こう側に向かうような火を新たに拵えたのである。

これは非常に難しいというか、普通できないことなのだが、その燧石には神のパワーが宿っていたのでそれができたのである。同じように草を斬って火勢を弱めるということもそこらの土民が持っているような刀では当然できず、その刀が宝剣・草那芸剣であったからこそできたことなのである。


一方その頃、相模国の御奴はなにをしていたかと言うとみなで楽しく酒を飲んでいた。

「うきゃきゃきゃきゃ。なにが倭の御子じゃ、いきなりやってきて偉そうに上からモノ言いやがって、あほんだら。けど、おもろいやないかい、俺がおまえ、火計《かけい》を廻らしてんの

んも知らんと『よっしゃ、ほだ行こ』ちゅて行きゃあがった。今頃、焼け死んどるわ。ははは、おもろ」

「ほんま、おもろおまんなあ、日本一の英雄とか言うて、なんちゅことおまへんが」

「ほんま、ほんま。ただのアホやんけ。ま、ま、ま、一杯、行こ。焼け祝いで」

「おおき、いただきます。死に祝いで」

「ほな、飲み」

「おとととととと、そない注いだら零れまんがな」

「かめへんがな」

そんなことを言うているうちに表の方に立った男があった。

「ちょっとすんまへん。こちらは国の御奴はんのお宅でしょうか」

「ああ、そや。そう言う、おまはんは、誰や。って、おまえ、えらい服とか燃えてもて、髪の毛もチリチリなっとんがな。いったいどなしたんや」

「へえ、そこで雷に打たれたんですわ」

「あー、そー。おっかしいなあ、雷が落ちたら聞こえるはずやけど、音、せなんだけどな。まあ、ええわ。ほんで儂になんの用やね」

「お宅、御奴はんですか」

「そやで」

「あー、そら恰度《ちょうど》よかった。ちょっお願いしたいことが御座いまして」

「なんや、言うてみいや」

「死んで欲しいんですわ」

「あー、なんや、そんなことかいな、大事ないがな、って、ええ？　おまえ、今なんちゅうた？」

「死んで欲しい、とこう言うたんです」

「なんやとお？　おまえ儂を誰やとおもてけつかんねん。相模国のおまえ、御奴やど。おちょくっとったらしばきあげんど、こらっ」

「別におちょくってぇしまへん」

「ほな、本気で言うとんのんかい。何処のもんや知らんけど、たった一人で儂の館へ乗り込んできて、死んでくれ、ちゅうかい。おもろいやっちゃで。なんか興味、湧いてきた。殺す前に聞いとくわ。おまえ、名前なんちゅうね」

「俺の名前、聞いとんのか。名前はもう疾《と》うに名乗っとるがな」

「なにを言うとんね。おまえなんか知らんわ」

「知らんはずない。俺の顔、よー見てみい」

「よう、見るもなにも、こんな、おまえ、髪の毛チリチリの、煤で真っ黒の奴、見たことない……、って、あわわわわわ、おまはんもしかして」

「そや、そのもしかしてや」

「倭建命様」

「そやがな。よーも、儂を騙してくれたのー」

「ぷるぷるぷるぷる。貴方様を騙すなんて滅相もない。それにしても、よー、あの火ぃのなかから生きて戻れましたなあ、よかった、よかった、さ、さ、さ、とりあえず、あがっとくなはれ」

「アホンダラあっ。語るに落ちるとはこのこっちゃ。ここにずっと居《お》ったおまはんが、なんで俺が火攻めに遭うてたんを知っとるんじゃ、ぼけ」

「しまったっ」

「覚悟さらせ」

言うが早いか倭建命は剣の鞘を払い、その場にいた全員を一人残らず斬殺した。そしてその他の一家眷属、一族郎党を引っ捕らえ、縄を打って野原に積み上げ、そして火を付けて生きたまま燃やした。

「あついー」

「もえるー」

「げほっげほっけほっ」

「いやよー」

謀叛の輩のそんな叫び声が野に響いたが、やがてそれも聞こえなくなり、轟々と燃え、時折爆ぜる火の音のみが野に響いていた。

故それ以降、その地を焼遺《やきつ》と呼ぶようになったのだ。

○弟橘比売命

そんなこんなで相模のボケを鏖《みなごろし》にした倭建命は更に東に進もうと思った。なぜなら東に行けば行くほど言うことを聞かぬボケが多かったからである。

しかしその場合、訳のわからぬ草が茂って、またどろどろの沼が続いてムチャクチャになっている陸から行くより、海から行った方がすごくいい。そこで倭建命は三浦半島から、走水海《はしりみずのうみ》（浦賀水道のこと）を渡って房総半島にいたろうとした。

「船もあるし、やっぱ海から行くのが楽やよね」

と言う倭建命に、

「ほんまやね」

と答えたのはその后の弟橘《おとたちばな》比売命《ひめのみこと》であった。実は弟橘比売命はちょっと前から倭建命に付き従っていた。いったいいつから従軍していたのだろうか。野で焼かれたその前後のことだろうか。そんなことはわからない。此の世にはわからないこともある。

「よっしゃ、ほだ行こか。もう向こうに陸地、見えたあるし、楽勝やろ」

そう言って倭建命たち（そのときはまた新たに兵を徴募して軍団を編制していた）は海に漕ぎ出した。ところが楽勝ではなかった。

半分ほど行ったとき、突然、波が騒ぎ立ち、船は一ヵ所でグルグル回って先へ進むことができなくなった。

「こら、どないなったんねん」

「あー、目ぇもうてまう」

「気分が悪い」

乗組はそんなことを言い、恐慌をきたしている。倭建命はこの情況を分析して言った。

「これは多分、あれやな。ここらの『渡《わたり》の神』が悪さしてけつかるな」

これを聞いた弟橘比売が言った。

「渡の神てなんですの」

「ここの、おまえ、海峡の神さんや。底の方にいて、儂の玉をとろ思てこんなことしとんね。陸やったら、なんとでもなる。しゃあけどここは海の上、どうあがいても勝たれへん。儂の命もこれまでや。沈んで死ぬわ。苦労ばっかりの、しょうむない人生やった」

「なにを言わはりますね、あほらしもない。あんさんはまだまだこれからのお人、いずれは天皇になってこの国を治めてもらわんなりまへん。ここはあてに任しなはれ」

「任しなはれて、おまえ、どないする気や。まさか、おまえ、我と我が身を……」

「へえ。あんさんのためやったら命なんか、命なんか惜しことあらへん。私の身ぃを海に沈めて、渡の神はんに犠牲として捧げます。ほしたら、この波も治まって、向こへ渡れますやろ」

「ほうか。ほな頼むわ」

「え?」

「いやいや、頼むちゅてんね」

「へ、へえ」

「え、どないしん。やってくれんのちゃうの」

「やります。やりますけど、なんか、多少は、あの、止められんのちゃうかな、と思てたんですけどね」

「あ、そうか。ほな、止めとこか」

「いえ、用意しとくなはれ」

「わあった。ほな、おい、おまえら、船端へ手ぇついて反吐ついてにゃあらへんがな、情けないガキな。いまから后がなにすんにゃさかい、立って仕度せんかいな」

「わかりました」

と乗組一同、これで助かるかもしれんと思うから、全員、目ぇが回って頭がグラグラするのを我慢して弟橘比売命が生贄として海神に身を捧げるための準備をした。どういう風な準備をしたかというと、海の上に畳を何枚も重ねて敷き、その上から獣皮の敷物を何枚も重ねて敷き、その上から絹の敷物を何枚も重ねて敷いた。そしてそのうえに弟橘比売命が降りて座した。そうしたところ。渡の神がその玉を取って満足したのであろう、それまで、どうしようもなく荒れ狂っていた波濤が嘘のように鎮まった。

そのとき弟橘比売命は以下のように歌った。

さねさし　相模《さがむ》の小野《をの》に　燃ゆる火の　火中《ほなか》に立ちて　問ひし君はも

相模の野原で火と煙に巻かれて進退窮まった、その時、私の名を呼んだ貴方様、私はいま、走水の海で、海神に魅を入れられて進退窮まっている。その私は、だけども貴方様の名を呼ぶことは出来ないまま海中に没する。かなしい。いとしい。

という意味の、哀切きわまりない歌である。

弟橘比売命が身を捧げてくれたお蔭で一行は容易に対岸に渡ることができた。そして対岸で、弱いくせに逆らってくるボケを懲らしめていたのだが、そんなことをしてちょうど七日目。

朝飯、かるーく済ました倭建命が海岸を散歩していると、浜に確かに見覚えのあるものが落ちている。だけどもそれがなになのかはっきりわからない。「なんどお?」と拾い上げた倭建命は、

「あっ」

と声を上げた。それは弟橘比売命が身につけていた御櫛であった。

「君が命を捧げてくれたお蔭で僕は命を得た」

倭建命はそう呟くとハラハラと涙を零した。倭建命は后の御陵を拵え、その櫛を収め置いた。

それからその地を出発した倭建命は、天皇に随う気がまったくない狂ったアホどもを服従させ、また、その他、土地や産物の所有権を主張する屑どもを完全に制圧、天皇の支配権を確立して還ることになった。

そのとき倭建命は、こういうことができたのも后・弟橘比売命のお蔭である、と感謝し続けていた。

そして足柄《あしがら》峠の坂の下まで戻ってきたとき、後年の足柄SAを未来記的に聯想《れんそう》したわけではもちろんないが、急速にご飯を食べたいような気持ちになった。そこで、

「おい、御粮《みかりて》くれや」

と言い、食事休憩となった。そのとき、脇の斜面から、白い鹿が木の枝や下草を掻き分けてのこのこ現れた。この鹿は、坂の神、の化身であった。

「うっとうしいんじゃ、小物がっ」

これまで多くの地元の神と闘ってきた倭建命はそう言うと、手に持っていた食いかけの野蒜《のびる》でこれをどついた。そうしたところそれが目に当たり、白い鹿は、

「目がくさいー、いやよー」

と言って死んだ。

それを見て、なにかこう、空しいような気持ちになった倭建命は飯を捨て、坂を登っていった。登りきるとこれまで自分が平定してきた土地が一望に見渡せた。

その先には海も見えた。

「はあ」

と倭建命は溜息を吐いた。そして景色を見て、また、

「はあ」

と溜息を吐き、そしてもう一度、

「はあ」

と溜息を吐いて、そして言った。

「あずま、はや」

あずま、と云うは吾が妻、はや、と云うは、深い詠嘆を表す。

倭建命は自分が平らげた山野、そして海を見て、それと引き換えに失った妻を哀しみ惜しみ、このように言葉にならぬ言葉を吐いたのである。

これ以降、足柄より東を、「あずま」というようになったのである。

○酒折宮の歌

それから倭建命は山を越えて甲斐《かい》国に入って宮を造営した。則ち酒折宮《さかおりのみや》である。

そのとき倭建命は、

新治《にひばり》　筑波《つくは》を過ぎて　幾夜か寝つる

と歌を歌いかけた。「ここんとこ何泊したんかのー」と問いの形で歌ったわけである。

そうしたところ、御火焼《みひたき》、といって篝火を焚く係の爺ぃが、

日々《かが》並《な》べて　夜《よ》には九夜《ここのよ》　日には十日《とをか》を

と当意即妙に答えた。

倭建命はこれを、

「おまえ、ええわ。東の国としての広がりをむっさ実体的・実感的に認識してるわ」

と激賞し、彼を、東国造《あずまのくにのみやつこ》に任命した。

こうして東の支配を確定し、後から攻められる心配がなくなった倭建命は甲斐から信濃《しなの》に入り、信濃で調子かまして、いきっていた科野之坂神《しなののさかのかみ》という奴を、

「いきっとったら言わしてまうど、こらあっ」

と恫喝し、それでもいきっているので言ったとおり言わし、信濃を平定、尾張に帰還した。

○伊吹山の神さま

尾張に帰還した倭建命は約束通り美夜受比売と結婚した。けれども。

「伊吹山《いふきやま》の山の神がうだ言うてる」

と聞き、

「よし、ほだやってまお」

と言って出かけていった。

このとき、倭建命は相手をなめたのであろうか、

「今回は、ド正面からいってこましたろ」

と、正面から力攻めに攻めることにした。そして伊吹山に登ってく途中、行手に真っ白い猪が現れた。しかも大きさが牛ほどもあって、どうみても一般の猪ではなく、周囲の人間が、

「あれ、なんじょ？」

と言うのに倭建命は、

「この白い猪はあれやろ、ここの、伊吹の山の神の使者《つかい》やろ。別に今、殺さんでもええ。伊吹の山の神を殺ったあとに殺ってこます」

と言挙《ことあげ》した。言挙とは、神に対しての挑発的威嚇的誓言で、これにより相手が萎縮して力を失うこともあるし、これが間違っていたら、あべこべに自分のHPやMPが失われる。

そしてこのとき、倭建命がかました言挙は微妙に間違っていた。

その事が後でどえらい結果を生むということはこの時点では、まだ誰にもわからなかった。

○清い泉

倭建命は剣を持たず、そしてせっかく姿を現した白い巨大猪を、ただの手下だと思い、バカにして、やっつけないまま、伊吹山に登った。せめて剣を持っていたら、または、麓

で出会った猪を処理してから登っていれば、あんなことにはならなかった。

だけど倭建命はそれをしなかった。思うにこの時点で既にかなり疲れていたのではないだろうか。

それはそうだ、考えてもご覧なさい、まだ子供なのに熊曽征伐にやられて、普通なら返り討ちに遭うところ、機知と機転、愛と勇気でこれをやっつけて、帰り道では出雲まで平らげて、それでやっと帰ったら、休む間もなく、気持ち悪い東国へやられ、野では陰謀によってすんでのところ焼死、海でどえらい目に遭い、みたいな目に遭いながら、なんとかこれを平定して、支配に組み込む、みたいなことをやったのだから、そりゃ疲れもする。だからいつもだったらできる判断ができなかった。

倭建命だちはけっこう登っていった。

だけど山の神は現れない。そこで、

「いやさ、山の神、いてまへんな」

「ほんまやね、俺ら来るて聞いて、逃げてまいやったんちゃう」

「かも知れんな」

なんて言い合っていた。そうしたところ。

氷雨が降ってきた。

「なんや、降ってきよりましたで」

「ほんまでんな、けったいな雨や。横に降ってきくさる」

「おまけになんや、このでかい氷の粒みたいななん混じってる」

「ああ、なんか、これ、決まってけぇへん？」

「ああ、ほんまや、なんか、ああ、なんか、景色が渦巻きみたいな」

「やばい、どんぎまりや」

など言ってるうちはまだよかったが、そのうち、地獄のようなバッドトリップに陥り、多くのものが錯乱状態に陥って谷底に転落したり、喚き散らしながら自分で自分の脳や腸を取り出して撒き散らすなどし始めた。

そんななか、それでもまだ症状の軽かった倭建命はなんとか這うようにして宮まで逃げ帰った。

その有り様を見て、駆け寄った者たちは、

「なんでこんなことに」

と問うたが、勿論答えられない。

「と、とにかく奥へ」

と半死半生の倭建命を奥へ運び、介抱した。しかし倭建命は、頻《しき》りに譫言《うわごと》を発し、異常な精神状態からなかなか恢復しない。そこで玉倉部《たまくらべ》というところにお遷し申しあげ、そのところにある清泉にポチャンと浸かって、それでようやっと精神がまともになった。

それ以降、そこの清泉のことを居寤清泉《いさめのしみず》と謂うようになったのはゆかしいことである。

○尾津の松

だけどそんなことがあってからというもの、遠征に次ぐ遠征で、永年の無理がここに来て一気に噴出したのであろう、倭建命の体調は思わしくなかった。

居寤清泉を発った倭建命は、ある寂しい野原のようなところを通りがかったときに誰に言うともなしに言った。

「気ぃは、いまでも若いつもりでおる。天空翔《あまか》ける、ちゅうの？　そんなつもりでおるよ。けど、もう脚があかん。たぎたぎになってもた」

それを聞いた側近の者が言った。

「すんまへん」

「なんや」

「たぎたぎてどういうこってすの」

「腫れてぼこぼこなるっちゅうこっちゃ」

「あー、そうでっか。こら学問した」

と側近が言った。そのことが口から口に広まってそれ以降、その辺りのことを当芸野《たぎの》と呼ぶようになった。

それから少し行くと、ますます疲れてきて歩行が困難になってきた。

「あかん。なんか杖、なるようなもんないけ」

「へ、ほなこれで」

「すまんの」

という訳でそこから先は杖を突いて、そろそろ歩いた。そのことが知れ渡り、それからはその一帯のことを杖衝坂《つえつきさか》と謂うようになった。

そんな状態だからすぐに疲れてしまう。

なんぼもいかぬうち、「ちょっと休も」となって松の根方へへたり込んだ。その松を見て倭建命は言った。

「なんや、この松、見覚えあるなあ。どこで見たんかいな。おまえら知らんけ」

「さあ」

「さあ」

とみな首を傾げる中、一人、昔から倭建命に付き従ってるおっさんが言った。

「ここ、あれちゃいます？　東国に向かう時、ここで弁当、食たんちゃいます？」

「おー、そやった、そやった。ここで弁当、食たんや。そやそやそや、ほんでおまえ、あの時、儂、飯、食うのに腰にあたって痛い、ちゅて、そこの、おまえ、草の上に御刀《みはかし》、置いて、ほんで忘れていたんやった。後で気ぃついたけど、もう、ええわ、言うてそのまま行たんやけど、もうあれから何年も経ったある。さすがにないわな。汝《われ》、ちょう、見たれや」

「へ、そらおまへんやろな。あっ、ありました」

「ほんまか、見《め》してみい」

「へ、これですわ」

「おおっ、間違いないわ、儂の刀や。よー、あったのー。なんや、涙こぼれるわ」

そう言うと倭建命は即興で歌を歌った。

それは、

おい、おまえ、松
おまえは尾張の方へ向こてるのお
俺はもう、あかん
俺はもうそっちぃ向かれへんわれ
しゃあさけ、しゃあさけ
もし、おまえが人間やたら
大刀《たち》も佩かして服着せて

足腰立たんこの俺の
俺の代わりしたいわな
しゃあけどおまえは松やのお
めっさ健気な松やのお

的な歌であった。

○望郷の思い

それからまた旅してある村に到った。その時、倭建命の足はもう疲労骨折してべらべらになっていた。それを嘆いて命は言った。

「儂の足、見てみいな、いよいよ腫れて紐で括った肉みたいなってもとるわれ。こらもう使いもんならん足や」

「ほんまや、ミシュランマン君みたいなって、肉が三重に段なってる」

それが世間に広がってその土地のことを、三重《みえ》、というようになった。

そこからまた行幸《みゆき》して、能煩野《のぼの》というところに来た。

そして弱気になった倭建命は大和の国に思いを馳せ、

大和はええ
いっちゃん、ええ
青々とした山に囲まれて
ええ感じの大和は
ええ感じ
大和はええ感じ

と望郷の念を歌にし、それでは思いを尽くせなかったのか、さらに、

みんな生きろ
生きていけ
平群《へぐり》のお山の熊樫《くまかし》の
葉っぱ、ど頭《たま》に挿しくされ
ほいで、生きやがれ
おまえら、おまえら、おまえら

と歌った。

最初の歌は大和の土地を讃《ほ》め、次の歌は大和の人を称え、そのことによって倭建命の国を思い、国を偲ぶ気持ちを表現したのだった。

それから倭建命は、また歌った。それは次のような歌であった。

懐かしい
家の方から
雲きょんが

これは片歌《かたうた》と謂う、その頃の歌の一形式である。もうこれを歌う頃になると倭建命は足だけではなく、もう全身がもう病魔に冒されて、もうどないもこないもいかなくなっていた。そして、そんな状態で歌うということはもうかなり体力も消耗することであったのであろう、歌い終わるや、病状が急激に悪化した。そんななか、苦しい息をしつつも、

嬢子《おとめ》の
枕元に
俺が置いてきた
大刀
その大刀は
うわあっ

と歌い、そして薨《かむあが》り賜うた。

人々は急の使者を奉った。

〇真白き巨大鳥

知らせを聞いた大和の人達は驚愕した。人々は、あの強健な倭建命が死んだなんて信じられない。と言い、口を河馬《かば》のように開いて歎き悲しんだ。

なかでもとりわけ悲しんだのは、大和におった后たちと御子たちである。

「なんちゅうことなのか」

「悲しくて死ぬ」

そう言いながら天を仰ぎ地を叩いて嗚咽号泣した。しかしいつまでも泣いているわけにはいかない。

「兎に角、能煩野に参りましょう」

ということで、みんなで能煩野に向かった。

そして倭建命の亡骸に対面して衝撃を受けた。

「なんと、いたわしい」

歎き悲しみつつ后たちと御子たちはその地に喪屋を築造した。

喪屋のぐるりには田があった。后たちと御子たちは、手を宙に伸ばし、よろよろと御陵に向かって歩み、そして田に落ちた。后たちと御子たちは、田の中で四つん這いになり号泣した。

そして、歌を詠んだ。その歌は、

御陵さんの周りの田んぼ
その田んぼに生えている稲
その稲の茎に絡まっている芋の蔓
それが今の私らだよ
私らの姿だよ

そのとき、突如として、御陵のてっぺんあたりに、体長が十メートル以上ある、巨大な、白い鳥が出現、空に向かって垂直に翔けあがった。

「あ、あれは」

「どうみても」

「間違いない」

「彼の御方ですわな」

人々は口々にそう言った。白鳥は浜の方へ飛んでいく。

「行かないでくださいっ」

人々は絶叫してこれを追って浜の方へ走っていった。暫く行くとそこは一面に篠《しの》が生い茂った野っ原であった。そこここに鋭利な篠の切り株があり、その切り株が人々の蹠《あし》を突き破った。

普通なら痛くって一歩も歩けるものではない。だけど、悲しみで精神がムチャクチャになっている人々は、痛みを感じない。そこらの地面を溢れる血で真っ赤にしながら、泣き狂って巨大白鳥の後を追った。

そんなになりながら歌った歌もある。それは、

篠で前に進めない
進みにくい
向こうは飛んでるけど
こっちは徒歩だ
追いつくわけがない
かなしい

的な歌であった。

それから白鳥は海の上空に至った。だから人々も半ばは海に浸かりながらこれを追った。だけど濡れるし波もあるから、なかなか前へ進めない。その苦境については、

海に入ったら進みにくい
水があるから
進みにくい
その姿はまるで藻ォのようだ
ユラユラ揺れるばかりで

そこからちょっとも動かへんのだ

と歌った。そして、巨大白鳥が沖へ飛んでいったのを見たときは、

浜の白鳥は
その名前のように
浜を行かず
沖を飛んで
行ってしまう

と歌い、また泣き狂った。

人々はついに追いつけなかったのである。

そして御葬礼に際してこの四つの歌を歌った。そこでそれ以来、天皇の大葬の際はこの歌を歌うようになった。それほどに倭建命は偉大な帝王であった。

そんなことを知ってか知らずか、巨大白鳥は飛び続け、河内国《かわちのくに》の志幾《しき》（大阪府柏原市）

に至って、ようやっとそこに留まるかに見えた。

なので人々はそこに御陵さんを築造した。だけど、なにかが気に入らなかったのか、白鳥は此の世を見限って天に向かって飛んでいってしまい、二度と戻らなかった。

○倭建命の御子

倭建命の御子は、

垂仁《すいにん》天皇の女《むすめ》・布多遅能伊理毘売命《ふたじのいりびめのみこと》を娶って生んだ御子は帯中津日子命《たらしなかつひこのみこと》。

弟橘比売命を娶って生んだ御子は若建王《わかたけるのみこ》。

布多遅比売《ふたじひめ》を娶って生んだ御子は稲依別王《いなよりわけのみこ》。

大吉備建比売《おおきびたけひめ》を娶って生んだ御子は建貝児王《たけかいこのみこ》。

玖々麻毛理比売《くくまもりひめ》を娶って生んだ御子は足鏡別王《あしかがみわけのみこ》。

或る女の子は息長《おきなが》田《た》別王《わけのみこ》。

合わせて六柱であった。このうち帯中津日子命（＝後の仲哀《ちゅうあい》天皇）が天が下を治めた。

そして若建王は、飯野《いいの》真《ま》黒《ぐろ》比売《ひめ》を娶って、須《す》売《め》伊《い》呂《ろ》大中《おおなかつ》日《ひ》子王《このみこ》を生んだ。
この、須売伊呂大中日子王が柴《しば》野《の》比売《ひめ》を娶って迦《か》具《ぐ》漏《ろ》比売命《ひめのみこと》を生んだ。
この、迦具漏比売命を景行天皇が娶って、大江王《おおえのみこ》を生んだ。
この、大江王が銀 王《しろかねのみこ》を娶って、大《おお》名《な》方王《がたのみこ》、次に大中《おおなかつ》比売命《ひめのみこと》を生んだ。
この、大中比売命は実は、香坂王《かぐさかのみこ》と忍熊王《おしくまのみこ》の母君なのである。

景行天皇は百三十七歳で崩御された。

○成務天皇

成務《せいむ》天皇（若帯《わかたらし》日《ひ》子命《このみこと》・景行天皇の御子）は近江《おうみ》の志《し》賀《が》の高穴穂宮《たかあなほのみや》に坐して天下を統治した。

この天皇は弟財郎女《おとたからのいらつめ》を娶り、和訶奴気王《わかぬけのみこ》を生んだ。
そして、建内宿禰《たけうちのすくね》を大臣と為し、大国・小国の国造《くにのみやつこ》を定め賜うた。また、国境を定め、大県・小県の県主《あがたぬし》を定め賜うた。国の統治をシステマチックにしたのである。すげぇ。

成務天皇は九十五歳で神上がりたもうた。
御陵は沙紀《さき》の多他那美《たたなみ》というところにある。

○御子たち

倭建命の御子・帯中津日子天皇（仲哀天皇）は、穴門《あなと》の豊浦宮《とようらのみや》（下関市長府豊浦町の辺）、また、筑紫《つくし》の訶志比宮《かしいのみや》（福岡市東区香椎の辺）に坐して天が下を統治した。

御子は、

香坂王・忍熊王（大中比売命）
品夜和気命《ほむやわけのみこと》（息長帯比売命《おきながたらしひめのみこと》）
大鞆和気命《おおともわけのみこと》、別名・品陀和気命《ほむだわけのみこと》（息長帯比売命）

である。括弧の中に記したのはその母后で、息長帯比売命は大后《おおきさき》であった。

また、大鞆和気命という名の由来は、生まれたときから、左の腕の肉が、鞆《とも》、すなわち弓弦の当たるのを防ぐ防具のようになっていたからである。

つまり此の御子は腹の中に坐して、国を平定・統治する能力を有していたのである。

この時代には淡路《あわじ》に屯倉《みやけ》を設置した。屯倉というのは天皇の直轄支配地のことである。

○神託

息長帯比売命は神がかりをした。神がかりとは、身体に神が依り憑くことである。そして依り憑いた神の言葉を、その口によって伝える。

そのときもそうだった。

そのとき天皇は西国を巡幸して筑紫の訶志比宮にいらっしゃった。そうしたところ、先代から大臣を務める建内宿禰が来たので問うた。

「ああ、建内君。様子見にいきましたか」

「はい、行てきました」

「どうでした」

「ええ、感じでした、ただ……」

「ただ？」

「熊曽国が生意気でした」

「生意気とは」

「なめてやがるんです」

「それはいけません。征伐しましょう」

「ええ、そうですね。じゃ、僕、準備しますね」

「そうしてください」

と建内宿禰が行きかけたとき、

「待ちなさい」

と止めた方があった。その御方こそ誰あろう、大后・息長帯比売命であった。

息長帯比売命は言った。

「征伐というのは一国の命運を賭して行うもの。そんなに簡単に、『あ、じゃあ行ってくるわ』みたいにして行ったらあきません」

それに対して天皇が仰った。

「じゃあどうすればいいの」

「神のお告げを請い求めましょう」

「なるほど、そりゃいいね。ではそうしましょう」

という訳で神を下ろしてご託宣を聞くことになり、夜さり、神聖な神の庭が設えられた。それは非常に厳粛なものである。ゆえ、あまり詳しく記述することはできないが、神籬《ひもろぎ》を建て、それに鏡や玉を掛けて、神様を下ろす。

それはもう聖なる場である。建内宿禰は一心に祈りを捧げる。そして仲哀天皇はパランパランと琴を弾く。というと単に器楽を演奏しているような印象を与えるがそうではない。このとき、その庭の空気を清らかにして、神様を依り憑かせるための重要な神器なのである。

ということで建内宿禰が祈りの言葉を呟き、天皇がビョンビョンと琴を弾くうち、ついに大后に神が依り、宣託を始めた。神は大后の口を借りてこのように宣《の》りたもうた。

「西の、方《かた》に、国が、ある。その、国は、金・銀を、はじめ、目も、眩む、ような、様々の、財宝、珍宝で、溢れ、かえって、いる。吾、今、その、国を、服属させようと、思う。その、ために、あなた、がたは、その、国を、攻め」

それを聞いた、建内宿禰は、「おー」と言った。

しかし、天皇は浮かぬ顔をしている。不思議に思った建内宿禰は天皇に問うた。

「いかがなされました。浮かぬ顔をして。金銀財宝いいじゃないですか。攻めましょうよ。攻めないんですか」

天皇は琴を鳴らしながら言った。

「うーん。それが本当ならいいんですけどね。高いところに登って西を見ても海があるばかりで国なんかないじゃないですか」

「どういうことですか」

「はっきり言いましょうか、言いましょう。朕《ちん》はあの神は嘘つきだと思います。そんな嘘を言われて、琴なんて弾きたくない」

そう言うと天皇は、あろうことか儀式の最中であるというのに、途中で弾くのをやめ、琴を押しのけて横を向いて黙ってしまった。

それを見て建内宿禰が慌てた。なんとなればこうした儀式の最中に途中で楽器から手を放すなどするのは、はっきり言って死を意味したからである。

そうしたところ言わんこっちゃない、神は激怒、息長帯比売命の口を借りて、

「凡《およ》そ、この、天が、下は、汝《なむち》が、治める、国に、非ず。汝、一道《ひとみち》に、向え」

と宣りたもうた。

おまえなど死んでしまえ、と仰ったのである。これを聞いた建内宿禰は慌てて、

「早く琴、弾いてください。マジでやばいです」

と言った。そこで天皇は、「ああ、そう。では弾きましょうか」と言い、琴を引き寄せて再び弾き始めたのだけれども、やはり神を信じない心があるので、その弾き方に心が籠もっていないというか、雑というか、適当に、ジョンジョンジョンジョン、とまるで民衆がフォ

ークギターをかき鳴らすような調子で弾き始めた。

そうしたところ、暫くして、風もないのに、灯《とも》しが消え、庭が真っ暗になり、と同時に琴の音がはたと止んだ。

何事ならむ、と慌てた建内宿禰が、灯しを持ってこさせ、これを掲げたとき、天皇は既にお隠れになっていた。

どえらいことになってしまったと建内宿禰は途方に暮れたが、それはさておき天皇が崩御されたのだから大臣としてやらなければならないことが多くある。

悲しみの中で建内宿禰は殯宮《もがりのみや》を拵えて天皇を坐せて、と同時に、状況が変わった今、もう一度、神意を伺う必要があると考えた。

そこで、全国に命令を発して、穢れを祓う巨大な幣《ぬさ》を貢納させ、そして、各々、「獣皮の生き剝ぎ」「獣皮の逆剝ぎ」「田の畦の破壊」「田の用水の閉塞」「神聖な場所での脱糞」「近親相姦」「獣姦」などの罪穢れを摘発させ、これを祓い清め、国土全体を浄化した。

さほどにこの審神《さにわ》は慎重に行われるべきである。

それが大臣・建内宿禰の考えであった。

そうして行われた審神の結果は、と言うと、いちいち先日の教えと同様で、西の国を言向けよ、と宣い、そしてさらに、

「凡そ、此の、国は、汝が、命の、御腹《みはら》に、坐す、御子の、知らさむ、国ぞ」

と教え諭された。

その西方の国は、今現在、息長帯比売命の胎中にいらっしゃる御子の支配する国である、と言うのである。建内宿禰は、「はっほーん。身ごもっておられたのか」と思いつつ、だけど、少し気になって問うた。

「かしこみかしこみ申しあげます。我が大神様、その貴方が今、ひっついていらっしゃる御方の腹の子というのは、男の御子でございますか、それとも女の御子でございますか」

神様は答えた。

「男の、御子、ぞよ」

そこまで聞いて、そして建内宿禰は身震いを感じた。なぜならこれより、いよいよ核心の話を聞かなければならないからであった。それを聞いたら自分は死ぬかも知れない、と宿禰は思った。だけどそれを聞かないことには審神は終わらない。そこで、空気が肌に染みこんでくるような緊張感の中で建内宿禰は問うた。

「今、そう教えてくださっている大神様の、その御名を知りとうございます」

大神は答えて言った。

「この、教えは、天照大神の、御意志で、ある。また、底箇男《そこつつのお》、中箇男《なかつつのお》、上箇男《うわつつのお》の、三柱の、大神の、教えで、ある。今、まことに、西の、国を、言向けようと、思う、ならば、天神《あまつかみ》、地祇《くにつかみ》、と、また、山の神、と、河海の、諸々の、神とに、悉《ことごと》く、幣帛《みてぐら》を、奉《まつ》り、我が、御霊《みたま》を、船の、上に、坐せて、真木《まき》の、灰を、瓠《ひさご》に、納《い》れ、また、箸と、葉盤《ひらで》とを、数《あま》た、作りて、みなみな、大き、海に、散らし、浮けて、渡る、べし」

そう、現れた神は、天照大神の意を体した墨江大神《すみのえのおおかみ》であったのである。

○新羅親征

よっしゃ、ほんだら征《い》こかいっ。

墨江大神が「海を渡るなら絶対やった方がいい三つのこと」を詳しく教えてくれたのでやる気になった人々は、それを忠実に守ったうえで、軍勢を集め、その霊力に護られて西に向かって船出した。

そうしたところ、なんということであろうか、船が出た途端、海中に住む大小の魚が寄り集まってきて、船を背負って泳いだ。

と同時に、猛烈な順風が吹いて、船は波に乗ってグングン進み、一瞬で西の方の国、新《し》羅国《らきのくに》、に到着した。普通ならそこから上陸して、敵の本拠地に攻め上る。ところがこの場合は違って、そうして魚のパワーと波のパワーが合わさった、凄まじいまでの推進力により、そのまま陸路を突き進んで止まらず、見る間に新羅国のど真ン中にまで進軍してしまった。

これこそが、三柱の墨江大神の恐るべき神のパワーであった。

その様を見て新羅の人達は怯え惑い、すっかり戦う意欲を失った。部下に、

「どないしましょ」

と問われた新羅国主《くず》は、

「あほんだらっ、あんな恐ろしい奴らと戦えるかあっ、ボケ」

と言って怒り、直ちに服属の意志を固めると、武器を捨て、恐《おそ》れ畏《かしこ》みながら進み出て皇后に拝跪《はいき》し、そして言った。

「今より後、天皇の命《みこと》の随《まにま》に、馬の飼育係となって、年に一度は二隻の船を並べて貢ぎ物をお送りして絶やさないようにします。この世が永久に続くのと同じように、永久に仕え奉ります」

と言うことで、新羅国は天皇の御牧《みまき》となり、そしてその隣の百済国《くだらのくに》は海の向こうの屯倉と定まった。攻めていない隣の国までびびって服属したのである。

そうした一連の交渉は国主の自宅で行われた。すべての交渉が終わり、「じゃ、帰ろう」という話になり、一同、席を立って、国主の自宅の門口まで来た。

「じゃ、そういうことで今後よろしくお願いします」

「ええ、こちらこそよろしくお願いします」

そう言って建内宿禰は頭を下げ、そして行こうとした、そのとき、皇后が、

「まちなさい」

と言った。

「なんすか、なんか忘れ物でも」

「違います。こうするのです」

そう言うと、皇后は手に持っていた杖を新羅の国主の家の前に、ズブッ、と衝き立てた。

これを見た国主は、アッ、と声を上げ、暫く動けなかった。

皇后が衝き立てた杖には墨江大神の荒御魂《あらみたま》が宿っていた。皇后は墨江大神の荒御魂をその国の国守《くにもり》の神となし、国主の門に祭り鎮め、反乱などできないようにして帰国したのである。

それを見た建内宿禰は言った。

「大后、すげぇ」

○石と鮎釣り

そうした国事、征伐のことをしている間に、実はあることが起こった。それは皇后の御

腹の御子が生まれそうになってしまったのである。だけど、いくら弱い相手とは言え、戦は戦である。その最中に子供が生まれるのはどうにも具合が悪い。

そこで皇后がどうしたかというと、そこらにあった石を取り、これを御衣裳の腰の辺りに括り付け、そうすることによってお産を遅らせた。

その状態で海を渡り、筑紫国に到着した、そのとき御子は生まれ坐した。そんなことで、その土地は宇美《うみ》と号《なづ》けられた。そしてそのとき腰に巻いていた石は今現在、筑紫国の伊斗村《いとのむら》にあり、人々に崇められている。

それから筑紫国の末羅県《まつらのあがた》の玉島里《たましまのさと》というところに到着なさって、河辺でお食事をなさった。

そのとき皇后は建内宿禰に問うた。

「いまは何月ですか」

「四月の上旬です」

「あ、そうですか。そうしましたら、やってみましょうかね」

と仰って皇后は、御衣裳の裾の糸を抜き取り、その川にグンと突き出た岩の上にお立ちになり、残っていた飯粒を糸の先端に附着させ、ぽちゃん、と川に投げた。

そうしたところ大量の鮎が釣れた。それを見ていた建内宿禰は言った。

「鮎やがな」

その川の名前は、小河《おがわ》、で、その岩は、勝門比売《かちとひめ》、と謂う。息長帯比売皇后が、この上に坐した、ということがあまりにも畏く、その神格が岩に乗り移ったと思われ、その「新羅に勝った」という事跡からの連想でこのような名前が付いたと思われる。

それゆえ、四月の上旬、女人が服の糸を抜き、飯粒を餌にして鮎を釣る、という行事が今日まで続いて絶えたことがない。

○忍熊王の叛逆

「よっしゃあ、ほんだら鮎も釣れましたさかい、去《い》にまおか」

ってことになり、一行は大和の国へ向かった。その船中で建内宿禰が言った。

「いやさ、すっくり行きましたねぇ。さすが皇后さまですわ。御子ですわ」

「ええ。だけど心配なことがあります」

「なんですか。もうなにもかもすべて完璧に大丈夫でしょう」

「天知茂。謀叛の輩がいるやも知れません。そうなると御子の命が危ない」

「マジですか。僕は怖い、とても怖い」

「あなたは、大臣として自ら対策するという考えがないのですか」

「はいっ。ないですっ」

「わかりました。じゃあ、私が考えます。あなたは後日、殺します」

「ありがとうございます。お言葉の後半部分は聞かなかったことにします。どうすればよいでしょうか」

「御子を殺しなさい」

「えええええっ、マジですか。怖い。僕は怖い」

「またか。いや、本当に殺すのではない。喪船を仕立てて、御子、薨り給いぬ、と噂を流すのです」

「そうしたらどうなりますでしょうか」

「謀叛の輩はこちらが喪中で戦ができない、と考え、我々が帰り着いたところを襲ってくるでしょう。そこを返り討ちにするのです」

「あー、それでいいですね。すごいと思います。是非、やってください」

「おまえがやらんかー」

「すみません。いまのボケです。じゃあ、喪船の準備します。情報戦も開始します」

ってことで、建内宿禰は御子が崩御なされた、という噂を流し、船の上に立派な棺を括り付けて荘厳を為した喪船を設え、大和に向けて航行した。

一方その頃、大和では、ま、反乱というか、仲哀天皇の次に自分たちが天皇になりた

い、いや、「なりたい」じゃなく、「なる」んだよ。と、前々から思っていた、香坂王と忍熊王が、この噂を聞いて、

「やるなら今でしょ」

と盛り上がっていた。

宮で弟の忍熊王が言った。

「我ら父は仲哀天皇、母は景行天皇が御孫《みまご》、我らが天皇になってもまったくおかしくない。っていうかなるべきやろがい」

兄の香坂王が答えて言った。

「そやな」

「それついて、今回のことは千載一遇、二度とない絶好の機会、ちゅうやっちゃ。これを逃す手ぇはない」

「ほんまにそやな」

「それわかってんねやったら、汝、早よ、軍勢の手配したらんかい」

「うん、それはでけてんね」

「でけてんのかい。ほな、出陣しましょいな」

「待て待て。こういうことはな、失敗したら人生、終わりやからな、やるからには絶対、成功せなあかんね」

「まあ、そやな。けど、ほんなもん、やってみなわかれへん」

「誓約《うけい》、ちゅもんがあんが」

「あ、そうか」

「そやろ、まずそれやろ」

「ほな、やろ」

という訳で香坂王と忍熊王は誓約、それも、うけい狩、をすることにした。と言って誓約を知らない人がいるかも知れないので説明をすると、誓約というのは神意を聞くための占いである。

皆さんは覚えておられるだろうか、この時から遥か以前、垂仁天皇が、口がきけない本《ほ》牟智和気御子《むちわけのみこ》のために曙立王《あけたつのみこ》を出雲に派遣する際、この誓約を行った。その手順は、というと、

①ある結果について、もし、○○ならば××。と措定する
②それを口に出して誓う
③実際にそれを行ってみる

である。ちょっとわかりにくいかも知れないので具体例に当てはめて言うと、

①明日開催される町内の大食い大会で俺が優勝するならこの石が斬れる、と措定する
②「大食い大会で俺が優勝するなら、この石が斬れる」と口に出して言う
③刀で石に斬りつける

という手順になる。そのうえで神意がどのように示されるかというと、

Ⓐ石が斬れる＝優勝する
Ⓑ石が斬れない＝優勝しない

となるわけである。実はこの直前、皇后が末羅県の玉島里で行った、鮎釣りも、うけい狩、であった。どういうことかというと、①御子の将来がいい感じなら鮎が釣れる、と措定して、②釣ってみたら、③鮎が釣れた、という訳なのである。

ということで香坂王と忍熊王は兎我野《とがの》というところに行って狩をした。もし、叛乱が成功して自分たちが皇位に即けたら獲物が獲れる、と措定して、実際に狩に行ったのである。

だから僕たちが狩というとなにかレジャー的な、ランクル乗ったおっさんが調子こいて

焚き火したり、燻製作ったり、モルトウイスキー飲んでるみたいな印象があるが、実際はそんなものではなく、もっと厳粛で切実な、現実政治の一環であったのである。

で神意はどのように示されたか。

一言で言うと駄目であった。というか最悪であった。

そのとき、香坂王は狩り場の状況を見きわめようと考え、櫟《くぬぎ》の木に登った。そうしたところ、彼方に猪が出現した。それを見て、

「おお、ええ獲物やんけ」

と香坂王は喜んだ。その香坂王の方へ、なぜか激怒した様子の猪がまっしぐらに駆けてきた。

「なんじぇ、えらい怒ってけつかる。けど笑わしよんな。俺は木ぃの上に居るから、どないもこないもでけへん。それも知らんとおもっくそ走ってきよる。あほや。猪、あほや」

と香坂王は猪をバカにした。ところが。

近寄ってきた猪を見て香坂王は戦慄した。

なんとなればその猪が、ありえないくらい巨大だったからである。

そもそも猪というのは、掘る力がもの凄い。一匹の蚯蚓《みみず》を捕るために、自分の身体より大きい岩を退かしてしまう。元々そうなところへさして、この猪は巨大猪だったので、掘り起こす力も普通の猪とは比べものにならないくらいもの凄く、超大型パワーショベルも

かくや、というくらいの掘り力を有していた。

こんな奴にかかったら櫟の木なんて、なんということはない。あっちゅうまに根こそぎにされて、倒され、そして、ドテッ、と落ちてきた香坂王を、「ウマイー」と言いながら笑みを浮かべて食べてしまった。

この一部始終を目撃していた忍熊王は、

「あかん。兄貴が食われてもた。とりあえず行こ。ここに居ったら儂らもやられてまう」

と言い、宮に帰り会議を招集した。議題は「誓約の結果・神意について」であった。

普通に考えれば結果もなにもない、兄王が猪に食われたのだから、神意ははっきりしており、明快に、No War である。だけど忍熊王はこれを無視した。

「やる、ちゅたらやるんじゃ」

忍熊王はそう言い、神意ガー、と言って反対する人に対しては、

「いまやらな、いつやるんじゃ。こんなチャンス二度とないやろ」

と説得した。

ということで忍熊王は軍勢を率いて出陣、湊《みなと》で皇后の船団を待ち受けた。そうしたところ、ほどなくして長い航海をしてきた船団の帆影が見えた。喪船を中心に数隻の船がこれを護衛している。

軍司令官・伊佐比宿禰《いさひのすくね》が忍熊王に言った。

「いらっしゃいました」

「おー、来ょったか。飛んで火に入る夏の虫、とはこのこっちゃ。一気に攻めたれらんかい」

「へぇ、ほな攻めます」

「ちょう待て」

「なんでっしゃろ」

「攻めんのはええけど、汝、どの船、攻めんじょ」

「どの船て、どれっちゅことない全体的に攻めますけど」

「それがあかん」

「なんでですの」

「こっちゃの狙いはただひとつ、息長皇后の玉《たま》や。その皇后はどの船に乗ってると思う」

「そら、喪船に乗ってまっしゃっろ」

「ほな、おまえ、どの船、攻めたらええね」

「あっ、そうか」

「そや、他の船はほっとけ。ただただ喪船を攻めろ」

「了解です」

と言うわけで忍熊王の軍勢はおめき声を上げて喪船に殺到した。だがそれこそが皇后の恐るべき罠であった。喪船には空の棺が載っているだけで皇后はおろか、ただの一兵も乗っていなかった。

つまり喪船はこれを攻めたところで、なんの意味もない囮に過ぎなかったのである。

その間、他の船に乗っていた将軍・難波根子建振熊命《なにわねこたけふるくまのみこと》率いる、皇后の軍勢が上陸、背後から忍熊王の軍勢に雨霰と矢を浴びせかけた。

「いやよー」

「こわいー」

「いたいー」

悲鳴を上げて忍熊王の軍勢は逃げ惑って。

これを見た伊佐比宿禰は、

「あかん、退却や。おーい、みんな、退却せえ」

と命じた。だけど後ろは海だし、陸からはバンバン矢が飛んでくる。ひとりの兵士が叫んだ。

「どなして退却せぇっちゅんじゃ、ド阿呆っ」

次の瞬間、飛んできた矢がどて腹にぶっ刺さってその兵士は倒れ、海中に沈んでいった。多数の死傷者が出て、生き残った者は這々《ほうほう》の体《てい》で退却した。

「とりあえずどないしょう」

下問する忍熊王に伊佐比宿禰は、

「とりあえず川、遡って山城《やましろ》に行って態勢、立て直しましょ」

と答えた。

「よっしゃ、ほな、そないしょう」

ということで敗軍は淀川《よどがわ》を遡上、そこで伊佐比宿禰は損耗した兵を補充して、軍を新たに編制し直した。それを見た忍熊王は言った。

「汝、すごいな。一瞬で立て直ったやんけ」

「まあ、たまたまですわ」

「よっしゃ、ほんだら戦しょう」

「え、もうですか」

「そや、見てみい、追撃してきやがった」

「あ、ほんまですけね。けど、もう態勢立て直ってますから、大丈夫ですわ」

「ほな、行け。今度は騙されんなよ」

「あれは、君が仰って……」

「なんや、文句あんのか」

「ないです」

「ほな、行け。行って敵を殺せ」

「へえ、行てきます」

と言うので、伊佐比宿禰率いる軍勢は、吶喊《とっかん》してくる皇后の軍勢を迎え撃った。

さあ、それから戦闘になったのだけれども、どちらも一歩も引かない。その結果、死闘となって、一進一退の激しい消耗戦となった。

「いてまえ」

「じゃかあっしゃ」

「あぎゃあ」

「わぎゃあ」

「いたいー」

「いやよー」

おめきあいながらの戦況を見守っていた建振熊命は思わず呟いた。

「こんな潰し合いをやっている訳にはいかない。人命はなによりも尊い。はやく戦争を終わらせよう。おお、そうじゃ」

そう思った建振熊命は敵陣に軍使を送った。

その軍使が忍熊王の陣に着いて、伊佐比宿禰はこれに対面、軍使が持参した書翰《しょかん》に目を通した。

「なんやと、えーと、なにぃっ、『忍熊王さんへ　さっき息長帯比売命が崩御しました。なので僕らが戦う理由がなくなりました。降参しますので殺さないでください。仲良くしてください。難波ネコ』やとおっ。ほんまかい」

「ええ、ほんまです」

「そうか。それやったら別にええか。わかった、ほんだら武器捨てて投降してこいや」

「はい、武器はもう捨ててます。見えますかねぇ、僕ら陣地」

「えーと、ほんまや。弓の弦、みな切ってほかしたあるやん。よっしゃ、わかった。よっしゃ、ほな、仲良うしょう。なんやかんや言うて平和が一番やんか。なあ、みんな。俺らも弓の弦はずそうや。そして歌って踊ろうや。すべての武器を楽器に変えようや」

と伊佐比宿禰は言い、和睦に応じた。

そして、敵前に姿を現した建振熊命は伊佐比宿禰に言った。

「ごめんな、攻めて」

「ぜんぜんええよ。お互い様、仕事やんか」

「そやんな、仕事やんな。そやから悪う思わんとってな」

と建振熊命が言うと、兵士たちは、どこからともなく弓弦を取り出し、捨ててあった弓にこれを張り、一斉射撃を始めた。

そうなるとたまらない、丸腰の忍熊王の兵士たちはまるで的のように射られ、あたりが血潮に染まった。

そう、息長帯比売命が崩御したので降伏するというのは真っ赤な偽り、恐るべき建振熊命の策謀で、兵士たちは髻《たきふさ》のなかに弓弦を隠匿していたのである。

「くっそう、また騙された」

と半泣きで言う伊佐比宿禰に忍熊王は言った。

「おまえは何回だまされたら気ぃ済むんじゃ」

「前回は僕とちゃいますよ」

「まあええ、とにかく、逃げな」

「そうですよ。逃げましょ、みんな退却せぇ」

と言うことで忍熊王の軍はまた退却、逢坂《おうさか》でようやっと態勢を立て直し戦ったが、そのときは人数も随分と減っていたため、多勢に無勢、忽《たち》ち押しまくられ、琵琶湖の西岸まで追い立てられたその時には、忍熊王と伊佐比宿禰、後は数名が付き従うのみとなっていた。

前は敵、後ろは湖、いよいよ進退窮まったか、と思うとき、一人の兵隊が湖岸に一艘の小舟が舫ってあるのを見つけた。

「御子、いざまずあれへ」

「おお」

とこれに乗り込んで湖に漕ぎ出す。そして歌って曰く、

なあ、伊佐比の宿禰くん
もう、こうなったら、振熊が
枉惑《わや》せんうちに鳰鳥《におどり》の
淡海《おうみ》の海に沈みましょ

「マジすか」

「マジや。あいつらに捕まったら酷い殺し方するやろ。それやったらわがで死んだ方がらっきゃ」

「それもそうですね、ほな死にましょか」

「うん、それしかないやろ。悲しいけど」

と言って忍熊王と伊佐比宿禰は入水して死んだ。

○気比大神

そんなことで叛乱は鎮められた。

「よかったなあ」

「ほんまやねぇ。叛乱なんかせぇへんかったらええのにねぇ」

「ほんまやなあ」

とみんな喜んだが、建内宿禰はただ喜んでいるわけにはいかなかった。なぜならいったん死んだことにされた太子・品陀和気命の穢れを祓い清める必要があったからである。だけどどこの神さんにお願いしたらよいのかが判然とせず、淡海と若狭のあちこちを巡歴していた。

そんな苦労をするうち、もったいなくも建内宿禰は、

「いやー、息長皇后も殺生やで、穢れがあるうちは帰ってくんなちゅうにゃから。御子が可愛いないんかい」

と一瞬思った。だけどその後にすぐに思い直して、

「プルプルプルプル、そんなこと思うだけでもあかんことや。ちゃうちゃう、御子のため、国のためを思うさかい、ああ、おっしゃるんや。さ、とにかく御子の禊ぎをできるだけはよ済ます。それがいまの僕に与えられた使命や。がんばろ」

と言いながら越前の敦賀《つるが》というところにやってきた。

「おー、なんか、凄く、いい神さんがいそうな感覚がある。よし、ここに仮宮建ててみまひょ」

てな訳で太子は建内宿禰が建設した敦賀の仮宮にお入りになった。そうしたところ。

昼の疲れからかいつしか眠ってしまった建内宿禰の夢に神さんがやって来て話しかけた。

「おい、建内くん」

「はいはい、どなた」

「僕だよ」

「あー、ぼくさん」

「私だよ」

「あー、わたしさん」

「なんちゅたらわかるんやろな、神だよ」

「あー、神さん。って、えっ、神さん」

「そうですよ」

「マジすか」

「マジすよ」

「どこの神さん」

「ここの神さん」

「あー、そーすか。これはこれは、ようお越しくださいました。で、さっそくお願いししたいことがございますねけど」

「あー、わしゃ、神さんや。言わいでもわかっとる。おまえとこの御子の祓い清めのやり方を教えて欲しい、とこう吐かすのじゃろう」

「吐かすのじゃろう、て、えらい口悪い神さんやなあ。ほて、教えてくれはりますのか」

「あー、そのためにわしゃやってきたんや。ええか、穢れを祓い清めるためには名前を変えたらええわ」

「なるほど。道理や。名前を変えたら、穢れの方も、『あ、こら別のやっちゃ』と思て、離れていきますわな。おおきに。ほなそうさしてもらいまっさ」

「まてまて。名前変えるちゅたかて、どこにでもあるような名前では穢れは離れていかん」

「ほな、どなしたらよろし」

「儂の名前をやろう。儂の名を名乗れば穢れは離れていく」

「なるほど、あんさんの。そらええわ、ほて、あんさんのお名前はなんちいまんね」

「伊奢沙和気大神之命《いざさわけのおおかみのみこと》」

「畏れ多いことです。お言葉のままに、変えさせていただきまする」

「うん、そうせえ。けどなあ、ただでは名前を変えられん。神饌《しんせん》・供物を奉らんとあかん」

「なるほど、ほな、すぐに用意させてもらいますわ」

「いまここに持ってきてもあかん」

「ほな、いつ持っていきまんね」

「名前を変えた後、儂の名前を名乗った御子に供物を奉るんじゃ」

「つまり御子にちゅうこってすか」

「ああ、そうじゃ。けどそれは御子でありながら名前は儂じゃ。そやさかい御子に捧げながら儂にも捧げるちゅうことになる」

「ややこしな。けどまあ、按配やっときますわ」

「按配ようやっとくて、おまはん、なにを供物にするつもりじゃ」

「なにをそらそこらで調達しまんがな」

「それがあかん」

「なにがあきまへんね」

「わしゃ、ここの土地の神や、この土地のもんでなかったら神饌にならん。そやさかい、明日の朝、浜へ出でませ。儂が供物を用意しとく」

「あんたが自分で用意しまんのんか」

「そや、自分のことは自分でする」

「えらい、きっちりしてまんな」

ちゅうわけで翌日の朝、太子は浜に行幸した。

そうしたところ、浜一面を埋め尽くすほど大量のイルカが打ち上がっていた。

これを見た建内宿禰は感動で胸が一杯になった。そして建内宿禰は言った。

「ほんまやったなあ」

これを見た御子はその時、既に神の名を名乗って意識の半分は神になっていたので、神として言った。

「我に御食の魚を給へり」

そして、その場で神の御名を称えようと思った。だけど、その名前は既に自分の名前となっているため、神を御食津大神《みけつおおかみ》と号け、これを称えまくった。

今現在、気比大神《けひのおおかみ》、と号すはこの神である。

「せっかくやから拾て帰りましょう」

「ほんまやな」

そう言って打ち上げられたイルカに手を伸ばした御子は、次の瞬間、叫んだ。

「くさっ」

側にいた建内宿禰も叫んだ。

「くさっ」

その他の従者が一斉に叫んだ。

「くさっ」

全員が鼻を押さえて悶絶した。それほどにイルカの死骸は臭かった。なぜそんなに臭かったかというと、御食津大神がこれをとらえる際、その鼻をどつき回したため、鼻が潰れ、そこから垂れ流れた鼻血が大気中に大量の臭みを発散していたからである。

このことからイルカの鼻血がかなり臭い、ということがわかる。でも、まあ、少しくらいならそこまでの臭みはないだろう。だけどなにしろこのときは浜一面を埋め尽くすほどのイルカの鼻から流れる鼻血であったため、臭さも一通りや二通りではなかった。とにかく血の量が凄かったのだ。

それ故、それ以降はその地を、血の浦・ちぬら、と呼ぶようになった。それが訛って都奴賀・つぬが、となり、それがさらに訛って、敦賀・つるが、と呼ぶようになったのである。

ちぬら→つぬが→つるが。似てるなあ。

応神天皇

○御子たち

品陀和気命《ほむだわけのみこと》は軽島《かるしま》の明宮《あきらのみや》に坐《いま》して天《あめ》が下《した》を統治した。

この天皇《すめらみこと》は品陀真若王《ほむだのまわかのみこ》（景行《けいこう》天皇の御孫、五百木之入日子命《いおきのいりびこのみこと》の御子《みこ》）の三柱の女王《おみなみこ》を娶った。

一柱は、高木之入日売命《たかぎのいりびめのみこと》

次は、中日売命《なかつひめのみこと》

次は、弟日売命《おとひめのみこと》

である。

高木之入日売の子は、額田大中日子命《ぬかたのおおなかつひこのみこと》、大山守命《おおやまもりのみこと》、伊奢之真若命《いざのまわかのみこと》、妹大原郎女《いもおおはらのいらつめ》、高目郎女《こむくのいらつめ》

中日売命の御子は、木之荒田郎女《きのあらたのいらつめ》、大雀命《おおさざきのみこと》、根鳥命《ねとりのみこと》

弟日売命の御子は、阿倍郎女《あへのいらつめ》、阿貝知能三腹郎女《あわじのみはらのいらつめ》、木之菟野郎女《きのうののいらつめ》、三野郎女《みののいらつめ》

であった。

また、比布礼能意富美《ひふれのおおみ》の女《むすめ》、宮主矢河枝比売《みやぬしのやかわえひめ》を娶り、宇遅能和紀郎子《うじのわきいらつこ》、妹八田若郎女《やたのわかいらつめ》、女鳥王《めどりのみこ》を生んだ。

また、その矢河枝比売の妹・袁那弁郎女《おなべのいらつめ》を娶り、宇遅之若郎女《うじのわかいらつめ》を生んだ。

また、咋俣長日子王《くいまたながひこのみこ》の女、息長真若中比売《おきながのまわかなかつひめ》を娶り、若沼毛二俣王《わかぬけのふたまたのみこ》を生んだ。

また、島垂根《しまたりね》の女、糸井比売《いといひめ》を娶り、速総別命《はやぶさわけのみこと》を生んだ。

また、日向《ひむか》の泉長比売《いずみのながひめ》を娶り、大羽江王《おおはえのみこ》、小羽江王《おはえのみこ》、幡日之若郎女《はたひのわかいらつめ》を生んだ。

また、迦具漏比売《かぐろひめ》を娶り、川原田郎女《かわらだのいらつめ》、玉郎女《たまのいらつめ》、忍坂大中比売《おしさかのおおなかつひめ》、登富志郎女《とおしのいらつめ》、迦多遅《かたじの》王《みこ》を生んだ。

また、葛城《かずらき》の野伊呂売《ののいろめ》を娶り、伊奢能麻和迦王《いざのまわかのみこ》を生んだ。

整理するとこの天皇の御子は併せて二十六柱。そのうち男王《おとこみこ》は十一柱、女王《おみなみこ》は十五柱である。

○三皇子のそれぞれ

或る日、天皇は、大山守命と大雀命を呼んだ。

「ちょっと来なさい」

「なんでしょうか」

「なんでしょうか」

「汝《なんじ》らに問います。父帝は年上の子と年下の子、どちらが可愛いと思うと思いますか」

なんで天皇がこんなことを言うたのかというと、天皇は二人より年下の宇遅能和紀郎子を天つ日継に立てようと思うていたからであった。それを知らないで大山守命は言った。

「やはり、兄だと思います。自分、兄なので」

「ふーん。大雀命はどう?」

問われた大雀命は天皇が宇遅能和紀郎子を皇位につけたい気持ちが察知できたので言っ

た。

「やはり、年下の子だと思います」

「ふーん。なんでそう思うの」

「やはり、兄の場合、非常にこの、成長してますでしょ。そうするともう守ってあげる必要ないじゃないですかあ？　で、自分でもなんでもやるじゃないですか。でも小さい子ぉの場合は、自分ではなにもできなくて、こっちをなんの疑いもなく信頼しきって頼りきってるじゃないですかあ、それが非常にこのお、可愛いっていうか、守ってあげやんと、っていう気持ちになっていきません？　だからですよ」

これを聞いて天皇は、

「さざき、君の言葉は吾が思うところと少しも違わぬ」

と宣《のたま》い、そして三人の役割分担を宣《の》りたもうた。

「大山守命は山と海の政をせよ。大雀命は平地を執政してそれを奏上せよ。宇遅能和紀郎子は天津日継を知らせ（皇位につけ）」

大雀命はこの命令に背かなかった。大山守命はどうだったのか。それは後で言う。

○宇遅能和紀郎子の出生

天皇は近江国《おうみのくに》に出でました。その途中、宇治《うじ》というところにお立ちになり、北西に広がる葛野《かずの》というところを遠望して、

千葉の　葛野を見れば　百千足《ももちだ》る　家庭《やにわ》も見ゆ　国の秀《ほ》も見ゆ（訳：葛野サイコー！）

とお歌いになった。

そうした後で、木幡村《こはたのむら》に至り坐したそのときである。その村の辻で死ぬほど美しい女と行きあった。そんなものが放っておけるわけもなく、天皇はその女に、

「君、名前なんて言うの？」

と問うた。それはもう明確に、付き合おう・やらせろ、という意思の表明であった。だから付き合う気がなければ女の方も、

「さあ」

と言って去るはずである。だけどその美女は天皇のルックスを気に入り、

「丸邇《わに》の比布礼能意富美が女《むすめ》で名を宮主矢河枝比売と申すなり」

と返事をした。天皇は喜び、

「ほしたら、いまは先に用があるので明日の帰りしなに君の部屋に寄るよ」

と言った。

さすがである。そう言えば倭 建 命《やまとたけるのみこと》も行きではなく仕事を終わらせた帰りに美夜受比売《みやずひめ》と婚《まぐお》うた。それくらいの余裕がないと帝王は務まらない。

天皇は自らの身分を名乗らぬまま淡海《あわみ》の方へ去った。

その後ろ影を見送った矢河枝比売は家に帰って父親にこのことを話した。

比売の話を聞いた父親は、

「また、道端でしょうむない男に軟派されやがって、このド娘が。いったいどんなやっちゃ、来たらどつき回したるわ。どんな顔で、どんな格好しとったんじゃい」

と娘にその風体・風貌を尋ねた。

そこで比売は、その装束や行列のご様子について委《くわ》しく話した。そうしたところ父親は驚愕した。

どう考えてもそれは天皇であったからである。

「あかん、びびる。けど、どえらい出世や。おまえ、もう、絶対、仕えろ。なにがあっても食らいついていけ」

父親はそう言って、それからはもうえらい騒ぎ、家を見苦しいところはみな直して、ピカピカに磨き上げ、でもやっぱり天皇を迎えるのであれば、それなりの構えでないといかん、でも今からだと間に合わんし金もない、というのでホームセンターみたいなところに行き、虚仮威《こけおど》しのパーツみたいなものをあちこちに取付け、しげしげとこれを眺めて、「あかん、逆に安っぽい」と呻いて慌てて取り外すなどして、御幸に備えた。

そうして翌日。天皇が約束通りにいらっしゃった。そこで、もう訳のわからないくらいに食べ物や飲み物を用意して、もはやなにがしたいのかわからないくらいに着飾り、もはや何人かわからないくらいに化粧をした矢河枝比売に盃を献じさせた。

そうしたら天皇は、その盃を受けないで、矢河枝比売に持たせたまま、以下のように歌った。


「この蟹はどこの蟹だろう」

「遥か敦賀《つるが》から来た蟹だよ」

「横歩きしてどこへ行くの?」

私は島を巡った
そして
海女が大きく息をつくように息をして

さざなみに洗われる道をすくすくと
歩いた
そしたら遇ったんだ
木幡の路上で
あの嬢に

後ろ姿はすらりとして
歯並びはシャイニー
よく手入れされた眉はセクシー

理想の女、夢の嬢
それがいま目の前に居るんだよ
身体をぴったりくっつけて
居るんだよ、ワギャア

このような歌を歌うほど惚れ込み、媾合して御子が生まれた。その御子こそが宇遅能和紀郎子なのである。

○髪長比売

そんななか天皇は、いい女が或る地方にいてるよ、という噂を聞き、

「委しく白《まお》せ」

と側近に問い、それは日向国の諸県君《もろあがたのきみ》の女で名を髪長比売《かみながひめ》と謂う、という回答を得て、ワクワクした。

きっと髪の美しい、いい女に違いない。

そう思った天皇は言った。

「喚んでこい」

この国で天皇に逆らうことのできる人間は一人もいない。

「ほな、いてきます」

と建内宿禰《たけうちのすくね》が日向に旅立ち、諸県君と交渉、諸県君にしたらこんな出世の糸口を逃すわけもなく、「どうぞ気の変わらんうちに連れて行っておくれやす」と娘を送り出し、建内宿禰は髪長比売を船に乗せ、瀬戸内海を通って難波《なにわ》の湊《みなと》まで戻ってきた。

その時、難波の湊にある方がいらっしゃった。

〽それはだれかと尋ねたら、ベンベン
〽あー、大雀命、大雀命、大雀命、ベンベン

そう難波の湊におらっしゃったのは大雀命であった。なぜだ。偶然か。いやさ、偶然ではなかった。大雀命はわざわざ入っていた予定をキャンセルして難波の湊にやってきたのである。

なぜか。

それは評判の髪長比売を見たかったからである。

しかし驚いたのは髪長比売を連れに行った建内宿禰で、

「あ、御子、なんでこんなところに」

そう聞かれて、そこらのクズ人間だったら、「いや、ちょっと用があって」とか「たまたま通りがかって」なんてテキトーなことを言うだろう。だけど大雀命はそんなしょうむないことは言わない、

「髪長比売をめしてくれ」

と直截にご自身の気持ちを述べられた。もちろん建内宿禰はこれに逆らうことはできないから、

「了解です」

と言って髪長比売を連れてきた。髪長比売を見た瞬間、大雀命の心は決まり、その場で我が物としたうえで、

「この嬢、俺にちょうだい、天皇に言うて」

と言った。

建内宿禰は二度、驚愕して、

「マジすか」

と問い返したが大雀命は、

「マジすよ」

と言うので仕方ない、建内宿禰は叱られるのを覚悟で天皇に、

「大雀命の御子がこんなことをおほざきになっておられるのですがいかがいたしましょうか」

と奏上した。そうしたところ天皇は宣り賜うた。

「いいよ」

大御心は初めからそこにあったのだろうか。大雀命が天皇の意を汲んだからいい、と思ったのだろうか。わからない。帝王の心は凡下にはわからない。

天皇は群臣を集めて宴会を開き、その場で髪長比売を大雀命に与えた。

その際、天皇は髪長比売に大御酒《おおみき》の柏の葉を持たせ、これを大雀命に賜った。これは単なる皇子に対する扱いではなく、完全な太子《おおみこ》扱いである。

天皇が召した美姫を賜り、太子扱いされる。抜群の扱いであった。

さらに天皇は歌もうたった。

その歌はこんな歌であった。

〽さあ、みなさん、蒜《ひる》を摘みに
野蒜を摘みに行きまひょや
その道中の橘は
花橘《はなたちばな》じゃ香《かぐわ》しい
さてどの辺から摘みまほか
上ら辺から摘みまほか
上ら辺のは鳥が食た
下ら辺から摘みまほか
下ら辺のは人が食た
そんな上下に守られる
真ン中のやつ食てもたれ

真ン中の乙女子を
食うてもうたらよろしがな

これを聞いて髪長比売は顔を赧《あか》らめ、群臣はゲラゲラ笑った。真ン中の花橘が髪長比売のことを指しているのが明白であったからである。

また、天皇はこのようにも歌った。

〽俺は依網池《よさみのいけ》で
漁をしようと思っていた
その池にはもう杙《くい》が刺さっているのも知らないで
その蓴菜《じゅんさい》にもう誰かが触っているのも知らないで
俺は馬鹿だったよ
むかつくよ

これを聞いて群臣はもっと笑った。なんとなれば、この歌はさっきの歌よりもっと直接的で、杙が陰茎、蓴菜が女陰を指していることが明白であったからである。

この歌を歌うことによって父子の葛藤があるのかも、という懸念が完全に消滅して、みんなが温かく愉快な気持ちになった。これこそが帝王の徳である。
そうして晴れて髪長比売を自らの手中に収めた大雀命は、遠い国から都にまで評判が轟くほどの髪長比売を抱く、という意味の歌を歌い、さらに、髪長比売が自分を拒まず受け入れてくれてうれしい、と謙虚キャラを貫いた。

○吉野の国主の歌

またその席では他の人たちも歌った。例えば吉野《よしの》の国主《くず》らは大雀命の御刀《みはかし》を見て歌った。

〽誉田《ほむた》の日の御子　大雀
佩いてる大刀《たち》のくくり目が
げっさしっかりしてますわ
そこが支点となりまして
先の部分が揺れますわ
木の枝みたいにさわさわと

めっさええ音してますわ

「ええがな、ええがな。もっといかんかいな」

囃されてまた、こんだ白樫《かし》を横倒しにして拵えた酒樽で醸した特上のええ酒を献じて歌った。

〽白樫の生ふる林に横臼《よくす》を作り
横臼に醸《か》んだよ大御酒を
ウマウマ飲んでくだされや
ウマウマ飲んで僕らの父さん

この歌は今も儀式で歌われる。

○百済の朝貢

この天皇の時代に海浜を支配する部《べ》と山間を支配する部を創設した。そして剣池《つるぎのいけ》を拵えた。これは非常に、この、剣感の感じられる池であった。

それからこの天皇の時代には新羅《しらき》の人が多くやって来た。その人たちは剣池を見て、建内宿禰に言った。

「とてもいい感じの池ですね」

「ですやろ」

「けど、もっといい感じにやるやり方ありますよ」

「マジですか。教えてくださいよ」

「いいですよ」

ということで、新羅の人の技術力で池を作った。それはそれまで我が国にはなかった堤防を築造して作るやり方で、すごくいい感じに仕上がってみんな喜んだ。

その池は百済池《くだらのいけ》と呼ばれた。

というと、「それはおかしいんじゃないの」と思う人がいるかも知れない。なぜなら新羅から来た人が造った池ならば、それは新羅池と呼ばれるべきではないのか、と普通は思うからである。だけどそれには理由があるように思える。

どういうことかというと、あの頃は我が朝では百済の方が馴染みがあり、新羅のものでもつい百済と言ってしまう傾向にあったからである。昭和三十年代のお婆さんが外国はみんなアメリカと言ってたみたいな。

そしてそれと前後してその百済の国主《くにぎみ》・照古王《しょうこおう》が阿知吉師《あちきし》を使者として牡馬一疋牝馬一疋を奉った。それはとてもいい馬だった。

そして照古王は馬だけではなく、横刀《たち》、と、大鏡、も献上してきた。

天皇は阿知吉師に言った。

「貴国に賢人がいたら連れてきなさい」

そんなことで多くの賢人がこのとき我が国に来て、論語十巻が伝わったりした。その他にも鍛冶、織物、酒造などが伝わり、文化が発展した。

○大山守命の反乱

そんな偉大な帝王であった応神《おうじん》天皇が崩御なされた。此の後、位に即くことができる御子が三柱あった。

大雀命と宇遅能和紀郎子と大山守命である。

このとき大雀命は天皇が宇遅能和紀郎子を天皇にしたいと言ったのをよく覚えていて、大山守命にも、

「私らで宇遅能和紀郎子をもり立てていきましょう」

と言っていた。そうしたところ、大山守命は薄目を開けて、

「うーん、そうだね」

と言うばかりであった。そのとき大雀命はなにか嫌な感じを受けた。そうしたところ言わぬことではない、大山守命は、

「やはり自分が天皇になるべきだ、と強く思う」

と思い、窃《ひそ》かに兵を集めた。

だけど兵といえども人間で、喋ったり動いたりするからどうしても話が広まる。

午過ぎ、ひとりの兵が池の畔を歩いていると知り合いが声を掛けてきた。

「おー」

「おー」

「こんなとこでなにしてんね」

「いやさ、大山守命が反乱するんでね。それに加担しょうおもて」

「あ、ほんま。ほな、俺もいこかな」

「こいこい。ギャラええで」

「ほな、いっぺん家、去《い》んでくるわ」

「待ってんで」


「おー、今帰った」

「おかえりやす」

「いてくるわ」

「今、帰ってきたか思たら、もうお出掛けですか。どこへいきなはんね」

「大山守命の反乱軍に加わるんじゃ」

「そうですか。ほた、お気を付けて」

「うん、いてくる」

「そうですの。そらえらいこって」

「大山守命の反乱軍にいたん」

「お宅の旦那さん、今、えらい勢いで出て行きなはったけど、どこへ行きなはった」


みたいな感じで噂が一時間くらいで広まり、もちろん大雀命にもそれは伝わった。

「えらいこっちゃで」

慌てた大雀命はすぐにこれを宇遅能和紀郎子に伝達した。

「えらいこっちゃで」

宇遅能和紀郎子は一瞬慌てたが、すぐに冷静になり、これを迎え撃つための作戦を立案した。それは以下のようなものであった。

まず軍隊を川沿いの物陰に配備する。これは大山守命からは見えない。

そのうえで、その河を渡ったところに聳える山の上に仮宮を造った。

山の頂上の平たくなったところ、麓からよく見えるところに、絹の布で垣を張り巡らし、帷幕《あげはり》を立てて、帝王の宮の如くに設えたのである。

その上で舎人《とねり》を呼んだ。

「ちょっと来い」

「なんでしょうか」

「おまえ、これ着ろ」

そう言って宇遅能和紀郎子は帝の装束を渡した。

「マジですか」

「マジだ」

命令された舎人は半泣きになった。なぜならそんな畏れ多いものを一介の舎人が着たら罰が当たって死ぬと思ったからである。だが、天皇の命令に背いたらそれはそれで殺されるので、舎人は泣く泣くこれを着た。

「そこ、座って俺の振りしとけ」

無理矢理、玉座に座らされ、可哀想に舎人は半死半生であった。

そして、文武の百官を、わざとらしく行き来させ、いまそこで朝務が執られているようにみせかけた。

一方その頃、反乱がすでにばれていると気がついていない大山守命は周囲の者にこんなことを言っていた。

「おまえら、こういう時、一番、肝心なんなんか知ってるか」

「知りまへん」

「アホ、それくらい勉強しとかなあかんがな。けどまあ、知らんもんはしゃあない、おせたるさかい、覚えとけ。こういうとき一番、肝心なんは俗に謂う、インテリジェンス、ちゅうやっちゃ」

「それ、なんでんの」

「諜報調略、ちゅのかな。つまり、敵の情報を集めて謀《はかりごと》をめぐらすわけよ」

「あ、なるほど」

「そんで、そのインテリジェンスを活用して儂《わし》が得た情報によるとやな、いま王子《みこ》は、山の仮宮にいてる。そこを急襲したらどうなる？　一発《いっぱ》っちゃ」

「ほんまや」

「よっしゃ、ほだいこ」

一方その頃、その卓越したインテリジェンス能力により、大山守命がいよいよ進発してくることを察知した宇遅能和紀郎子はというと川の渡し場に居た。

宇遅能和紀郎子は言った。

「さあ、もうちょいしたら来よるはずや。よっしゃほた、かねて手筈通り、船の細工、でけてるか」

「完璧です」

「よっしゃ、ほだ着替えよか」

そう言うと宇遅能和紀郎子は、賤しき船頭の形になって渡し場に立った。

「よし、おまえら向こうの計略はみなわかってる。もうちょっとしたらアホみたいな顔してきよるはずや。おまえらはそこらへ散っとけ」

「了解です」

そこへ、アホみたいな顔をして大山守命がやってきた。大山守命は物陰に兵を伏せ、自分は衣の下に鎧を着込んでいた。相手を油断させた上で襲ってやろうというのである。

「おい、船頭」

「へ、なんでございますかな」

「向こうへ渡してもらえるか」

「へ、聟《むこ》へ綿菓子もらえますので、そらおおきに」

「ちゃうがな、向こう岸へ渡せ、ちゅてんね」

「へ、へ、乗っとくれやす」

「頼む、おっと」

「気ぃつけとくれやす。立ったらあむないさかい、座っとくなはれ」

「うむ、ほな出せ」

「へーへ」

船頭（実は宇遅能和紀郎子）が岸を棹でツィと突く、船はスゥと岸を離れ、河の中程まで来たとき、大山守命が言った。

「おい、船頭」

「へい」

「なんのために儂、向こう岸へ行くと思う」

「さあ、戦《いくさ》でもしにいきなはんのか」

「あ、あ、アホ吐かせ。戦なんかするかあ、ぼけ」

「ほな、なにしにいきなはる」

「なんでも向この山にな、いかい猪が居てるて聞いてな。それを獲ったろ思とんにゃがな。どや、船頭」

「なんだす」

「儂にその猪が獲れると思うか」

そう聞かれて船頭は言下に答えた。

「無理だ」

「なぜそう思うんだ」

急に船頭の口調が変わったことを訝りながら、大山守命は問い返した。そうしたところ船頭は、

「おまえはもっと前から猪を獲りたいと念じていた。だが獲れなかった。今回も結果は同じだ」

と言い放ち、

「なにをっ」

と大山守命が立ち上がるところ、船頭その実、宇遅能和紀郎子は船縁に両の手を掛け、ずんっ、とつくもって船を傾けさせた。そうしたところ。

こはいかに、立っていた大山守命の足が、ツルッ、と滑って、どっ、ぶーん。河にはまってしまった。

なんでそんなことになってしまったのか。足腰が弱いのか。

違う。実はここに宇遅能和紀郎子の冴え渡った策謀があった。宇遅能和紀郎子は予め非常に、このヌルヌルの植物の汁を採取し、これを船板に塗り、ちょっとの振動で足を取ら

れるようにしてあったのである。

「いやよー、あぷっ、あぷっ」

そんなことを言いながらも、大山守命は、

ちはやぶる　宇治の渡《わたり》に　棹取りに　速けむ人し　我が仲間《もこ》に来《こ》む

(げっさ流れの速い宇治川、この川に棹取りに長けた儂の手下がきょんが)

と歌った。つまり、「なんちゅことあるかれ。兵隊が伏せたあるさかい、そいつらが助けくるわれ」と思っていたのである。

もちろんそれはその通りで叢《くさむら》に隠れて一部始終を見ていた兵士たちは、

「王子がえらいこっちゃ」

と立ち上がり、川岸に駆け寄ろうとした。だけど凍り付いたように動けない。

なぜか。

彼らが立ち上がると同時に、宇遅能和紀郎子が伏せておいた兵もまた立ち上がり、そしてこの者たちは立ち上がったばかりではなく、素早く矢を番《つが》え、兄王方の兵の胸元を狙ったのである。

弟王方の兵のチーフが言った。

「動いたら射るけどどうする。動くか」

兄王方の兵のチーフが言った。

「動きまへん」

「動かんかあっ、がぼっ、ごぼっ」

叫びながら大山守命は水に沈んだ。


これを見た宇遅能和紀郎子は兄王の兵に言った。

「なんぼ反乱したからちゅて、兄には変わりない。引き上げたれ」

「はいいいいっ」

兄王の兵は宇遅能和紀郎子の寛大な心に感謝しつつ、船に乗り込んで懸命な捜索を行った。

兵士は先端が鉤になった棒を兄王が没した辺りの水中に突っ込んだ。

暫くすると、なにかに引っかかったような感触があった。

「なにかに引っかかりました」

「引き上げてみろ」

「はい」

兵士が引き上げると、木の棒に引っかかって現れたのは、兄王の変わり果てた姿であった。

ボタボタ水を垂らしながら水中から兄王の遺体が姿を現したとき、衣の下に着込んだ鎧が、カラ、カラ、と鳴った。

そこにいた全員がそれを聞き、やりきれない感情にとらわれた。

そんなことがいい伝わって、それ以降、その土地を訶和羅前《かわらのさき》と謂うようになった。

その一部始終をご覧になっておられた弟王・宇遅能和紀郎子は歌われた。

ちはや人《ひと》
宇治の渡りに渡り瀬《ぜ》に
立てる梓弓檀《あづさゆみまゆみ》
い伐《き》らむと心は思《も》へど
い取らむと心は思へど
本方《もとへ》は君を思ひ出
末方は妹《いも》を思ひ出
苛《いらな》けく其処《そこ》に思ひ出
愛《かな》しけく此処に思ひ出

い伐らずそ来る
梓弓檀

（知ってたよ
奴が俺を殺そうとしてたってこと
だから思ったよ
こっちからやってやるって
思ったよ
ボコボコにしてやるって
でもね
顔みてると思い出すんだよ
親爺のこと
声きいてると思い出すんだよ
妹のこと
思い出して疼くんだよ
心が
痛ぇんだよ

胸が
だから俺は奴を
兄をぶち殺さなかった
ぶち殺せなかったんだ）
追記：大山守命の遺骸は奈良のどこかに葬られた。

○譲り合い

かくして帝位を狙う大山守命が消えた。そして大雀命は宇遅能和紀郎子が位に即くことに賛成している。

だからなんの問題もないはずだ。なのに問題が生じた。

というのはお二方があまりにも謙虚すぎて、やきもきする群臣をよそに、互いに皇位を譲り合い、なかなか次の天皇が決まらなかったのである。

天皇がいらっしゃらないとこの国が成り立っていかない。天皇が決まらないため国政は混乱をきわめた。

例えば天皇に奉る大贄《おおにえ》、というのは国《くに》の御奴《みやつこ》などを介して届けられるのではなく、そこの人らが直接、天皇のところに持ってくる贄、すなわち貢納物、などもそうで、どこに届けたらよいのかもわからない。

「あー、ここやここや。すんまへん」

「なんや」

「大贄を持って参りました」

「あー、それやったらここやない」

「あ、そうなんですね。ほな、どこへ持っていたら」

「それね、うちやのうて宇遅能和紀郎子さんのとこですわ」

「あ、なるほど。ほなそうさしてもらいますわ」

「すんまへん」

「なんや」

「大贄を持って参りました」

「あー、それやったらここやない」

「あ、そうなんですね。ほな、どこへ持っていたら」

「それね、うちやのうて大雀命さんのとこですわ」

「向こでこっちや言われてきたんでっけど」

「知らんがな、ガチャ」

「ほなどないせぇ言うね」

「しゃあない、もっぺん向こいこ」

なんてことが何度も繰り返され、海部《あまべ》の人はみんな疲れ切って勢力を失い、日がな俯いてボンヤリしていた。

大荷物を持って疲れ果てている人に、

「海の奴か」

と突っ込むことがよくあるが、それは実はこのことから来ているのである。語源っておもろい。

で、この先、どうなるかと思っていたのだけれども、みなが知っているとおり、あ、知らぬ人もおるか、宇遅能和紀郎子が早くに崩御されたので、結果的に大雀命が天が下を統治した。

○天之日矛

それからだいぶ前、新羅国国主の子で天之日矛《あめのひほこ》と謂う人があり、我が国に渡ってきた。なんで渡ってきたのか、その経緯を以下に記す。

新羅国に沼があった。それは阿具奴摩《あぐぬま》という名前の沼だった。いい沼だった。

この沼の畔で一人の賤しい女が、自堕落なのだろうか、昼寝をしていた。

ここに一人の賤しき男があった。

その男がたまたまその沼の畔を通りがかり、女が居眠っているのを見て立ち止まった。

男はこれをいい眺めだと思い、暫時、窃視していた。

暫く見るうち、男はおかしげなる現象が起きていることに気がついた。

七色に分離した日の光がその女陰のあたりに蠢いていたのである。

「なんじゃ、こりゃ」

不審に思った男は暫くの間、注意深く女の後をつけ回し、その後の女の行動を逐一、チェックしていた。

そうしたところ。

ポコランポコランボンポコラン。

女の腹が膨らんできた。これを見た女の親兄弟は、「ふしだらな娘だ」と思った。だけど男はそうは思わなかった。これにはあのとき女陰に蠢いていた、あの日の光が関係しているに違いないと思ったからである。

そうして女が産んだのはなにであったか。

人間ではなかった。ではなにであったか。

一顆《いっか》の赤い玉であった。

女も女の親もこれの価値がわからず、

「どなしたらよろしにゃろね」

「ほかすのもなんやしね」

なんつった。そこへ男は現れて、

「すんまへん。その玉、わたいに譲ってもらわれしまへんやろか」

と申し出て、

「かましまへんけど、どないしなはんね」

と訝しげな女の親には、

「どないもこないも、わたいは玉のコレクターでんね」

といい加減なことを言い、幾ばくかの銭を渡してこれをもらい受けた。

男は思うた。

「これは尋常《よのつね》の玉やあらへん。ほななんや、ちゅうわれてもわからんけど兎に角、なんらかのパワーがこの玉の中に籠もっていることだけは間違いない。なんしょあの女陰の光やさかいな」

って訳で男はこれを嚢《ふくろ》に入れ、常時、腰からぶら下げて携行していたのである。

そんな或る日、男は背に食料を満載した牛を連れ、人があまり通行しない渓谷を歩行していた。

なんでそんな意味のわからないことをするのか。男は赤い玉のパワーにやられて頭がおかしくなったのか。

いやさ、そうではなかった。男は谷の奥に田を所有、人を雇い泊まり込みで耕作させていた。男はそれらの人々の食糧を運搬していたのである。

そのとき、ちょっと前から男の後ろを歩行していた人が距離を詰めてきた。後ろに人の気配を感じた時から、なんとなく嫌な予感がしていた男は、ついに追いついて横に並んだその人の顔を見ないで「こんちは」と口の中で言い、頭を軽く下げて、追い越して行ってくれることを期待して少し歩度を下げた。

そうしたところ、男もまた歩度を下げる。

気味が悪くなった男は仕方ない、今度は歩度を上げ、先を行こうとした。

そうしたところ男は後ろから太い声で、

「またんかい」

と言い、その威に打たれ思わず脚を止めた男に、また言った。

「儂は新羅国主の子ォで天之日矛ちゅうもんやが、汝《われ》、なんでこんな人気ないとこ、牛、連れて歩いてるとはどういうこっちゃい。みーもしかして、その牛、殺して肉にして食おう思とんちゃんげ」

そう、天之日矛は男が牛を連れて歩いていることに因縁をつけてきたのである。その根拠はというと当時、新羅国では牛馬の屠蓄が禁止されていたのであろうか、或いはその他の理由によってなのか。いずれにしろそんな貴人に突然、因縁を付けられたら、その理由の如何《いかん》によらず、これに逆らうことはできない。男にできることはただ真実を述べることである。ゆえ男は、

「ちゃいま、ちゃいま。牛、殺すんちゃいま。へ、訳、言わなわかれしまへん。わたい、この谷の奥に田ァ持ってまして、へ、ほんで奴《やっこ》にその田ァ耕させてまんねけどね、牛でも馬でも飯、食わさなあきまへんやろ。そやさかい、飯、そいつらの飯をこなして運んでまんね。これほんまのほんまだす。そやさかい見とくなはれ、米やら野菜やら仰山、積んでましゃろ」

だけど此の世で常に真実が認められるわけではない。いやさ、その逆の方が多い。

この時もやっぱりそうで、天之日矛は、

「じゃかあっしゃ。牢屋にいれるさかい、大人しく縛に就け。手向かいしたら、この場で殺す」

と言った。

男は困惑した。こんなとき、というのは真実を述べているのに認められないとき、罪を

逃れる方法はひとつしかない。そう賄賂である。だけど金目の物はなにもない、どうしょう、と焦るとき、男はふと腰につけた玉のことを思い出した。

そうだ、玉だ、俺の玉がある。男は思わず叫んだ。

「私は玉を持ってます。それをあなたに差し上げます」

「いらんわ、ぼけ。誰がおどれの玉なんか欲しがるかあ」

「あなたの言うてるのは金玉でしょう。ちゃいまんが、これですわ」

そう言って男は腰の嚢から赤い玉を取り出し、天之日矛に手渡した。

「あーそー」

いかにも気がないといった様子でこれを受け取った天之日矛はこれに顔を近づけたり、上を向き天にかざすなどして仔細に点検していたが、やがて、

「しゃーないのー、ほな今回だけは大目に見たる。行け」

と言い、男を放免した。男は二度、頭を下げて山の奥に歩いて行った。その後ろ姿を見送り天之日矛は言った。

「行たか。行きよったか。ほほほ、すくりいた」

そう、実は天之日矛は女人が赤い玉を生み、それを男がもらい受けたという話を既に聞いて知っており、かねてより因縁を付けてこれを奪取する機会を窺っていたところ、その日、男が単身、渓谷の田に向かうという情報を得て、これを尾行して犯罪の嫌疑を掛ける

ことにより玉の奪取に成功したのであった。

「これは尋常の玉ではない。なにか不思議なこと、例えば此の玉が麗しき嬢子《おとめ》になるなんてことが屹度《きっと》起こるはず」

宮に戻った天之日矛はそう思い、これを床の辺に置いた。

そうしたところ、思った通り、玉はムチャクチャに美しい娘となった。

「ふんぎー」

天之日矛はソッコーで嬢子を押し倒し、これを正妻となした。

正妻となった女は天之日矛に食物なども常に美味なるを用意するなどして夫となった男にまめまめしく仕えた。

だけど、やはり男というものは、これから自分の女にしようと思う女に対してはマメだが、自分の妻となった女にはもはやマメではない。

天之日矛もそうで、最初のうちこそ、天から授かった女、とこれを大事にしていたが、狎れた仲になるにしたがって次第に邪険にし始め、女に対して、「おい、おばはん」とか、意に染まぬことがあって機嫌の悪しい時は、「このドタフクがっ」など言って罵るようになった。

そんな扱いに嫌気が差した女は、

「もう嫌、もう嫌、もう嫌。そもそも私はあんな男の言いなりになるような女じゃない。実家《さと》へ帰らせていただきます」

と呟き、窃《ひそ》かに国主の家を脱出、小舟に乗って海峡を渡り、瀬戸内海を通って難波の湊に至り、そこに留まった。

そう、女は我が国の偉大な神に連なる血筋の女であったのである。


一方その頃。女が居ないのを知った天之日矛は、

「しまった。ずっと居るのだと思っていたし、居るときは別にあんなものどうだっていい。と思っていたけど、いざ居なくなってみると、なんなんだ、この欠落感。この喪失感。えぐすぎでしょ」

と驚き惑い、直ちに女の後を追った。天之日矛は難波の湊へ向かった。なんとなれば新羅から倭国《やまとのくに》に行く場合、大体はまずここに行くからである。

難波の湊に着いた天之日矛は入国のゲートに並び、やがて番が来た。

「はい、次の方、書類」

「お願いしまふ」

と書類を差し出した天之日矛の顔をジロリと見て審査官は言った。

「君、名前は」

「天之日矛」

「なにしに来たの」

「妻を追いかけてきました」

「あなたは入国できません」

「なんでですか。僕は新羅国主の子ですよ」

「とにかくダメです」

「ちぇ、しけてやんの」

と天之日矛は大いに腐ったが、役人の態度は変わらず、

「はい、次の方、どうぞ」

と文字通り取り付く島もない。


仕方なく天之日矛は楫先《かじさき》を但馬《たじま》に向けた。

そして但馬に上陸し、暫く滞在するうちに但馬の俣尾《またお》の娘で前津見《さきつみ》というのと婚姻し、多遅摩母呂須玖《たじまもろすく》を生んだ。以下その系譜を記すと、

多遅摩母呂須玖→多遅摩斐泥《ひね》→多遅摩比那良岐《ひならき》→多遅摩毛理《もり》（垂仁《すいにん》天皇のところで出て

きた人）＋多遅摩比多訶《ひたか》＋清日子《きよひこ》
となる。
このうち清日子が当摩《たぎま》の咩斐《めひ》を娶り生んだ子は酢鹿之諸男《すがのもろお》＋妹菅竈由良度美《いもすがかまゆらどみ》。
そしてその兄の、多遅摩比多訶が、その姪にあたる由良度美を娶って生んだ子が、葛城之高額比売命《かずらきのたかぬかひめのみこと》で、この御方は息長帯比売命《おきながたらしひめのみこと》（即ち神功《じんぐう》皇后）の母君なのである。
つまり息長帯比売命は新羅国主の子の血筋を引いているのである。
そしてその天之日矛の持って来たものは、玉津宝《たまったから》と謂って、伊豆志《いずし》の八柱の大神となった。
その内訳は、
珠二連
浪《なみ》を振る領巾《ひれ》
浪を切る領巾
風を振る領巾
風を切る領巾

奥津鏡《おきつかがみ》
辺津鏡《へつかがみ》

の八種類である。

○秋山と春山

さてこの伊豆志大神の御娘で名を伊豆志袁登売神《いずしおとめのかみ》とおっしゃる方がいらっしゃった。

そして多くの神がこの伊豆志袁登売神を我がものとしようとして果たせずに終わった。

しかし手に入らないとわかるとますます欲しくなるのは人も神も同じである。

ここに二柱の兄弟の神があった。

その兄の神の名は秋山之下氷壮夫《あきやまのしたひおとこ》。弟の神の名は春山之霞壮夫《はるやまのかすみおとこ》であった。

その兄神は、

「いてこましたる」

とグン〲に勢い込んで伊豆志袁登売神に求婚しに行った。だけど、

「無理っ」

と断られて家に帰った。

兄は悄然として家に帰った。そうしたところ家に弟が居たので、

「俺、伊豆志袁登売神に求婚しにいて断られてきた」

と話しかけた。弟は、

「あ、そうなんや」

と言った。さらに兄は続けて言った。

「マア、おまえよりすべての点において優れている兄の俺が無理なんやから弟のおまえやったら絶対に断られると思うけど、おまえもそう思うやろ」

そうしてたところ弟は意外な事を言った。

「うーん、どやろ」

「どやろてどういうこっちゃね」

「楽勝ちゃうかな」

「アホぬかせ。俺がいてあかんもん、おまえがいける訳あるかれ」

「そんなもん、やってみなわかれへんやんか」

「絶対に無理」

「ほな、もし僕が行ってオッケーやったらどないする」

「もし、おまえが行ってオッケーやったら、着てるもんみな脱いでクル〳〵と裸なったるわ。脱いだ服はみなおまえに遣る。ほんで俺の身の丈と同じ深さの甕《みか》、拵えて、その深い

深い甕一杯に酒、醸して汝に献上したる。それだけやない、俺が持ってる山、ほんで河から獲れるもんは、今後一切みなおまえのもんや。その代わり、もしオッケーやなかったときは、おまえがそれをせぇ」

「賭け、ちゅう訳かいな」

「ま、そういうこっちゃ。やめとくか」

「受けまっさ」

「はは、アホや」

「そらやってみなわからんが」


そう言って弟は兄と別れた。そしてすぐに伊豆志に行ったかというと行かなかった。ではどこに行ったのか。

お母《かあ》はんのところへ行った。そして、

「こうこうこうこうこういう訳で兄貴と賭けすることになった」

と言った。これを聞いたお母はんは、此の儘、行かせるとこの弟は賭けに負けてなにもかもを兄に取られる。それは可哀想だ、と思った。そこでお母はんは、

「あんた、一晩待ち。お母ちゃんがええもん拵えたるさけ」

と言い、そのまま外に行くと藤の蔓を採ってきて、それを材料にして上衣、袴、沓下《くつした》、

沓を拵えた。そしてまた同じく藤の蔓を用いて、弓、矢を拵えた。

そして翌朝、

「さ、これ着ていきなはれ。ほんで、この弓矢もていきなはれ」

と言って春山之霞壮夫を送り出した。

「しっかりいてくんにゃで」

「ほーい」

そんなことで春山之霞壮夫は嬢子の家の近くまで行った。そうしたところ、不思議なことが起こった。着ていた衣服と弓が、その本然の姿であるところの藤の花となったのである。

そうして全身を覆っているものが藤の花になった。

ということはどういうことか。

そう、見た感じ、そこに誰かがいるようには見えず、ただそこに藤があって、藤の花が咲いているようにしか見えなかったのである。

それは春山之霞壮夫にとっては大変に都合のよいことであった。なんとなれば、求婚者として、「ごめんください」と訪ねていった場合、余《よ》の多くと同じく門前払いを食らう可能性が高いが、このように藤に変身しておれば、求婚者と思われず、帰れ、と言われることはないと思われるからである。

しかし藤の花が歩いて家の中に入る訳には参らない。そこで春山之霞壮夫は一計を案じた。

やはり藤の花と化した弓矢を嬢子の家の厠に架けたのである。

というのはどういうことか。春山之霞壮夫は以下のように算段をつけた。

藤の花が道にあっても嬢子は、「ああ、藤だな。藤が咲いているのだな」としか思わない。そこから事態は進展していかない。

だけど、厠に藤の花が咲いていたらどう思うだろうか。

「え？　厠に藤？　なんでなんでなんで」

と思うに決まっている。なぜなら突然、閑所に藤の花が咲くなんてことはあり得ないからである。そして、

「とりあえず父の神か母の神に見せよう」

と言って藤の花を手に取り家に入る。そうしたらもうこっちのもの、藤の花と春山之霞壮夫はもはや一体化、いわば合弁化しているから、その藤の花と倶《とも》に家の中に入る。

家の中に入ることさえできれば後はもう簡単だ。全体、こうした婚姻などというものは家の中に入るまでが難しいのであって、家に入ってしまえば後はもう男女のことをするだけ。だからこそ兄貴も他の連中も家の中に入ることを固く拒まれていた。

だけど僕は藤、藤の花。藤の精として容易に家に入ることができ、媾合も楽勝で行けるはず。

さてそしてその首尾は如何《いかが》であったか、というと事は春山之霞壮夫の思い通りに進んだ。

春山之霞壮夫が厠に藤の花と化した弓を架け、誰がどうみても藤の花としか見えない春山之霞壮夫が様子を窺っていると、嬢子がいかにも嬢子らしい軽快な足取りで家から出てきて、

「ランララーン、お小便でもしようかしら」

かなにか言いながら厠へ向かった。

「おしっ」

思わず声を上げる春山之霞壮夫がそこにいるのも知らず、嬢子は厠へ入ろうとしてそこに藤の花があるのを見つけ、訝し、と思いなしてこれを手に取り、家に入る。と、藤の精となり、藤と合弁化している春山之霞壮夫も自動的に家に入る。

そうすりゃ、もう後は一気呵成、嬢子と媾い、これを妻となすことに成功した。

春山之霞壮夫は誰もが得がたい伊豆志袁登売神を得たのである。

さあ、それはそれでよかったのだけれども、茲《ここ》にひとつの問題が起こった。というのは、一体全体なんということだろう、

「さ、賭けは僕の勝ちや。約束のもん、僕にくださいよ」

と言う弟の神に兄の神であるところの秋山之下氷壮夫は、

「いやや」

と言うて渡さぬのである。

「なんでやねん。約束したやんか」

「知らん。っていうか、渡したら俺のもんが減るやんけ。そやからいやや」

そんな押し問答になって、結局、兄は弟に賭物を渡さない。

そこで困《こう》じ果てた弟がどうしたかというと、勿論、お母はんに言いにいった。

「お母はん、こうこうこうこうこういう訳で兄ちゃんが賭物、くれよらひん」

これを聞いた母はどういう反応を示したか。

はっきり言って凄まじく怒った。

この弟がなんでもお母はんに言い、お母はんが藤の蔓とかであんな凄いことができたことから、大体わかると思うが、このお母はんは凄いパワーを持っていて、はっきり言って、この時代を仕切っていたのはお母はんである。

お母はんは怒りまくって、

「正味の話、神である私が仕切ってる以上、なんでも神のやり方でやってもらわなあかん。それで言うたら賭物は盆の前できっちり払うのが神のやり方。グズグズ言うて払わなんだら人間もおんなじこっちゃ」

と言ったのである。でも考えてみればお母はんの怒りは、賭けというと、なんの努力もせず一攫千金を狙うクズ人間がするもの、という印象があるが、こういう神同士の賭けは、もっと神聖な、神事というか前に申しあげた誓約《うけい》に近いニュアンスもあり、この誓約を破るというのは、正味の話、えげつない大罪と言えるのである。

ということで怒ったお母はんは兄に罰を与えた。どんな罰を与えたかと言うと、やはり工芸が得意で、今度は伊豆志河の川原の竹藪から竹を採ってきて、その籤《ひご》で目の粗い籠を拵えた。そうしておいて次に、その川の石を拾い、仰山の塩でくるみ、さらにその上を竹の葉っぱでくるんだ。

そうして弟に、

「『此の竹の葉の青むが如く、此の竹の葉の萎ゆるが如く、青み萎えよ。又、此の塩の盈《み》ち乾《ふ》るが如く、盈ち乾《ひ》よ。又、此の石の沈むが如く、沈み臥せ』ちゅい」

と言った。

母は弟に呪詛の言葉を教えたのである。

春山之霞壮夫は素直に従い、

「此の竹の葉の青むが如く、此の竹の葉の萎ゆるが如く、青み萎えよ。又、此の塩の盈ち乾るが如く、盈ち乾よ。又、此の石の沈むが如く、沈み臥せ」

と言った。

「そんでええ」

そう言うと母の神は呪物たるその石を、籠に入れ竈のうえに吊した。

そうすると当たり前の話だが乾燥する。乾燥すると竹の葉も塩も乾く。そして石は別に乾燥しなくても水に沈む。そうするとどうなるかと言うと、恐ろしいことにその乾燥と沈みが呪いによって兄の身体に連動するから、兄はその瞬間からどっと患いついた。

それから兄は八年間、病床で苦しみ抜き、八年目ついに耐えきれず、

「お母ちゃん、助けてくれ」

と泣いて頼んだ。

それでようやっと呪いをやめてもらい、それで兄は元の健康な兄に戻ったのであった。

仁徳天皇

○后妃と御子と御名代

大雀命《おおさざきのみこと》は難波《なにわ》の高津宮《たかつのみや》に坐《いま》して此の世の中を統治なされた。

此の天皇《すめらみこと》は葛城之曽都毘古《かづらきのそつびこ》が女《むすめ》、石之日売命《いわのひめのみこと》を娶り、

大江之伊耶本和気命《おおえのいざほわけのみこと》

墨江之中津王《すみのえのなかつみこ》

蝮之水歯別命《たじひのみずはわけのみこと》

男浅津間若子宿禰命《おあさつまわくごのすくねのみこと》

を生んだ。

そしてまた前に応神《おうじん》天皇のところでちょっと言った、日向《ひむか》の諸県君牛諸《もろあがたのきみうしもろ》の女、髪長比売《かみながひめ》を娶り、

波多毘能大郎子《はたびのおおいらつこ》（別名・大日下王《おおくさかのみこ》）
波多毘能若郎女《はたびのわかいらつめ》（別名・長目比売命《ながめひめのみこと》、若日下部命《わかくさかべのみこと》）

を生んだ。

また、庶妹《ままいも》（異母妹のこと）、八田若郎女《やたのわかいらつめ》を、また、これも庶妹、宇遅能若郎女《うじのわかいらつめ》を娶った。これらに御子はなかった。


だから合計すると大雀天皇の御子は六柱ということになるのだ。

このうち、伊耶本和気命は天《あめ》が下《した》を治めた。その後、蝮之水歯別命も天下を統治した。また、その後、男浅津間若子宿禰命も此の世を知ろしめした。

この天皇の御代に名代《なしろ》というものが設置された。

名代というのは御子たちの養育費のために設定された地方官（国造《くにのみやつこ》）の管轄に属さない人間の集団（此を部民《べみん》と謂う）である。マア、謂わば人間が課税対象の目的税みたいな。つまりその特定の部民は、その対象の御子のためだけに生産するというか、その御子

のために存在する存在、みたいな。

それを具体的に言うと、

大后《おおきさき》・石之日売命の御名代→葛城部《かずらきべ》
太子《おおみこ》・伊耶本和気命の御名代→壬生部《みぶべ》
水歯別命の御名代→蝮部《たじひべ》
大日下王の御名代→大日下部
若日下部王の御名代→若日下部

である。

また、渡来人であるところの秦《はた》氏を徴して、その技術で茨田堤《うまらたのつつみ》と茨田屯倉《うまらたのみやけ》を築造、それ以外にも丸邇池《わにのいけ》、依網池《よさみのいけ》を築造、難波の堀江《ほりえ》、を掘削して海に通す、小椅江《おばしのえ》を掘削する、墨江の津を開港するなどの超巨大国家プロジェクトを展開した。

よほど偉大な帝王でなければこんなことはできない。

○聖帝として君臨

或る時、天皇が宣《の》り給うた。

「山、登るで」

急なことだったので群臣は驚いた。だけど相手が天皇なので理由を問うたり、「面倒くさいからやめよや」とか言えない。急いで準備をして、みんなで高い山に登った。

山の頂上に立った天皇は下界を見下ろして言った。

「ぜんぜん、あかんなあ」

重臣が問うた。

「なにがあきませんのでしょうか」

「おまえら気ぃつけへんのんか。ここへ立って見てみい」

「すんません。はい、見ました」

「どや」

「民家が仰山、ございます」

「ほんで」

「民家が、あのお、ございます」

「ほんで」

「そうですねぇ、やはり、あの、このお、民家が……」

「おまえ、民家以外、言われへんのか。よー、見てみい、時分時やのに、どの家からも、おまえ、炊事の烟《けむり》あがってへんやろ」

「あ、ほんまや」

「今頃、きづいたんかいな。ぼやっとしとんで。炊事の烟があがってへんちゅうことは、おまえ、それだけ民衆が困窮しとるちゅうこっちゃないかい」

「成る程、仰る通りですわ」

「故、今より三年《みとせ》に至るまで悉《ことごと》く人民《おおみたから》の課役《えつき》を除《お》け。まず身を切る改革だ」

「ははー」

という訳で、なんと素晴らしい帝王であろうか、人々の暮らし向きを心配した天皇の仰せにより、三年の間、税金を取らないというお触れが出されたのである。つまりここに歴史はじまって以来の無税国家が誕生したのである。

「おい、聞いたか」

これを聞いた人民はよろこんだ、よろこんだ。

「聞かいでか。向こう三年、税金がタダちゅやないかいな。こんなうれしいことあるかれ」

「それと言うのも天皇さんのお蔭やな」

「ほんま、ほんま。ええ天皇さんを戴いて、儂《わし》ら幸せやで」

「うざっ、抱きつくな」

「ええがな、抱かせろや」

「ええことあるかあ」

なんて言い合って天皇を称え、日々の暮らしを楽しみ、三年目には酒を飲み、唄を歌い、ダンスをしてほたえる者まで現れ始めた。


と、民衆の方はこれでよかったが困ったのは国家の方である。というのは当たり前の話だ、国の税収というものがゼロになる訳だから予算が組めない。

だからいろんなところに不自由が生じた。

それが目で見て訣《わか》るのが天皇の住まいである宮殿で、壁や床もボロボロになり、雨漏りがえげつないことになった。

「あー、雨が降ってきたな」

「雨が降ってきた、て、なんで宮のうちらにおってそれがわかりまんね」

「そやかて、いまポツッときましたで」

「あ、ほんに。ちょっと桶、持ってきなはれ」

なんて最初のうちは桶で水を受けるなどしていたがそのうち、いよいよ雨漏りが激しくなってくると、そんなことでは追いつかず、

「あの辺、ちょっとマシだっせ」

と雨漏りのまだそうしてないところを探して百官がウロウロするという情けないことに成り果てた。

そんなことで三年が経った後、

「どうだろう。どんな感じになっただろう」

と天皇はまた山に登り、下界を眺めた。そうしたところ、国に烟が満ちていた。すべての人が豊かに暮らしていたのである。

「ええやん、ええやん」

天皇はそう仰り、じゃあ、というので再び課税をすることにしたら、人民は繁栄していたので、余裕で納税することができた。

この業績を褒めて、誰言うとなく、これを、聖帝《ひじりのみかど》の世、と呼ぶようになったのである。

○皇后の嫉妬

ところで、天皇の大后《おおきさき》、石之日売命はたいへんなやきもち焼きであった。そのため、天皇の側女たちは宮中に立ち入ることを許されなかった。

そしてそうした女たちの存在を知る度に発狂して暴れた。

そんななか天皇は吉備《きび》の海部直《あまべのあたい》の女《むすめ》、黒日売《くろひめ》がムチャクチャ美人、という情報を得て、これを召した。

だけど石之日売命の噂を聞いていた黒日売は、言われるまま天皇に仕えたら殺される、と思い、船で吉備に逃げ帰った。

高いところから世間を見るのが得意な天皇は、それを高殿《たかどの》から見ていた。好きな女を乗せた船が港から出て行くのを見て天皇は為す術もなかった。天皇なのに。偉大な聖帝なのに。

天皇はその遣る瀬ない気持ちを歌にした。それはこんな歌であった。

沖方《おきへ》には　小船《をぶね》連らく　黒鞘の　まさづ子吾妹《わぎも》　国へ下らす

(沖におまえ、小舟並んどるがな。可愛いあの子をおまえ、国に帰らしよるがな)

この歌を歌ったとき、拍子の悪い、その真後ろに大后が立っていた。

「可愛いあの子でなんだねぇ、ぎゃあああっ、腹立つううううっ」

大后は発狂して暴れ、板を割ったり、水を撒いたりした挙げ句、

「田舎もんの分際で、船で行くなんて生意気や。歩いて去《い》なしなはれ」

と絶叫、絶叫しただけではなく、実際に人を派遣して船を戻させ、徒歩で国に帰らせた。

天皇は為す術もなく、これを見守っていた。

○黒日売との日々

思いが満たされないと気持ちはますます募る。

天皇は逢えない黒日売にどうしても逢いたくなった。

或る日、天皇は、

「うっ」

と声を上げた。周りの者は急に体調でも悪くなったのか、と驚き惑い、

「いかがなさいました」

と問うた。それに対して天皇は、

「なにか、このお、急に淡路島《あわじしま》が見たくなった。淡路島に行くから準備してください」

と言い、準備が整うと直ちに淡路島にいでました。

そして淡路島に着くと天皇は、淡路島には一瞥もくれず、海の方を望見して歌ったのは、

押し照るや　難波《なには》の崎よ　出で立ちて　我が国見れば
淡島《あはしま》　淤能碁呂島《おのごろしま》　檳榔《あぢまさ》の　島も見ゆ　離《さけ》つ島見ゆ

という歌であった。

それを歌って天皇は側近に問うた。

「どう思う？」

側近は答えた。

「いやー、すごいっすね」

「どこが、すごい」

「わかりません」

「わからんのんかいっ」

「すんません」

「まあ、わからんかったらしゃあないわ、説明したる。これはな、『一面に照り渡る難波の崎を出発して、淡路島に来て、我が国の様子を見てみると、島が多いですよね。それを俿《こ》うして見ていると、いま見えている島も神話的に見えてきて、その空間的な連なりがまるで時間的な連なりのように思えてきますよ。淡島、淤能碁呂島、檳榔の島も、もっと離れた島も』ほどの意味やんかいさ」

「なーるほど。それやったらそうと最初からそう言うてくれたらええもんを妙に暗示的に言うから」

「まあ、歌だからね。でも、まあ、私は天皇じゃない？」

「はい」

「だから、やはりそうやって時間的なものがこうして空間的に連なっているのを見ると、どうしてもその島伝いに、こう、行ってみたくなるんだよね。それこそが実は私の帝王としての務めではないか、と。そんな思いが自分のなかにあるんだよね」

「あ、そうなんですか」

「そうなんだよ。実は。うーん、行ってみようかな、島伝いに。向こうの方へ」

「それって吉備、行きたいだけちゃいますん？」

「明示的に言ふな」

という手順を踏んで天皇は吉備にいでました。

黒日売の家に着くなり天皇は、

「来ちゃった」

と言っただろうか。それはわからないが、黒日売はその天皇を山がちな土地にご案内して、そこに座していただいた。なぜかと言うと家に居ったら大后の手の者が来て半殺しにされるかも知れないと怖れたからである。

その地で黒日売は大御食《おおみけ》を奉った。そのとき、黒日売は大御羹《おおみあつもの》すなわち熱いスープを奉ろうと思った。そこで籠を持ち、

「ちょろ、いて参じます」

と言って黒日売は出て行った。後に残された天皇は黒日売と離れていることをなにか間違ったことのように感じ、そこで黒日売に続いて外に出た。

そうしたところ少し離れたところに籠を持ち、菜を摘む、黒日売の姿が見えた。それを見て天皇は歌った。

山方《やまがた》に　蒔ける青菜も　吉備人と　共にし摘めば　楽《たぬ》しくもあるか

（こんなしょうむない山でしょうむない菜っ葉摘むことさえ、黒日売と一緒やったら、へっ。たのしい）

そんなことで天皇は楽しい時を過ごし、すっかり満足し、満足してなおそこに居ると飽きて嫌になってくるし、国事もあるし、あまりにも時を過ごして大后にいろいろ言われるのも嫌なので、頃合いを見てお帰りになった。

そのお帰りになる天皇に黒日売は御歌を献《たてまつ》った。

倭方《やまとへ》に　西吹き上げて　雲離れ　退《そ》き居《を》りとも　我忘れめや

（西風が吹いて大和《やまと》の方に向かって雲が去って行く。だからといって私はあなたのことを忘れるだろうか。いや、けっして忘れない。私はあなたのことを忘れない。忘れられない）

倭方に　行くは誰《た》が夫《つま》　隠《こも》り処《づ》の　下よ延《は》へつつ　行くは誰が夫

（帰って行くのは誰の夫ですか。心を残しながら帰って行くのは誰の夫ですか。私の夫です）

かなしく、切ない歌である。

○大后さま

それから少し経った頃、大后様は天皇に、

「ちょっと私、紀伊国《きのくに》に行ってきます」

と言い、

「なにしに行くんやいな」

と問う天皇に、

「豊楽《とよのあかり》しょう思いまして」

と答え、得心がいった天皇は、

「あ、なるほど。ほれやったら行たらええわ」

と送り出した。その理由は豊楽乃《すなわ》ち宴会をするためには紀伊国にけっこう生えている御綱柏《みつながしわ》という植物の葉が酒を盛る器として絶対的に必要であることを知っていたからである。

酒を盛る、というと怪態《けったい》に聞こえるが、この頃の酒は粥のようなゲル状でリキッド的ではなかったのである。

「ゆっくり行といで。御綱柏ないとでけへんから」

「へ、ほな、行て参じます」

大后が出ていくのを厳粛な面持ちで見送った天皇は暫くそのまま固着していたが、やがて、

「へっ、へっ、へっ」

と笑い、それからそそくさと難波の高津宮を後にした。

そして向かった先は、と言うと、このところ窃《ひそ》かに寵愛していた八田若郎女のところであった。

だけど大后はそんなことはまったく知らず紀伊国に居て楽しく御綱柏を集めていた。

「おもしろいほど集まるわ」

と言い、そして、

「だけど必要以上に集めても仕方がないので、これくらいにしといたろかな」

と言って、集めた御綱柏を船に積み込んだ。

そのとき、ひとりの女官が船に乗り遅れた。

「いややわー。暗闇で考え事してたら乗り遅れてしもたやんか」

そう言いながらもだけどずっと紀州に居るわけにも行かぬので女官は別便で大后の後を追った。それで難波の大渡《おおわたり》まで来たとき、向こうから知った顔が乗った船が来た。

その知った顔というのは、水取司《もいとりのつかさ》といって、宮殿で使用する飲み水などの事を司る部門のおっさんであった。女官は大后に近侍している。そして水取司もお上の側近くにいる。故、二人は顔見知りであったのである。

難波の大渡、交錯する船上で思いがけず知った顔を見た二人はうれしくなり、船足を淀めて暫時、雑談した。

「おー、おま紀州、いとたんやの。相変わらず綺麗やの」

「スカンタコ。妾《わたし》、急いでますのやで」

「なんでやいな」

「大后様の船に乗り遅れましたんやわ」

「そらスカタンしたな」

と言って、普通なれば、「それやったら早いこと行きなはれ」と急かすところだろうが、このおっさん、

「けど、大后さんは知ってんかいな」

と思わせぶりなことを言うのは、このおっさんが男だてら、えげつないほどの喋りであったからである。そしてまたこんな思わせぶりなことを言われたら誰であっても続きが聞きたいに決まっている。ましてや濃密な人間関係の網の目の中で生きる宮中の女官となればなおさらである。

「え、なになになに、すっごい気になる」

と話に食いついた。喋りのおっさんはよろこんで、「聞いた話やけど」と前置きし、

「天皇さんはおまえ、このところ八田若郎女のとこに入り浸って、おまえ、昼夜連続でおもろいことなさってはるらしいで。大后さんはこの事、知ってはんのかいな。大方、知らんさかい紀州に出でましたやろ。気の毒な」

と言った。

女官は驚愕し、急ぎ大后の船に追いつき、このことを注進した。聞くなり大后は癇を立て、

「きいいいいいいっ」

と絶叫し、

「なにが宴会じゃ、あほんだらあっ」

と喚きつつ満載した御綱柏を海に投げ捨てて暴れた。

そのため船が大きく揺れ、周囲の者は、

「やめてください。そんなに暴れたら転覆します。お願いです。暴れるなら陸にあがってからにしてください」

と懇願したが大后は、

「じゃかあっしゃ」

と言うとその者の首を摑んで御綱柏とともに海に投げた。

それ故、そのあたりを土地の者は御津前《みつのさき》と呼ぶようになった。

それから大后は怒りの余り、高津宮に帰らず、船を陸揚げして堀江まで搬送せしめ、其《そ》処《こ》から川を遡って山城国《やましろのくに》に入った。

このとき歌った歌は、

つぎねふや　山代河《やましろがは》を　河上り　我が上れば　河の上《へ》に　生《お》ひ立《だ》てる　烏草《さしぶ》樹を　烏草樹の木　其《し》が下に　生ひ立てる　葉《は》広《びろ》　斎《ゆ》つ真椿　其が花の　照り坐《いま》し　其が葉の　広り坐《いま》すは　大君《おほきみ》ろかも

山代川を遡れば川のほとりに低い木が生えている。その木の下に神聖な椿の葉が広がっている。その花のように照り輝き、その葉のように広がっていらっしゃる大君ですこと。


という歌であった。はっきり言って厭味である。

そして山城から奈良山を越えて大和の入り口まで来て、

つぎねふや　山代河を　宮上り　我が上れば　あをによし　奈良を過ぎ　小楯《をだて》　倭《やまと》を過

ぎ　我が見が欲し国は　葛城《かづらき》　高宮《たかみや》　我家《わぎへ》の辺《あたり》

高津宮を素通りして山代川を遡上して奈良山を越え、奈良を過ぎ、小楯、大和を過ぎて私が見たいのは葛城、高宮、私の家のあたりです。

と歌った。葛城は大后の実家で、はっきり言って「実家に帰ったろうかしらん」と言っているのである。

だけどもそれは剣呑に過ぎる、と思し召したのだろうか、大和にはお入りにならず山城の綴喜《つづき》の韓人《からひと》で名を奴理能美《ぬりのみ》という人の家にお入りになった。

情報はすぐに伝わって、その事を聞こし召した天皇は、このまま大后が戻ってこないのはまずい、と焦って舎人《とねり》を呼んだ。鳥山《とりやま》という名の舎人であった。

「鳥山」

「なんでしょうか」

「汝、鳥のように飛んでいけ」

「何処へですか」

「大后のとこに決まっとるやろがい」

「わかるかー」

「はあ？」

「すんません」

「まあ、ええ兎に角、急げ」

そう言って天皇は歌った。

〽行かんかれ鳥山
我が愛妻のとこに行かんかれ
行って言わんかれ
帰って来いと
言わんかれ

そして鳥山が行った後、丸邇臣口子《わにのおみくちこ》を呼んだ。唯帰って来い、と言っても相手は怒っており、これをなんとか説得しなければならないが、ただ単に速いだけの鳥山にはそれは無理で、そこでご自身に忠誠心が深く、教養もある丸邇臣口子に二首の歌を託したのである。

その歌は、

御諸《みもろ》の　其《そ》の高城《たかき》なる　大猪子《おほゐこ》が原　大猪子が　腹にある　肝向ふ　心をだにか　相思はずあらむ

（大意：三輪山の上の方に原っぱありますよね。その原っぱに猪いてますよね。その猪に腹ありますよね。その腹に肝ありますよね。その肝と向かいあって心臓ありますよね。そんな風に僕ら向かいあってますよね。思いあってますよね）

つぎねふ　山代女《やましろめ》の　木鍬《こくは》持ち　打ちし大根《おおね》　根白の白腕《しろただむき》　枕《ま》かずけばこそ　知らずとも言はめ

（大意：山城の女が鍬を持って作った大根って真っ白ですよね。その大根と同じくらい、その腕って白いですよね。それを知っているのは一緒に寝たことがある人だけですよね。それって僕ですよね）

という歌であった。

「覚えられるか」

「はい、忘れんように唱えながら行って参ります」

そう言って丸邇臣口子は高津宮を出発して山城の綴喜に向かった。そう、そして丸邇臣口子の妹・口比売《くちひめ》は大后に仕えていた。
そういう点においても、丸邇臣口子は適任であったのである。

「御諸の、其の高城なる、大猪子が原、大猪子が腹にある、肝向ふ、心をだにか、相思はずあらむ。それと、つぎねふ、山代女の、木鍬持ち、打ちし大根、根白の白腕、枕かずけばこそ知らずとも言はめ。御諸の、其の高城なる、大猪子が原、大猪子が腹にある、肝向ふ、心をだにか、相思はずあらむ。それと、つぎねふ、山代女の、木鍬持ち、打ちし大根、根白の白腕、枕かずけばこそ知らずとも言はめ」

唱えながら行くうち途中から雲行きが怪しくなってきて、綴喜に着く頃にはどしゃ降りになっていた。

だけど忠良なる丸邇臣口子はずぶ濡れになりながら、前庭に拝跪《はいき》して、

「御諸の、其の高城なる、大猪子が原、大猪子が腹にある、肝向ふ、心をだにか、相思はずあらむ」

と御製を白《まお》した。ところが大后はその歌を聞きたくないから、宮から人が遣わされてきた、と聞き、最初は縁先まで出てきていたのが、それが天皇の歌だとわかった途端、

「聞きたくなーい」

と仰って殿舎の裏の方へ行ってしまう。だからといって天皇の歌を伝えないわけにはい

かないので、どしゃ降りの雨の中、庭をぐるっと裏に回って、裏庭に膝をつき、両の手を地面について申しあげようとしたら、大后は、

「うざっ」

と仰り、みなまで聞かないで表の方へ行ってしまう。

「お、お待ちください」

そう言って丸邇臣口子は泥濘の中、匍匐《ほふく》して再び表に回り、

「お願いです。聞いてください」

と泣きながら申しあげた。その間も激しい雨は降り続いており、丸邇臣口子はずぶ濡れになったうえ、腰まで泥水に浸かって、悲惨な姿になってしまった。

その時、丸邇臣口子は、紅の紐を通した青の着物を着ていた。

それは凜々しき帝王の近臣のユニフォームであった。だけどそうして大后つれなく、あまりにも永いこと水に浸かっていたため、折角の青い服に紅が色移りして、むっさ珍妙な、ヒッピーの絞り染の服みたいな感じになってしまった。

その無惨な姿を見て、多くの者は心を痛めたが、なかに一際心を痛める者があった。

口比売である。そこで口比売は、

山代の　筒木宮《つつきのみや》に　物申《ものまを》す　吾《あ》が兄《せ》の君は　涙ぐましも

と歌った。

それを聞いた大后は、

「まあ」

と仰った。ならばちょっと悪いことしたな、と思ったからに違いなかった。

そしてそのままお休みになられた。

それで初めて口比売は兄に駆け寄り、これを水から救い出した。

そのとき兄はもはや朦朧としており、駆け寄って来たのが誰かもわからないまま、

「御諸の、其の高城なる、大猪子が原、大猪子が腹にある、肝向ふ、心をだにか、相思はずあらむ。それと、つぎねふ、山代女の、木鍬持ち、打ちし大根、根白の白腕、枕かずけばこそ知らずとも言はめ。御諸の、其の高城なる、大猪子が原、大猪子が腹にある、肝向ふ、心をだにか、相思はずあらむ。つぎねふ、山代女の、木鍬持ち、打ちし大根、根白の白腕、枕かずけばこそ知らずとも言はめ」

と唱え続けていた。

最高に忠義な男である。

奴理能美方の一室に通され、ようやっと人心地ついた丸邇臣口子は心配そうな口比売と奴理能美に、自分が派遣されてきた理由を述べた。

「ま、そういう訳で自分、来たんですけど、やっぱ大后あきまへんか」

「あの御気性だっさかいな。そら一筋縄ではいきまへんわ」

「どないしましょ。このままやったら天下に示しが付きまへんわ」

「取りあえずこういうことは表向きが大事です。皇后はかくかくしかじかの理由で御幸なされている。天皇に異心があるからではけっしてないと、そういう理窟を我々で考えまひょう」

「うーん、ほな、こういうのどやろ」

「それええなあ」

「まだ、なんも言うてへん。真面目に生きろ」

「ええ、ええ」

「蚕、見ぃにいらっしゃったことにいたしまひょう」

「あ、蚕、そらええ。それやったら角、立ちまへん」

「珍しもんだっさかいな。誰でも見たいさかい、宮へ還らん理由になりますわ。ほな、あんた、去《い》んで天皇さんにそう言いなはれ」

「そうしますわ」

衆議一決して丸邇臣口子は高津宮に戻った。

「はい、只今、戻りました」

「おお、口子か。どやった」

「ええ、もう大御心は十分に伝わりました」

「そうか。ほいだら帰ってくるな」

「それが帰ってこんのでございます」

「なんでや。私に背くのか」

「奴理能美が飼うてる、むっさおもろい虫にご執心でございまして」

「なんや、それ。どんな虫」

「最初は這う虫なんです。それがそのうちに繭になって。そうかと思たら、しまいには飛ぶんです。つまり三回、姿を変えるんですな。これを見たくて留まってるんでございまして。大君に背くなんてこっちゃございません」

「なるほど。そんなおもしろい虫なら仕方ないな。なんだか私も見とうなってきた。行こうかな」

「マジですか」

「うん」

そんなことで天皇は宮を出でまして奴理能美の家に向かった。

天皇が奴理能美の家に着いた恰度《ちょうど》その時、奴理能美は大后に三回姿を変える虫を奉っているところだった。

「これがその虫でございます」

「珍しこっちゃね。なんか、うれしい」

大后はそう言って喜んでいた。

そこへ天皇の一行がやって来た。天皇は歌って言った。

つぎねふ　山代女の　木鍬持ち　打ちし大根　さわさわに　汝《な》が言へせこそ　打ち渡す
八桑枝《やがはえ》なす　来入り参ゐ《まゐ》来れ《くれ》
（大意：来ちゃった）

大后はこれを受け入れる他なかった。

○八田若郎女

そんなことがありながらも天皇は八田若郎女を思し召し、御歌を賜った。それはこんな歌であった。

八田の　一本菅《ひともとすげ》は　子持たず　立ちか荒れなむ　惜《あた》ら菅原《すがはら》　言《こと》をこそ　菅原《すげはら》と言はめ　惜ら清《すが》し女《め》

(大意：八田に生えている一枝の菅は子を持たず立ち枯れていくのだろうか、惜しいことだ。言葉では菅原と言う。だが実はそれ、美しい女だよ)

それに対して八田若郎女は答えて歌った。

八田の　一本菅は　一人居《を》りとも　大君《おほきみ》し　良しと聞こさば　一人居りとも

(大意：大君がそのように思し召してくださるなら一本菅は一人でいても幸福です)

そんなことで八田若郎女の御名代として八《や》田《た》部《べ》が設定された。

○女鳥王

そんなことがあったうえで、天皇は、庶妹の女鳥王《めどりのみこ》を後宮に入れたくなり、弟の速総《はやぶさ》別王《わけのみこ》を呼んで言った。

「女鳥王をなにしたいんで行って連れてきてください」

頼まれた速総別王は、「了解です」と請負い、女鳥王のところに出掛けていった。

「実はこうこうこうこうこうこういう訳で大君があなたを欲しています。私と一緒に来てください」

速総別王は曲もなくそう言った。そのとき速総別王はそのように言えば、女鳥王は一も二もなく承引するものだと信じていた。ところが。

女鳥王は意外にもこれを断った。速総別王は耳を疑った。

なんでや。こんないい話を断るなんて、あほか。

そこで速総別王はその理由を問うた。そうしたところ、女鳥王は言った。

「大君は大后が怖くて八田若郎女を宮に入れてないじゃないですかあ。多分、妾もおンなじ目に遭うと思うから仕えたくないです」

「まあ、そうなんだけどね」

と言い、しかしなんとか説得しようとする速総別王に女鳥王はさらに意外なことを言った。

「それだったら妾はあなたの妻になりたいです」

そう言って女鳥王は速総別王の目をじっと見た。

その視線をまともに受けて速総別王は思わず目を逸らした。なんとなれば女鳥王の容貌があまりにも美しかったからである。

「本気ですか」

速総別王はそう言って女鳥王の顔を見た。吸い込まれるような美しさだった。

「本気です」

かくして女鳥王と速総別王は結ばれ、速総別王は天皇に復奏《かえりこと》しなかった。


速総別王が復奏しないので天皇は困っていた。

「女鳥王を得たいのに困ったなー。とりあえず行ってみようかな」

そう思った天皇はフットワーク軽く、女鳥王の居所に行幸した。

「いてはるかな。私が急に来たとわかったら吃驚しよるでしょうね」

そう思った天皇は敷居の外側からうちらを覗いた。そうしたところ、女鳥王はそこに居て機を織っていた。

そこで天皇は、

女鳥の　我が大君の　織ろす服《はた》　誰《た》が料《たね》ろかも
（大意：愛しの女鳥ちゃんは誰の為に布を織ってるのかなー）

と歌いかけた。そうしたところ女鳥王は御心を知りながら大胆にも、

高行くや　速総別の　御襲衣料《みおすひがね》
（大意：別に、速総別）

と答えてしまったのである。もちろんそんなことが許されるはずがない。だから天皇はこの時点で、女鳥王と速総別王を処分することはできた。だけど偉大な帝王である天皇は、男女のことと割り切り、それをしないで還御なされた。ところが。

女鳥王はえげつない女であった。

「大君にあんなこと言うたら僕、叱られるやんか。どないしょ、どないしょ」

と狼狽える速総別王に、

雲雀《ひばり》は　天《あめ》に翔《かけ》る　高行くや　速総別　雀《さざき》取らさね

と歌いかけた。なにを言っているかというと、「雲雀がえらそうに空を飛びくさっているが、隼は雲雀よりでかくて強い。雀くらい取らんとどないすんねん」と言っているのである。

天皇の名前は大雀命。すなわち雀、ということはこの歌は、隼＝速総別王に雀＝大君を取れ、と言っていることになり、つまり明確に謀叛をけしかけている歌ということになってしまうのである。可愛い顔をして、どえらいことを言う女である。

これを聞いた速総別王がどんな反応を示したか。

「おとろしことを言ふ」

と言ってガタガタ震え小便を垂れ流したか。それとも美女にけしかけられてその気になったか。それはわからないのだけれども、悪事千里を走る、御幸があった直後に女鳥王がこんな不穏な歌をうたったということは直ぐに宮中に伝わった。

「美女を奪うのは男女のことやからまあしゃない。けど、国を奪うのは許されない」

天皇はそう言って軍勢を集め、女鳥王方を急襲した。

その時、速総別王は女鳥王を抱いて熟睡していた。先に夜討ちに気がついたのは女鳥王である。

「もしかして、襲撃?」

女鳥王は慌てて速総別王を起こした。

「起きて。やばい」

「どうした」

「カチコミ」

「マジか。誰や」

「多分やけど、大君」

「やっぱっ。どないしょう」

「ひとまず逃げましょう」

二人は素早く寝床を離れ、裏口から逃亡、倉椅山《くらはしやま》、という山に逃れた。山は険しく、時には崖をよじ登るようなこともあった。そのとき速総別王が歌った歌は、

梯立《はしたて》の　倉椅山を　嶮《さが》しみと　岩懸《いはか》きかねて　我が手取らすも
梯立の　倉椅山は　嶮しけど　妹《いも》と登れば　嶮しくもあらず

の二首で、一首目は、「手を握ってうれしい」と言い、二首目は「山は険しいけど二人で登ると楽しいよねー」と言っているのであり、謀叛の疑いを掛けられ、攻められて逃げている最中にこんな寝とぼけた歌をうたうというのは実際の話、どうなのだろうか。

まあでもそんなことを言いながら宇陀《うだ》の蘇邇《そに》というところまでなんとか逃げ延びた。それで、

「あー、これで一息つける」

と思ったが甘かった。天皇の軍隊が追いついてきて二人を殺害した。

そのとき軍を指揮していたのは山部大楯連《やまべのおおたてのむらじ》という男だった。山部大楯連は切害せられた二人の死骸を見て歎息して言った。

「いやさ、こんなことになるとは痛ましいことだ。だが、それというのも叛逆などを企てるからだ。畏れ多いことだ。私は叛逆なんて絶対にしない」

そう言いながら山部大楯連は女鳥王の御手の腕飾りに目を留めた。山部大楯連は思った。

ええがな。

そして、

ぱすったろ。

と思い、これをぱすった。盗んだのである。

山部大楯連はまるで猿のようなすばしこい動作でぱすり、懐に入れ、そして家に帰って、これを自分の妻に与えた。

それから暫く経って、宮中で宴会が開かれた。各氏族の女たちも招かれ、めいめい着飾って参内した。このとき山部大楯連の妻も招かれていた。

そして山部大楯連の妻は手首に件の腕飾りを巻いて出掛けた。山部大楯連の妻は得意であった。なんとなれば、周囲の女たちにその腕飾りを称賛されたからである。

「ひや、奥さん、ええ腕飾りしてはるやんか。高かったんちゃうの」

「いーえーな、安物ですがな」

そう謙遜しながら内心では鼻高々だったのだ。

そうこうするうちに宴会が始まり、女たちには大后石之日売命が直々に柏の葉に盛った大御酒を賜った。それゆえ女たちは心を震わせてこれを受けた。

そして山部大楯連の妻にもその順番が回ってきた。山部大楯連の妻は手を出してこれを受けようとした。ところが。

大后は一旦は差し出しかけた柏の葉を引っ込めて、山部大楯連の妻にだけくれない。

なぜ。どうして。

訝りつつ、そっと見た大后の眼差しは山部大楯連の妻の手首に注がれていた。

大后は山部大楯連の妻を退席させて言った。

「山部大楯連を連れてきなさい」

やがて山部大楯連がやってきた。なんで呼ばれたかわからない山部大楯連はクチボソのような顔をしていた。その山部大楯連に大后は言った。

「あの二王は謀叛を企てたので死を賜いました。それはそれ、これはこれ。その方、朝廷に仕える奴《やっこ》でありながら、己が君の御手に纏《ま》いた腕飾りを、まだその肌の温かいうちに剝ぎとって、自分の妻に与えた段、不届き至極。これにより死罪を言い渡す」

「ひいいいいいいっ」

山部大楯連は悲鳴を上げて抵抗したが兵士に連れ去られ、どこか離れたところで処刑された。悪いことはできぬものである。

○卵

ある時、天皇は日女島《ひめしま》に出《い》でました。島で宴会をしようと思ったのである。そうしたところ天皇の眼前で、鳫《かり》が卵を産んだ。天皇はこれを不思議に思った。なんとなれば、鳫が国内で産卵することは通常ないからである。

これはどういうことだろうか。訝った天皇は建内宿禰命《たけうちのすくねのみこと》を呼んだ。

「なんでしょうか」

やって来てそう問う建内宿禰命に天皇は歌って問うた。

たまきはる　内のあそ　汝《な》こそは　世の長人《ながひと》　そらみつ　倭の国に　鳫卵生《かりこむ》と聞くや

(長生きの建内宿禰、大和の国で鳫が卵産むて聞いたことあるけ?)

歌で聞かれた以上、歌で返さなければならない、建内宿禰は、

高光る　日の御子《みこ》　諾《うべ》しこそ　問ひ給へ　真《ま》こそに　問ひ給へ　吾《あれ》こそは　世の長人　そらみつ　倭の国に　鳫卵生と　未だ聞かず

(よー、聞いとくなはった。長いこと生きてますけど、そんな話、聞いたことおまへん)

と歌で答えた。

となると何なのか、という疑問がどうしても湧いてくる。果たしてこれは何を意味して

いるのか。どういう神意なのか。それを確認しないと王権の今後が不確かなものになる。そこで琴が運ばれてきた。仲哀《ちゅうあい》天皇の時のように琴を鳴らして神の意向を確かめようとしたのである。

ジョンジョンジョン。世の長人、昔、それを経験した建内宿禰が琴を鳴らした。そうしたところ、神が建内宿禰の口を借りて歌って言った。

汝《な》が御子や　遂《つひ》に治《し》らむと　鴈は卵生らし

固唾をのんで事の成り行きを見守っていた百官はこれを聞いて歓喜した。聖帝の子孫が永久にこの国を統治する、という意味の歌であったからである。

これは本岐歌《ほきうた》のパートとなっている。

○**超高速船「枯野」**

此の聖帝の御世、莵寸河《とのきがわ》の西に一本の木があった。

と言うと、「木ぃぐらいどこにでもあるわ、ぼけっ」と思うかも知れないが、この木はただの木ではなかった。じゃあどんな木なのかというと、その樹高がムチャクチャ高かった。

　どれくらい高いかと言うと、朝、東の方からお日いさんが昇り、朝日がその木に当たると、その影が淡路島《あわじのしま》に届いた。そして夕方、お日いさんが西に沈み、夕陽がその木に当たるとき、その影は高安山《たかやすやま》を越えた。

　だからもう高さで言うと、最低でも五千メートルくらいあったと思われる。そんなアホなと思うかも知れないが、あったものは仕方ない。そんなことで、

「こら、凄いで」

「ほんまやな」

「この木ぃ、伐って船、造ったら、おとろし船できんちゃん」

「ほんまやな」

「造ろか」

「造ろ、造ろ」

　という議論があったのかなかったのか、それはわからないのだけれども、とにかくこの木で船を造った。そうしたところ、おっそろしく速力の速い船ができた。どれくらい速かったかというと、

「ちょっと帝に献上する大御水《おおみもい》、汲んできて」

「オッケー。ほだ、淡路島の清水、汲んできますわ」

「そんな遠いとこまでいくんか。大丈夫か」

「大丈夫、大丈夫。はいっ、行ってきました」

「早っ」

というくらいに速かった。この高速船は、枯野《からの》、と名付けられた。

だけど形あるものはいつか壊れる。この、枯野、もいつしか老朽化し、廃船となった。

そしてその廃材は製塩の際に必要な燃料とされた。

そのうえでなお余った材で琴を作ったところ、その琴のサウンドは近隣七箇村に響きわたった。

それほどに良い琴だったという訳である。

そこで人々は、この琴を讃え、

枯野を　塩に焼き　其《し》が余り　琴に作り　掻き弾くや　由良《ゆら》の門《と》の　門中の海石《いくり》に　振れ立つ　なづの木の　さやさや
（大意：枯野で作った琴弾けば、由良の門中の岩に生う　なづの木さやさや　鳴り響く
アーコリャコリャ）

と歌った。

これは志都歌《しつうた》という歌唱の一技法である。

この天皇は丁卯年《ひのとのうのとし》の八月十五日に崩御され御年は八十三歳であった。

御陵《みはか》は毛受《もず》の耳原《みみはら》にある。

初出　「群像」
「神ｘｙの物語」　二〇二〇年一月号
「スサノオノミコト」　二〇二〇年八月号
「大国主神」　二〇二一年二月号
「天之忍穂耳命と邇邇芸命」　二〇二一年五月号
「日本統一」　二〇二一年八月号
「垂仁天皇の治世」　二〇二二年二月号
「日本武尊」　二〇二二年五月号、八月号
「応神天皇」　二〇二二年九月号
「仁徳天皇」　二〇二二年一二月号

参考文献

『新編日本古典文学全集1　古事記』山口佳紀、神野志隆光 校注・訳　小学館　一九九七年

協力　上野　誠

町田 康（まちだ・こう）
一九六二年大阪府生まれ。一九九七年『くっすん大黒』でＢｕｎｋａｍｕｒａドゥマゴ文学賞、野間文芸新人賞、二〇〇〇年「きれぎれ」で芥川賞、二〇〇一年『土間の四十八滝』で萩原朔太郎賞、二〇〇二年「権現の踊り子」で川端康成文学賞、二〇〇五年『告白』で谷崎潤一郎賞、二〇〇八年『宿屋めぐり』で野間文芸賞を受賞。他の著書に「猫にかまけて」シリーズ、「スピンク日記」シリーズ、『ホサナ』『記憶の盆をどり』『湖畔の愛』『ギケイキ』『男の愛　たびだちの詩』『しらふで生きる　大酒飲みの決断』『私の文学史　なぜ俺はこんな人間になったのか？』など多数。

口訳《こうやく》　古《こ》事《じ》記《き》

二〇二三年　四 月二四日　第 一 刷発行
二〇二四年一一月二一日　第十三刷発行

著者　町田《まちだ》 康《こう》

発行者　篠木和久
発行所　株式会社講談社
〒一一二-八〇〇一　東京都文京区音羽二-一二-二一
電話　出版　〇三-五三九五-三五〇四
　　　販売　〇三-五三九五-五八一七
　　　業務　〇三-五三九五-三六一五
印刷所　TOPPAN株式会社
製本所　株式会社若林製本工場

ISBN978-4-06-531204-9